中华散文珍藏版

赵丽宏散文

人民文学出版社

图书在版编目(CIP)数据

赵丽宏散文/赵丽宏著.—北京:人民文学出版社,2015
(中华散文珍藏版)
ISBN 978-7-02-010817-6

Ⅰ.①赵… Ⅱ.①赵… Ⅲ.①散文集—中国—当代 Ⅳ.①I267

中国版本图书馆 CIP 数据核字(2015)第 047952 号

策划编辑　包兰英
责任编辑　刘　伟
装帧设计　刘　静
责任印制　王景林

出版发行　人民文学出版社
社　　址　北京市朝内大街 166 号
邮政编码　100705
网　　址　http://www.rw-cn.com

印　　刷　三河市鑫金马印装有限公司
经　　销　全国新华书店等

字　　数　230 千字
开　　本　880 毫米×1230 毫米　1/32
印　　张　9.5　插页 17
印　　数　11001—14000
版　　次　2015 年 7 月北京第 1 版
印　　次　2018 年 3 月第 3 次印刷

书　　号　978-7-02-010817-6
定　　价　38.00 元

如有印装质量问题,请与本社图书销售中心调换。电话:010-65233595

在哥本哈根(2012年11月)

作者手稿

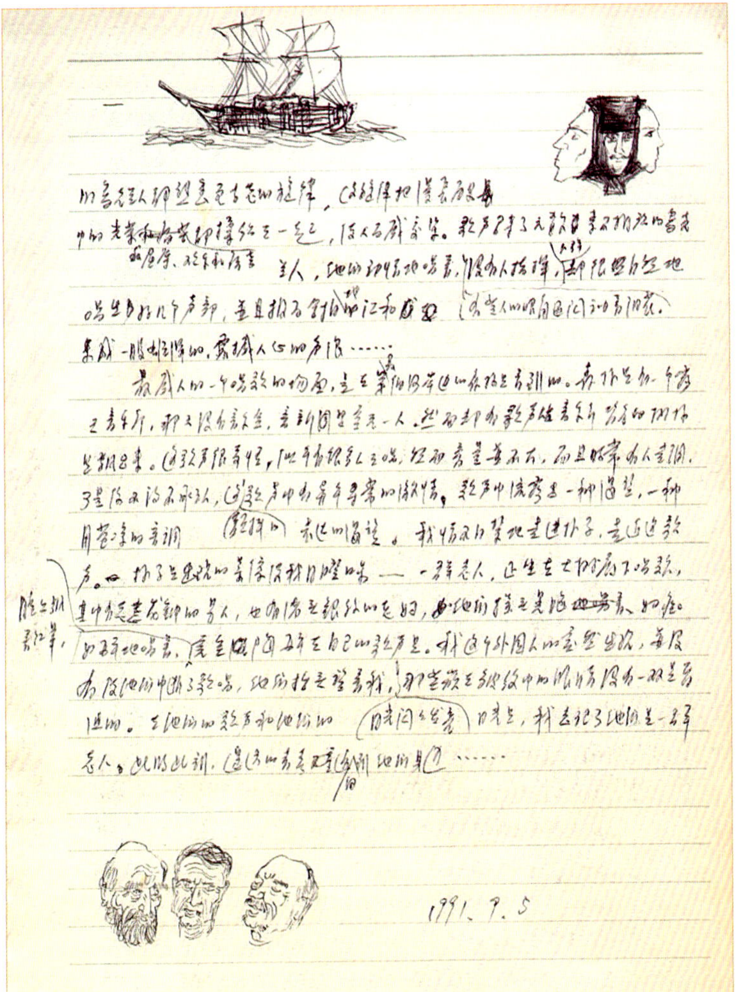

作者手稿

画家罗雪村为作者画像

出 版 说 明

为了全面地展示二十世纪以来中华散文的创作成就,我社于2005年4月编辑出版了"中华散文插图珍藏版系列"。到目前为止,已经出版了四辑五十位现当代文学大家的散文集,其目的是要将"五四"新文学革命以来近百年间的中华散文作一次全方位地展示和总结。为此,该系列书也成了"人文版"散文的标志性出版物,在作家、读者和图书市场中产生了极大的影响。

这套"中华散文珍藏版"是在此基础上的精选,其宗旨是进一步扩大散文的社会影响力,优中选优,精益求精,为读者,特别是为青年读者提供一套散文阅读范本。

人民文学出版社一直秉承读者至上、质量第一的出版原则,但愿这套书的出版,能为多元思潮中的人们洒下一捧甘霖。

人民文学出版社编辑部

目　录

天籁和回声 …………………………………… 1
致大雁 ………………………………………… 17
冰霜花 ………………………………………… 21
小黑屋琐记 …………………………………… 24
宁　静 ………………………………………… 28
咬人草 ………………………………………… 31
愿你的枝头长出真的叶子 …………………… 33
热爱生命 ……………………………………… 37
永远的守灯人 ………………………………… 41
峡　谷 ………………………………………… 47
独轮车 ………………………………………… 52
瞬间的迷惑 …………………………………… 55
特奥蒂瓦坎之夜 ……………………………… 59
鹰之死 ………………………………………… 62
死之余响 ……………………………………… 67
背　影 ………………………………………… 74
孔雀翎 ………………………………………… 80
光　阴 ………………………………………… 83
看　雪 ………………………………………… 85
夕照中的等待 ………………………………… 88
夜　钟 ………………………………………… 94

蟋　蟀	97
音乐的光芒	100
歌　者	104
晨昏诺日朗	108
黑眸子	112
人迹和自然	115
沉　默	118
挥　手	120
死之印象	129
遗忘的碎屑	135
羊	155
土地啊	162
俯　瞰	166
月光如泪	170
与象共舞	172
会思想的芦苇	175
大师的背影	178
母亲和书	184
手卷和尺牍	187
日晷之影	190
异乡的天籁	200
当我看着你时	204
失路入烟村	209
绣眼和芙蓉	214
童年的河	217
音乐散步	221
在柏林散步	225
时间断想	229

昆曲之魅力 ················· 233
天上花，湖里梦 ············· 237
米开朗基罗的天空 ··········· 242
沉船威尼斯 ················· 245
在我的书房怀想上海 ········· 248
印象·幻影 ················· 252
万神殿的秘密 ··············· 258
遥望泰姬陵 ················· 261
城中天籁 ··················· 265
乌鸦和麻雀 ················· 270
美人鱼和白崖 ··············· 274
诗·梦·金钥匙 ············· 287
天上和人间 ················· 293

天籁和回声

　　为编散文选集,从箱底翻出年轻时代的旧笔记。纸张早已发脆泛黄,字迹也开始模糊,然而当年在孤独中面对自然产生的种种疑惑和遐想,今天读来依然心有共鸣。如果再年轻一次,再回到我的岛上,再住进那间临河的茅屋,我能不能重温这些奇妙的天籁,能不能在大自然中排遣我的孤独和惆怅?

　　然而当年听到看到想到的一切,却飘出这些旧笔记,亲切地把我笼罩,使我依稀又回到了遥远的从前……

——题　记

桃　花

　　早晨,有人轻敲我的窗户。那扇小小的窗户,面对着小河,河边没有路,是谁在敲窗?抬头一看,是一枝桃花,风吹桃树,树枝晃动,碰到了我的窗户。枝头的桃花含苞待放,露水在花蕾上闪动,早霞照在花枝上,一片玫瑰色的殷红……

　　花枝敲窗,是什么美妙的预兆?

　　"人面桃花相映红",我的苍白的脸,能被这不期而遇的桃花映红?

　　我起床,开窗,让结满蓓蕾的树枝进入我的小草屋。你好,春天,谢谢你用这样的方式来到我的身边。

风 中 树

大风摇动了田边那棵大杨树,绿色的树冠倒向一边,像一个怒发冲冠的古人伫立在风中,狂风撩起他一头乱发。

被风打乱的树叶在疯狂舞蹈,它们拼命地顺着风去的方向逃窜,仿佛是想造反,是想脱离树干。然而一次又一次,树干又把它们拽回来……

平时那么安静的绿树,此刻成了一个狂躁的疯子。满树的枝叶都在风中呼啸作声,宣泄着他内心的不安。

风和的日子多么好,在田边,他静静地站着,像一个心地平和善良的绿衣人,含笑注视着过往的农人。风改变了他。风撩动了他心里所有的辛酸和悲哀,使他忍不住一吐为快。

树欲静,而风不止……

夜　色

在城市里永远也看不到这么美妙的夜色。城里的夜空被楼房割裂成一条条一块块,它们残缺不全,使人产生一种压抑的感觉。

这里的夜空是那么辽阔,浩浩瀚瀚,无边无际,遥远的地平线才是它的边缘。星星自由地散落在四面八方,像无数闪烁的眼睛,凝视着大地。深邃的夜空像清澈见底的海洋,星星们是晶莹闪亮的珍宝,在海底发出幽暗的光芒。飘动的薄云犹如荡漾的水波,使水底的珍宝显得无比神秘。谁也说不清楚它们已经闪烁了多少年,人类无法打捞这些珍宝,只能在梦中想象它们的美妙。可望不可即的海底珍宝啊……

月亮是夜空里的魔术师,它天天都有变化。新月和残月像被农民磨得锋利雪亮的镰刀,也像《天方夜谭》里阿拉伯强盗的弧形腰刀。更奇妙的是满月,它刚刚出现在地平线上的时候,显得那么大,像是开在天上的一扇巨大的圆窗,天上的秘密都可以在这扇圆窗里看到。凝视那一轮清辉流洒的满月,我觉得它和我之间的距离很近,仿佛睁大眼睛就能看清楚月亮上的河流和高山,能看见传说中的树林、宫殿、仙女……然而每当我想看清楚它们时,它们就变得朦胧,变得遥不可及。

被月光照耀的大地,也出现了白天所没有的奇妙景象。田野、树木、竹林、河流,此刻都成了银色的雕像,它们失去了原来的色彩,全都变得晶莹透明。人间的幸福和欢乐、烦恼和苦难,都凝结在这清冷而纯净的月色里。

也有阴云密布的夜晚,夜空中一切都消失了,只剩下一片漆黑。这时,想象的翅膀也被黑暗折断。

芦 花

刚到乡下的时候是深秋,正值芦花开放。在河边沟沿,到处是它们银色的身影。秋风萧瑟时,它们集体晃动的姿态,是世上少有的奇妙形象。那起伏的银波,轰轰烈烈,浩浩荡荡,没有一点媚态,也没有一点矫揉造作,看到它们,我的视野里一片清朗。最壮观的是在日出或者日落时,它们随太阳和彩霞的色彩变幻,时而变成一片绚烂的绸缎,时而变成一片燃烧的火焰。有时候,突然从芦苇丛中飞起几只野禽,它们欢叫着,翅膀扇动着掠过芦花。这情景,色彩虽不算丰富,却使我想起了古人的那些凄清苍凉的诗,想起那些格调幽远的中国画。

它们很难被风雨摧毁。秋风秋雨的时节,它们使我感受到生命的蓬勃和昂扬。入冬后,如果芦苇仍未被收割,河边沟沿的景象便逐渐显得凄凉。经过几番秋雨的摧残,它们稀疏了,有些枝干已被折断,寒风吹来,再形不成轰轰烈烈的气势。然而,辉煌的银色依旧,那一股清气依旧。在冬日的残阳里,它们依然会成为殷红的火苗,燃起我心中的遐想……

世界上,还有比它们更长久的花朵吗?

喜鹊和乌鸦

喜鹊和乌鸦,是体形类似的两种大鸟。

喜鹊常在屋顶上鸣叫,乌鸦却躲在树林里聒噪。

喜鹊的歌声带给人们的是喜悦,是美丽的期望。乌鸦的叫声却是不祥之兆,谁也不喜欢听。

我喜欢喜鹊,并不是因为它们是吉祥的象征,也不是因为它们的歌唱。它们的歌喉实在很平常,还不如天真的小麻雀,无法打动我。我喜欢的是它们飞翔时的姿态,张开的翅膀又宽又长,黑色的羽毛中夹杂着几点雪白,长长的尾翎优美地拖在身后,从空中掠过时,使我想起矫健的鹰。它们是一种美丽的大鸟,即便没有那些传说和象征,它们也值得人们喜欢。

我也不讨厌乌鸦,它们的鸣叫固然不动听,那单调沙哑的"哇哇"之声,听了让人心烦。不过,它们乌黑的形象却并不丑陋。只要沉默地停栖在树枝上,它们的黑色形象便威严而端庄。小时候读过《狐狸和乌鸦》的寓言,在寓言中,愚蠢的乌鸦没有自知之明,狐狸的花言巧语使它忘乎所以,当它想炫耀自己的歌喉时,随着"哇"的一声,那块肉骨头就到了狐狸的嘴里。小时候还读过一个故事:一只渴极了的乌鸦,找到一只水瓶,里面有半瓶水,水瓶的瓶颈很小,乌鸦的嘴只能伸进一半,喝不到瓶里的水。这只乌鸦很聪明,它把地上的石子一颗一颗地衔到瓶子里,瓶里的水溢了出来,乌鸦如愿以偿,喝到了瓶里的水。还听说过乌鸦反哺的故事:老乌鸦垂危时,小乌鸦们把找来的食物喂到它们嘴里。这样孝敬父母、回报长辈的行为,在人类社会也是美德,在动物中,更是极其罕见。也是在小时候,有一次,看到一个船夫的老婆,抓到一只飞到河岸上的乌鸦,那女人只用了不到一分钟,就拔光了乌鸦的一身黑毛,使它成为一个光秃秃小肉团,在女人手中绝望地挣扎。这只乌鸦成为她的午餐。那女人饥饿的目光、麻利的动作和乌鸦在被拔毛过程中发出的惨叫,留给我极深刻的印象。乌鸦在我心里的形象是复杂的,愚蠢、聪明、孝顺,而且可怜。到乡下后,小时候的所有印象就渐渐淡漠,在我的视野中,它们和喜鹊并没有太大的差别,它们一样地自由,一样地保持着独立。它们张开翅膀飞翔时,同样使我联想到鹰。现在,对乌鸦的叫声,我也已经习惯。"哇",像一声惊叹,突然响在寂静中,使我忍不住走出我的小茅屋,欣赏门外的天空和树林,欣赏掠过河面的飞鸟和游动在清波中的鱼……

云中的鸟鸣

从遥远的天空传来一阵鸟鸣。

我抬头寻找,却什么也看不见,只有压得低低的乌云,在天空缓缓滚动。这鸣叫的鸟,难道是在云中飞翔?

鸟鸣忽隐忽现,终于渐渐远去,消失在天的尽头。

只听见它的声音,看不见它的身影,就像我心里的希望……

露　珠

荷叶上的露珠在这里看不到,因为这里不种荷花。

芋叶上的露珠也许更奇妙。早晨,露珠在芋叶上颤动,几颗小的,合并成一颗大的,像稀世的大珍珠,晶莹夺目,雍容华贵,似乎把满天的霞光都凝聚在自己的身上。

早晨干活时,凝视脚下的泥土,我发现,只要是从泥土里长出来的植物,只要这植物有叶瓣,不管这叶瓣多么窄小,上面总有一颗或者几颗露珠。

稻 茬

收割过的稻田,失去了波浪起伏的金色,失去了丰收的辉煌,失去了随风飘荡的清香。

农民用镰刀为稻田剃了光头。稻穗,连同稻草,已经被运走,只留下可怜的稻根,在寒风中瑟瑟发抖。稻子的欢乐和情感,都是由这些稻根孕育的,稻子对于人类的价值,也是由这些稻根培养的。现在,它们的功绩和成就统统都被收获,人们再也不注意它们的存在。

拖拉机开进来了,雪亮的犁刀划破了稻田。稻根随着浪花般翻卷的泥土被翻出地面,又被埋入地下。它们将变成泥土,成为下一代稻谷们的养料。

世上没有人会为这些稻根唱赞歌的。稻根们若有知,也许会生出一些悲哀。

悲哀吧,这悲哀,会酝酿成明年的欢悦。

抚 琴

昏昏沉沉,从幽暗中睁开眼睛,面前亮着一盏青灯。冷色的灯光里,坐着一个着古装的女子,手上抱一把黑色的古琴。她抬起头来,冲我嫣然一笑,然后低下头来,纤细白皙的手在琴弦上轻轻一拨,琴声凌空而起,喊喊喳喳,在灯光里回旋。这女子不是绝色美人,她的琴声也并非荡气回肠,只是喊喊喳喳地重复着相同的旋律。不过,她的微笑,她的琴声,我都不觉得陌生。她是谁？可是白居易《琵琶行》里那个在船上弹琵琶的女子？

琴声急促起来,那女子两只手忙不迭地在琴弦上翻飞滚动,喊喊喳喳的琴声也一阵急似一阵……突然,一片青白色的光芒闪了一下,亮得扎眼,光芒照亮了女子的脸,那张苍白的脸顿时大惊失色。只见她的手颤抖了一下,哗啦一声,琴弦绷断,琴身开裂,发出惊天动地的巨响……

我从床上跳起。是在我的茅屋里,周围一片漆黑,没有暖色的灯光,没有弹琴的女子,什么都没有。是我的一场梦。只有那喊喊喳喳的声音仍在继续。外面,正在下雨。

这雨不知是什么时候开始下的,是那个女子低头抚琴时吧。

青　虫

一条透明的青虫,沿着湿漉漉的树枝向上爬动。它爬动的姿态多么稀奇,身体的蠕动犹如优美的舞蹈,尖而小的脑袋一起一伏,好像在和天上的什么人打招呼。

树枝不长,青虫很快就爬到了顶端。它用尾部缠住细细的树枝,奋力抬起身子,仰望着天空上下扭动,仿佛在对天朝拜。树枝随青虫的扭动摇摆着,终于,它被摇摆幅度越来越大的树枝弹落在地。

青虫在地上待了片刻,又开始用它那稀奇的动作爬动。

它的目标仍然是树,找到树干,毫不犹豫地往上爬,最后,竟然在丛生的树杈中又寻觅到刚才的那根树枝,然后重新开始它的登攀……

这小青虫,它要寻找什么？

日　出

　　一个老农用奇怪的眼光看着我,问:"你为什么盯着太阳看?有什么好看的?"

　　是的,我正忘情地盯着那轮初升的太阳看得出神,看得忘记了我身边的世界。初升的太阳是那么大,那么红,那么新鲜,那么新奇,那么活泼,那么变化无穷……早晨,看她在我面前升起来,我觉得她总是显露出不同的面孔。每天,她都换上不同的彩色衣裳,那些瞬息万变的云霞,像是她围在身上的纱巾,在风中优美地飘动……她在向世界卖弄她的无与伦比的青春姿色。这青春姿色是多么迷人!如果早上没有这样的太阳,这世界将会是何等的惨淡!

　　老农用困惑的眼光看我,我微笑着看着他,用我的沉默作回答。我看到,在太阳的辉煌中,老农的眼睛里也映射出灿烂的光线,他脸上那蛛丝般密布的皱纹,像一道一道辐射开来的光芒……

　　不管夜晚多么黑,想到每天早上太阳都会以不同的面貌美丽地升起,这是多么令人安慰。

问　鸟

　　一只不知名的鸟,停在枝头上默默地看着我。

　　红色的胸脯,蓝色的颈项,灰褐的翅膀,金黄的尾羽。一对眼睛是乌黑的,一动不动地凝视着我,好像有很多思想,有很多奇妙的念头……

　　造物主啊,你是多么神奇,竟能创造出如此精致美丽的小生命。面对这鸟,我觉得自惭形秽。树下有清水,我能照见自己:

灰头土脸,打过补丁、沾着泥巴的破衣服下面,露出粗糙的身体……

枝头上的鸟似乎窥探出了我的心思,在树上移动了两步,突然张开翅膀飞到空中。天上传来了它的鸣叫。那是对我的嘲笑吗?

我感到脸颊上一凉,好像有雨点落到了脸上,用手一抹,原来是一滴鸟屎!

我扑哧一声笑了。美丽的生灵也要拉屎,我有什么可以自贱的呢?

对着传来鸣叫的天空,我大喊:喂,会飞的朋友,你知道我心里想些什么吗?我的念头也会飞起来的!

雨　声

雨声,彻夜在我的耳边响着……

它们是从天上伸下来的无数手指,抚弄着黑暗的大地。在淅淅沥沥、喊喊喳喳的声响中,我默默地倾听它们和大地的接触。

它们轻轻拍打着我的茅屋的屋顶,茅草在夜色中留下细微的咝咝声,这声音是轻柔的,犹如低声的叹息……

它们落在我窗外的树叶上,发出噼噼啪啪的声响,像是很多人在远处鼓掌。掌声一阵接一阵,这不是热情的掌声,而是温和的、有节制的,似乎是被一种无形的力量驱使,不停地继续着。在这寂寞的寒夜,有什么值得如此鼓掌呢?

它们落在河里,发出清脆的沙沙声。这是水和水的接吻,晶莹而清澈,天和地的激情在这千丝万缕的交接中蔓延扩展……

它们也敲打着我的门窗,这没有规律的声音仿佛是在不停地对我絮语:哎,你龟缩在屋顶下干什么?到雨里来吧,我们会洗净你身心的疲惫。你出来吧!

突然,它们走进了我的屋子。起先是在地上,"滴答"一声,又"滴答"一声,清晰嘹亮,像交响乐中的小号。是我的屋顶漏雨了,雨水浸湿了屋顶上的茅草,渗进了屋子。很快,这清脆的"滴答"声扩展到我床边的桌子上,变成浊重的"笃笃"声,又扩展到我的蚊帐顶上,变成沉闷的"噗噗"声……接下来,就该扩展到我的被褥和身体脸面了。

我不想阻止它们的造访,也无法阻止它们的进入,由它们去吧,让这屋子里的声音,和屋外天地间的千万种声音融为一体,让我也变成雨的一部分,湿润自己的同时,也湿润了世界……

大　雁

一群大雁从我的头顶飞过。

在蓝色的晴空中,它们排列成整齐的队伍,一会儿是一个"一"字,一会儿是一个"人"字。在小学的语文课本里,曾经读到过这样的情景,此刻,在天地之间,我亲眼看见了。

这些不知疲倦的候鸟,不可思议地把"一"和"人"写在天空,是要向人类昭示一些什么呢?很遗憾,我无法和它们对话。

一次,在一片芦苇丛中,见到一只大雁,它受了伤,折断了翅膀,无法再飞上天空。它在芦苇丛中扑打着,哀叫着,那叫声使人听了心里难过。更惊心动魄的,是它的伙伴们的表现:它们成群结队地在天空中盘旋哀号,久久不忍离去,好像是在呼唤它回到空中,回到它们的阵营里……这景象,使我联想到人间的很多悲剧。

雁群最后还是飞走了,它们没有因为一个同伴的掉队而放弃它们的远征。然而它们在天空中盘旋时留下的哀号,却无法从我的记忆里消失。

讀百家文章
覽四時風月

贈故鄉友人區也有共鳴
讀書覽風月乃古今雅士之好
戊子春三月於海上四步齋 趙麗宏書
世風浮躁之時余尤喜此聯也故書之

渊鱼喋月有诗思
坚禽随风无俗声

丁亥夏日临张迁碑
赵丽宏

那只受伤的大雁怎么样?不用说的,它成了农民锅里的食物。为了生存,人类可以把一切憧憬和哲理都咽下肚皮……

乌　云

我凝视着头顶上的那一团乌云。

它沉重地浮动在空中,离开地面那么近,好像已经压在我的头顶上,只要伸出手,就能摸到它、抓到它。它像一头奇形怪状的巨兽,穿一件深灰色的袍子,大腹便便,睡眼惺忪,正用奇怪的表情俯视着大地。因为它的窥视,大地显得异常紧张,竹林、树、田野里高低起伏的植物,停止了所有的动作,变得极其安静。

它和被它俯视着的大地就这样在静谧中默默地对峙着,无法预料在这两个阵营之间会发生什么。

一阵微风拂过,大地颤抖了一下,大地的羽毛——那些绿色的树木花草,纷纷摇动着它们的枝叶,发出一声声长吁短叹。它们在风中解除了因紧张引起的沉默。而天上的乌云,也开始匆匆忙忙运动起来,它以极快的速度变化着,那件灰色的袍子,魔术师般地在它身上飘舞,使得它瞬息万变。只要动用想象力,它几乎扮演了世界上所有的动物:象、骆驼、马、狮子、鹰、孔雀、熊、狐狸……更有许多无名的怪兽附在它身上,使人看得目瞪口呆。它身上的灰袍渐渐泛出了白色,仿佛有很多沸腾的溶液在它的肚子里翻滚,它们不时突破那件灰袍的束缚,在它的身体的某个部位一亮,又一亮。终于,那件臃肿的灰袍再也无法包裹那些闪亮的溶液,它们沸腾着,膨胀着,在灰袍上撕开一个大口子,白光四射的溶液从那口子里汹涌而出,那口子迅速扩大,很快就将灰袍吞噬殆尽。从白光中,露出了蓝色的天,阳光耀眼地一闪,向四面八方辐射开来……

乌云就这样地消散了。乌云背后,是一个阳光朗照的晴天。

风敲打着门窗

连续几夜风雨不断。

风敲打着我的门窗,一阵紧急,一阵缓慢……

大风呼啸时,茅屋简陋的门窗被敲得砰砰作响,像有一群强盗在门外急着闯入,漏风的木窗和门板随时都会被撞裂。我也把他们想象成游荡的冤魂,正在寒夜中追索着他们的仇人;或者是被追逐的流浪汉,在荒野里惊慌失措地寻找庇护之地;也像是杀气腾腾的"造反队",冲到了我的门前……冤魂和流浪汉都不可怕,我可以打开门窗放他们进来;可怕的是强盗和"造反队",我无法和他们讲理。

微风吹拂时,好像是一个彬彬有礼的绅士在外面叩门。他极有耐心地一下又一下轻叩着我的门。我不开门,他就会轻轻地叩上一夜。睡意蒙眬中,我幻想是我的意中人随风飘到了门外,她调皮地拍着门、敲着窗,在黑夜中窥视我赤裸的睡态……我很想打开门,如果门外站着文雅的智者,我要请他进来,我们不妨彻夜长谈;如果门外是我的恋人,我当然要将她拥入怀中,所有的凄苦和寂寞都会烟消云散……

风敲打着我的门窗,也撩拨着我的想象。我知道,我不是躲避尘嚣的隐士,我的关于风的想象中,有着那么多人物。我希望这世界上我不是孤独的一个人。

无风的夜晚,万籁俱寂,我却依然听得见风,它在远方游荡,也在我心里徘徊……

鹭　鸶

鹭鸶,一个多么美妙的名字。

它们的形象和它们的名字一样动人。

早晨,太阳还没有升起,薄雾像若有若无的轻纱在湖面上飘来飘去。湖心那片稀稀朗朗的芦苇丛里有雪花似的小白点一闪一闪,那就是它们了。这时候它们是朦胧的,只是一点点白色的小精灵,是昨夜梦境的残片,飘荡在宁静的空气中。

薄雾散去,玫瑰色的朝霞热热闹闹地落了一湖,鹭鸶的叫声从芦苇丛里传出来。看见它们在水面上扑腾的翅膀了,白色的翅膀悠然舞动,像从红色的霞光里浮出的一片片白云。它们不时飞离水面,在苇丛上空飞翔一圈,然后落下来,又细又长的脚轻轻地点着荡漾的水波,又不慌不忙地站定了引颈长唳,好像是在欢呼黎明的到来……

这些无拘无束的水鸟,这些自由自在的生命,我羡慕它们!

两只罱泥的小船出现在湖面上,划船人挥动长长的竹篙,小船犹如两只不怀好意的大甲虫,晃动着触须向湖心爬去……

鹭鸶们似乎是受了惊吓,纷纷展翅飞离苇丛,飞离得那么仓促,转眼间便消失得无影无踪……

你们到哪里去了呢,鹭鸶?明天早晨,你们还会不会回来?

芦　芽

芦芽使我惊讶了很久。

芦芽是淡红色的,很嫩。我用手掰过,没花什么力气,那细而尖的嫩芽就折断了,有乳白色的汁液从断面渗出来。

使我惊讶的是,它们怎么能从那些还没有化开的冻土中钻出来?河沿上那些冻土,简直就像石头,可以使锋利的铁锹卷刃。每天早晨,白森森的寒霜覆盖着冻土,看不见生命的色彩从中显露。只有去年秋天枯萎了的芦苇和败草,在冷风中瑟瑟发抖,宣告着一个个弱小生命的衰败和死亡。这死亡是寒冬带给它们的。整个冬天,冻土都以威严强悍的面貌傲视着世界。阳光的照射可以使它们融化于一时,但只要夜幕降临,只要寒风一起,它们便悄然封冻,成为铁板一块,连顽强的蚯蚓也无法突破它们对大地的封锁。

而又嫩又小的芦芽却倔头倔脑地从冻土下钻出来了。这是生命创造的奇迹。它们没有屈服。我无法想象芦芽钻出冻土的过程,这过程一定是痛苦而又漫长的,需要韧性,需要恒心,需要忍,需要日复一日的等待……

寒风依然刺骨,太阳还躲在灰色的浓云背后。我感到冷,我甚至能听见从口中呵出的热气在空中凝结成霜的声音。这是冬天的声音。芦芽,以你们嫩弱的身躯,能在这样冷酷的环境中继续生存吗?

芦芽不会回答我。它们的沉默是一种自信而又宁静的微笑,它们的微笑将在大地上蔓延。不会很久了,它们的微笑会蔓延成一片青翠,一片在春天的暖风中洋溢着生机的绿色海洋……

鬼　火

晚上一个人走夜路,没有月亮,黑暗中几乎看不到脚下的小路。经过一片坟地,坟堆在黑暗中起伏闪动,使人情不自禁想起农民中流传的很多鬼的故事。可是我却一点也不害怕。

看见了三两点绿色的磷火,忽明忽灭,忽隐忽现,忽高忽低,忽近忽远……

这就是鬼火?有人说它们是在野地里游荡的幽灵,是幽灵们蒙眬的眼睛。农民们提到它们时脸都会变色。可是,为什么我没有恐惧的感觉产生?

这些绿色的光点,这些流浪的星星,这些快乐的精灵,你们,在夜色里自由自在地飞舞,你们一定唱着动人的歌,可惜我听不见。

我想,你们从前一定是一些失去了自由的生灵,你们被凌辱过,被压抑过,被黑暗的牢笼囚禁过,是不是？要不,你们为什么这样彻夜不停地飘游飞舞？

很好,你们这些死而复生的生命形态。如果消逝的生命都能变成这样的发光体,我们这个黑暗的世界将会变得怎样地明亮！

初　吻

雨天时在泥路上留下的脚印,到了晴天,便凝固了。我一个人走着,看着路上的脚印,想象人们在雨天时步履维艰的样子。

路蜿蜒在一大片玉米地里,绿色的枝叶为曲折的小路搭起清凉的屏障。路的尽头是海堤。总是这样,每次在登堤看海之前,先沐浴浓郁的生命之绿。这些玉米,我看着它们发芽,看着它们从幼苗一天一天长高长大,长成这样一片生机盎然的绿色海洋。生命是多么奇妙！

从玉米地里传来一片窸窸窣窣的声音,循声望去,是一男一女两个年轻人,躲在那里接吻。他们都有些害羞,你看着我,我看着你。我看到他们时,两个人的嘴唇正好凑在一起。我的突然出现使他们大吃一惊,他们像触了电似的,猛地跳起来,两个人之间仿佛有一个弹簧,一下子把两个人弹出好大的距离。两个人紧张地看着我,姑娘满面通红,小伙子脸色苍白,好像是行窃的小偷突然被人发现。

"你、你看到了?"小伙子结结巴巴地说,他无法掩饰他的惊慌和急切。"我……我们是头一次,我们什么也没有做,什么也没有!"

姑娘则用绝望的眼神看着我,仿佛我一开口,便能判他们死刑。

我想笑,面对着如此紧张的一对恋人,却尴尬地笑不出来。我一边慢慢地走开,一边讷讷地说:"我什么也没看见,什么也没看见。你们……随便吧。"说着,加快脚步离开了他们。

我的身后,那片玉米地里再也没有发出任何声响。我知道,那一对恋人,依然紧张地站在老地方,保持着距离,你看着我,我看着你……

唉,该死,我破坏了他们美丽的情绪,使他们羞涩的初吻被恐惧和惶惑笼罩,我真不该!小伙子和姑娘我都认识,他们在谈恋爱人们也都隐约知道,没什么见不得人的。可他们为什么害怕,为什么紧张,为什么像做了贼一样?

我急匆匆地走着,宽大的玉米叶撩拂着我的身体和脸,可我已经没有什么感觉。走到尽头,是一堵高墙,不,是堤岸。辽阔的涛声,正越过堤岸,冲击着我的麻木的感官……

1969—1972 年于崇明岛

致 大 雁

一

在澄澈如洗的晴空里,你们骄傲地飞翔……
在乌云密布的天幕上,你们无畏地向前……
在风雨交加的征途中,你们欢乐地歌唱……
秋天——向南;春天——向北……
仰起头,凝视你神奇的雁阵,我总会有一阵微微的激动,有许多奇妙的联想,有一些难以得到解答的疑问……
大雁啊,南来北去的大雁,你们愿意在我的窗前小作停留,和我谈谈吗?

二

有人说你们怯懦——
是为了逃避严寒,你们才赶在第一片雪花飘落之前,迎着深秋的风,匆匆地离开北国,飞向南方……
是为了躲开酷暑,你们才赶在夏日的炎阳烤焦大地之前,浴着暮春的雨,急急地离开南方,飞向北国……
是怯懦吗?
为了这一份"怯懦",你们将飞入漫长而又曲折的征途,等待你们的,是峻峭的高山,是茫茫的森林,是湍急的江河,是暴风骤雨,是惊雷闪电,是无数难以预料的艰难和险阻……然而你们起程了,没有半点迟疑,没有一丝畏缩,昂起头颅,展开翅膀,高高地飞上天空,满怀信心地遥望着前方……

是什么力量,驱使你们顽强地做着这样长途的飞行?是什么原因,使你们年年南来北往,从不误期?

是曾经有过的山盟海誓的约会吗?

是为了寻找稀世的珍宝吗?

告诉我,大雁,告诉我……

三

如果可能,我真想变成一片宁静的湖泊,铺展在你们的征途中。夜晚,请你们停留在我的怀抱里,我要听听你们的喁喁私语,听你们倾吐遥远的思念和向往,诉说征程中的艰辛和欢乐……

如果可能,我也想变成一片摇曳着绿荫的芦苇荡,欢迎你们飞来宿营。也许,当我的温柔的绿叶梳理过你们风尘仆仆的羽毛,掸落你们翅膀上的雨珠灰土之后,你们会向我一吐衷曲,告诉我许多不为世人所知的隐秘和奇遇……

当然,我更想变成你们中间的一员,变成一只大雁。我要紧跟着你们勇敢的头雁,看它是如何率领着雁阵远走高飞的。我要看看——

在扑面而来的狂风之中,你们是如何尖厉地呼号着,用小小的翅膀,搏击强大的风魔……

在倾盆而下的急雨之后,你们是如何微笑着抖落满身水珠,重新蹿入云空……

在突然出现的秃鹰袭来之时,你们是如何严阵以待,殊死相搏……

我要看看,在你们的战友牺牲之后,你们是如何痛苦地徘徊盘旋,如何伤心地呜咽悲泣。也许,你们会允许我和你们一起,围着那至死仍作展翅高飞状的死者,洒下一行崇敬的眼泪……

四

猛烈凶暴的飓风和雷电,曾经使你们的伙伴全军覆灭。在进行了悲壮的搏斗后,天空里一时消失了你们的队列,消失了你们的歌声;广阔无垠的原野上,撒满了你们的羽毛;奔腾起伏的江河里,漂浮着你们的躯体……

我知道你们曾悲哀,你们曾流泪,然而你们会后悔吗?你们会因此而取消来年的旅程,因此而中断你们的追求吗?

不会的!不会的!

当春风再度吹绿江南柳丝的时候,你们威严的阵容,便又会出现在辽阔的天幕上,向北,向北……

当秋风再度熏红塞外柿林的时候,你们欢乐的歌声,便又会飘漾在湛蓝的晴空里,向南,向南……

你们怎么会后悔呢!你们的追求,千年万载地延续着,从未有过中断!

我想象着你们刚刚啄破蛋壳的雏雁,当你们大张着小嘴嗷嗷待哺的时候,也许就开始聆听父母叙述那遥远的思念,解释那永无休止的迁徙的意义了。而当你们第一次展开腾飞的翅膀,父母们便会带着你们去长途跋涉……

我想象着你们耗尽了精力的老雁,当秋风最后一次抚摸你们衰弱的翅膀,当大地最后一次向你们展示亲切的面容,当后辈们诀别你们列队重上征程,你们大概会平静地贴紧了泥土,安心地闭上眼睛的——你们是在追求中走完了生命之路啊!

大雁,渺小而又不凡的候鸟家族啊,请接受我的敬意!

五

雁阵又出现在湛蓝的晴空里。

我站在地上,离你们那么遥远,然而我觉得离你们很近。我的思绪,常常会跟着你们远走高飞……真的,我真想像你们一样,为了心中的信念,毕生飞翔,毕生拼搏。

1982年春

冰 霜 花

一

你从南国来信,要我描绘北方寒冷的景象,这使我为难了。在地图上,我们这个城市是在中国的南北之间,冬天,远不如东北寒冷,但比起你们花城,自然冷多了,凛冽的北风,也能刺人骨髓。然而很难告诉你,什么是这里冬天的特征。你想象中的冰天雪地,这里没有。对了,有一个很有趣的现象,值得向你描绘一下。

早晨醒来,我的窗上总是结满了晶莹的冰霜。这是一些奇妙的花儿,大大小小,姿态各异:有六个瓣儿的,像一朵朵被放大了的雪花;有不规则的,无数长长短短呈辐射状的花瓣布满了玻璃窗格。仿佛有一个身怀绝技的雕刻大师,每天晚上,都在窗上精心雕刻出新鲜的花样,使我一睁开眼睛,就得到一种美的享受,就感受到大自然和生活的多彩多姿……

大自然的创造,是人工所无法模拟的。窗上的这些冰霜花,实在是一个奇迹,每天出现,却绝不重复,千奇百怪,翻不尽的花样。看着它们,我总是感到自己的想象力太贫乏。它们似乎像世上所有的花儿,又似乎全都不像,于是,我想到了天女的花篮,想到了海底的水晶宫……如果是画家,他一定会从这些晶莹而又变化无穷的花纹中得到许多灵感和启示的。而我却只有惊叹,只有一些飘忽迷离的想入非非。我觉得它们是一朵朵有生命的花,是一首首无比精妙的诗……

二

太阳出来后,窗上的冰霜花便会渐渐融化,使窗户变得一片模糊,再也没有什么动人之处了。所以我有时竟希望太阳稍稍迟一些出来,能使这些晶莹的花儿多保留一些时候,让我多看几眼,多驰骋一会儿想象。

这些美妙的小花,只和寒冷做伴。我刚才说的那个雕刻大师,就是它——寒冷,呼啸的北风是它的雕刻刀。在人们诅咒着严寒的时候,它却悄悄地、不动声色地完成了它的举世无双的杰作。大概很少有人看见过冰霜花开放的过程,这也许可以算一个秘密,只有风儿知道,只有水珠儿知道。当那些游荡在温暖的屋子里的水汽,在窗上凝结成小水珠时,窗外的寒流,便赶来开始了它的雕刻。对小水珠儿来说,这种雕刻,可能是一场痛苦的煎熬,是一次生死的搏斗——柔弱而纯洁的小生命,面对强大的寒流,顽强地坚守着自己的营地,勇敢地抗争着。寒流终于无法消灭这些颤动的小生命,只是使它们凝固在玻璃上,成了一朵朵亮晶晶的花儿。

能不能说,冰霜花,是一场搏斗的速写,是一群弱小生命的美丽庄严的宣言呢?你可能会笑我牵强附会。但我从这些开放在严寒之中的小花儿身上,悟出了一个道理:美,常常是在艰难和搏斗中形成的。

三

是的,严寒为世界带来了灾难,却也造就了美。假如你看到被雪花覆盖的洁净辽阔的田野,看到北方人用巨大的冰块镂刻出千姿百态的冰雕冰灯,你一定会惊喜得说不出话来。而冰霜花,似乎是把严寒所创造的美全部凝集在它们那沉静而又精致的形象之中了。面对着它们,你也许再也不会诅咒寒冷。看着窗上的冰霜花,我也曾经想起南国的那些花,那些在炎阳和热风中优雅而又坦然地绽开的奇葩:凤凰花、茉莉花、白兰花、美人蕉、米兰……以及许多我从未曾有机会见识的南国花卉。在难耐的酷暑中,它们微笑着,轻轻地吐出清幽的芳馨。我想,它们和这里的冰霜花似乎有着共同的性格,一个在严寒中形成,一个在高温下吐苞,都曾经历了艰难、痛苦和搏斗,却一样的美丽,一样的使人赏心悦目。无论在北方,还是在南方,我们的周围,总是有一些美好的东西,在默默地生长着,不管世界对它们多么严酷。也许,正是因为形成在严酷之中,这些美,才不平庸,不俗气,才会有非同一般的魅力。

四

你看,我扯得远了。还是回到我要向你描绘的冰霜花上来吧。

然而遗憾得很,暖洋洋的阳光已经流进了我的屋子,窗上的冰霜花,早已融化了,像一行行泪水,在玻璃上无声无息地流淌,仿佛是因为失去了它们的美而悲哀地哭泣着。不错,冰霜花,毕竟不能算真正的花,看着玻璃窗上那一片朦胧的水雾,我心中不禁有几分怅然。不过,到明天清晨,它们一定又会悄悄开放在我的窗上,向我展现它们那全新的容颜。

1983 年 1 月于上海

小黑屋琐记

一

因为没有窗,这里分不出白天黑夜——所以叫它小黑屋。

八个平方,四面板壁;书桌、床,以及快堆到天花板的书和杂志——这就是它的全貌。

三面板壁隔着邻居,隔壁人家的声音丝毫不漏,全部传到这里——夫妻吵架、孩子哭笑、收音机里的相声、电视机里的球赛……

一面板壁隔着走廊兼厨房,板壁缝隙里,常常钻进各种各样的气味——鱼腥、肉香、葱、蒜、油、醋……

一盏八瓦的小日光灯,便足以把它照亮了。柔和的白光,整日抚摸着这里的一切……

在这里,我几乎度过了整个青年时代!

二

花儿在这里要枯萎,鸟儿在这里不肯唱歌,人呢,人在这里怎么样?

是的,假如混沌,它可以成为笼子,牢牢囚禁我的思想;假如颓丧,它可以成为坟墓,活活埋葬我的青春。

而我,却流着汗,憋着气,忍受着四面夹击的噪音,在这里长大了,成熟了,走上了一条追求光明和艺术的道路。

我深深地感谢我这间小屋。我也常常问自己:是什么,使我留恋这幽暗的小天地呢?

三

它曾经空空如也——空荡荡的摆设,空荡荡的思想。

我在这里拉过琴,琴声无力地呻吟着,在四堵板壁间回旋,并且,惹恼了四面人家……

我在这里学过画,画笔蘸着惆怅,画出来也只能是一片迷茫……

八瓦的小灯光线微弱,然而用它为一个读书人照明,是绰绰有余了。当书页沙沙地在这里翻动时,我的心也逐渐亮起来。

是的,它越来越小——这是因为书占据的空间越来越多。

是的,它越来越大——这是因为在知识的瀚海中,我越来越感觉到自己的渺小和无知。

在这里,我终于富有起来,充实起来。给予我的,是无数令人崇敬的先人——

普希金和雪莱在为我吟诗……

泰戈尔老人用他的奇妙的语言,为我讲述许多神秘的故事……

杰克·伦敦和海明威大声地告诉我:人生,就是搏斗!

黑格尔和克罗齐娓娓而谈,为我讲授着美学……

还有我们民族那么多才华横溢的祖先,为我唱着永不使人厌倦的优美的歌……

古老的、新鲜的、艰深的、晓畅的,互相掺杂着向我涌来,需要我清理,需要我挑选……

我像一个淘金者,在幽暗的矿井里采掘灿然的黄金。采不完的金子啊!

四

　　一张字条,赫然钉在门楣上:禁止抽烟!

　　对不起,来做客的朋友,你一支烟,可以使这里整整二十四个小时浊烟缭绕。对不起,朋友!

　　然而这并不妨碍我们交谈,并不妨碍友谊的清泉在这里流淌……

　　来吧,我们谈古论今,让我的小黑屋成为一艘船,驶回远古,漂向未来,周游天涯海角……

　　来吧,我们互相吟诗,吐露心曲,让心儿变成小鸟,从这里飞向辽阔自由的天空……

　　一位搞美术的朋友来到这里,环顾左右,好奇的目光四面碰壁。她说:"等着,我要为你开一扇窗。"于是,几天之后,我的墙上出现了一幅油画——不,是一扇美妙的小窗,窗孔里,是金黄的田野,蔚蓝的天空,清澈的河流,阳光在缤纷的树林里流动……

　　一位作曲的朋友在这里坐了几分钟,捂着耳朵走了。第二天,他为我捧来一台录音机,于是,这里有了音乐,贝多芬、柴可夫斯基、莫扎特、肖邦常常到这里抚慰我了……

　　你们不会忘记这里吧,朋友,尽管在这里不能抽烟。而它,我的小黑屋,也不会忘记你们的!

五

　　笃、笃、笃,走廊里有人敲板壁,邻家大婶又隔着板壁喊了:"我能剁肉吗?要是影响你写文章,我就到晒台上去。"……

"嘘——"另一面隔壁有人在训孩子,是那位爽朗的纺织女工,虽然声音压得很低,还是听得很清楚,"不许闹,叔叔在隔壁写诗,再闹,晚上不许看电视!"……

"呀——"门被推开了,走进来的是前楼的娃娃:"叔叔,今天幼儿园老师教我们一首诗,我念给你听,好吗?"……

生活,在我的四周行进着,脚步杂乱,却亲切。

无数善良温暖的心灵,在我的四周跳动,像夜空里一片晶莹闪烁的星星……

人们啊,你们,按你们的节奏生活吧,这不会干扰我的思索,不会妨碍我用笔在雪白的纸上倾吐心声。我,也是你们中间的一分子,我在这里为你们歌唱……

在黑暗中寻觅到的光明,是永远不会黯淡的。

在狭窄中追求到的辽阔,是永远不会缩小的。

在贫瘠中创造出的丰饶,是永远不会枯竭的。

也许,我将告别它,搬进一间宽敞的有窗户的房子,心灵和躯体,都将得到阳光的沐浴。然而我怎么会忘记它呢!

此刻,正是深夜,万籁俱寂。只有我这盏八瓦的小灯,在四壁之间闪耀;只有桌上的闹钟,在用那永不变化的节奏和语气,庄严地宣告着旧的结束、新的开始——嘀嗒、嘀嗒、嘀嗒……

突然想起刘禹锡的《陋室铭》来:

山不在高,有仙则名。水不在深,有龙则灵。斯是陋室,惟吾德馨。苔痕上阶绿,草色入帘青。谈笑有鸿儒,往来无白丁。可以调素琴、阅金经……孔子云:何陋之有!

1983 年 1 月于上海

宁　静

一

当汽笛、引擎、车轮潮水般涌来的时候……

当各种各样的立体声互相碰撞着,暴风雨般袭来的时候……

当喧嚣的市声像铺天盖地的冰雹,噼噼啪啪在我的四周碎裂的时候……

当那些饶舌的男人和女人扯开粗的细的尖亮的沙哑的嗓门,喋喋不休地在我耳畔喧嚷的时候……

我渴望宁静。

我渴望宁静像一片深邃无垠的夜空,闪烁着晶莹的星星,在我头顶展开。星星是一些安详和善的眼睛,我喜欢默默地注视它们,静静地想我的心事。星星呢,它们会用无声的语言,告诉我许多有趣的事情……

我渴望宁静像一片清凉澄澈的湖水,荡漾着美丽的涟漪,在我的脚下缓缓流动。我要在澄澈的湖水中洗涤旅途的灰尘。我的烦躁和疲惫,也会像那些灰尘一样,悄悄地融化在湖水的清凉和澄澈之中……

我渴望宁静像早晨的云霞,在我的视野里优美地飘动。面对这些缤纷的彩霞,我永远是一个稚憨的孩子,我会痴痴地凝望着它们,在它们无声无息地变幻着色彩和形状的表演中,找到我的骏马、我的骆驼、我的嫦娥、我的圣诞老人……

我渴望宁静啊。

二

宁静有时候是有声音的呢!

——春天的黄昏,三两点稀疏的雨滴,落在阔大的白玉兰树叶上,落在亭亭玉立的荷叶上,落在微微摇曳的芭蕉叶上,落在盛开着菱花的池塘里……那是一群蒙着头纱的古代女子在弹琵琶。我并不想听懂她们弹的是什么曲子,只是觉得这动人的曲子使我陶醉……

——微风不知从什么地方慢慢地踱着碎步走来。他走过茂密的竹林,似乎被那些修长苗条的青竹迷住了,他在竹林里久久徘徊。我不知道那沙沙沙的声响究竟是他的足音,还是竹子们的窃窃私语。或许,是他斜靠在竹荫下,吹起了深情的洞箫……

——清泠泠的月光里,一把小提琴幽幽地拉着《思乡曲》……

——夜深人静的时候,远远飘过来一阵婴儿的啼哭……

——两只不知名的小鸟,在熹微的曙色里喁喁私语……

——潮水有节律地拍打沉默的长堤……

——蝉在幽林中鸣叫……

三

是的,声音太大太杂,便失去了宁静;但所有声音都消失了,你就能得到宁静吗?

哦,我盼望宁静,盼望那些纯净的、优雅的、像诗一样能使我安静的声音。

真的,宁静需要有声音呢!

冬夜,关紧窗户,拉上厚厚的窗帷,似乎万籁俱寂了。为什么我会在静谧中听到一些神秘的声音呢?

我听见水的精灵们在玻璃窗上描画着千奇百怪的冰霜花,在为脱尽了树叶的树枝裹扎着雪白的毛茸茸的绷带……

我听见屋檐下的冰凌正在一毫米一毫米地往下长,就像神话中那些老人的胡须,在往下长着……

我听见雪花姑娘们正在高高的云堆中集合,她们轻声轻气地商议,如何趁着夜色神不知鬼不觉地飘入人间,覆盖大地,让第二天一早在阳光下醒来的人们面对着雪白晶莹的世界大吃一惊……

——唉,在尘嚣和喧闹中,你只想超然物外,甩脱一切声响,而在寂然无声的环境里,你怎么又想象出那么许多声音呢?

——因为,因为我渴望宁静啊!

四

坟墓里的宁静不是宁静,真空里的宁静也不是宁静。

如果失去了所有的声音——大自然的声音、心灵的声音,那只能是死寂!

如果没有生命优美的运动和歌唱,世界还有什么意义呢!

但愿,那些不该有的喧嚣会逐渐平静下来;但愿,那些美丽的声音永远陪伴着我。

我渴望宁静。

1984年6月

咬 人 草

在新疆,有一次到山里访问哈萨克牧人,很偶然地认识了一种奇怪的植物。

如果不是新疆友人介绍,我绝不会注意它们。那是在爬坡的路上,走在前面的友人突然大声叫起来:

"小心!咬人草!"

咬人草?草会咬人?我有点不相信。这是生在路边的一种普普通通的草本植物,叶色暗绿,有点像深秋经霜后的菊,没有什么可怕的地方。

"可别轻视了它,碰它一下,就像被毒蜂蜇一样,手上要肿痛好几天呢!"友人正儿八经地关照我,绝无开玩笑的意思。

这愈发激起了我的好奇心。我俯下身子,绕着一丛咬人草仔细看了半天,除了发现叶片上有一些细小的透明的刺之外,没有任何特别之处。我掏出随身带着的旅行剪刀,用摊开的笔记本接着,小心翼翼地剪下两片叶子。我要把它们带回去,让上海的朋友们也能见识一下这种怪草。

"算了吧,它会咬你呢。"友人笑着劝我。

"不怕,小心点不就行了。"我很自信地回答。

会咬人的草叶夹进了我的笔记本,我却安然无恙。这叶片似乎有些桀骜不驯,硬硬的,不肯平伏,那些尖尖的小刺竟戳穿了两页纸。但不管怎么样,它们是我的俘虏了。我想,这种小草会咬人,也许如同河豚有毒,如同海胆有刺,如同贝类有壳,只是它在同其他生物的生存竞争中形成的一种自卫本能。它足以使觅食的野马和羚羊们望而却步了。然而,在人类面前,这些低级生物的小小把戏又算得了什么呢。

几天以后,我几乎淡忘了这小草。一次,我翻开笔记本准备记一些什么,还没有来得及写一个字,只觉得手指上猛的一阵剧痛,就像被尖利的牙齿狠狠咬了一口。我一下子把笔记本甩出老远,那两片干草叶从本子里掉出来,落在我的脚边——依然是硬硬的,一副倔强的模样,仿佛一对暗绿色的眼睛,冷冷地嘲笑着我……

啊,咬人草,它终于咬了我!

咬是被咬了,我却并没有记恨,相反,倒生出一种敬佩的心情来——这任人践踏的、可怜的小草,性格的刚强不屈竟至于此!它似乎要提醒我一些什么……

我没有再把草叶夹进笔记本,而是任它们在沙土中躺着。因为我确信,假如带着它们,我一定还会被咬的,我不可能老是警觉地惦记着它们、防着它们,也不可能改变它们的性格。与其强迫它们耿耿于怀地跟着我,不如让它们在自己的母土中找到归宿。

然而,关于这咬人草的故事,我是很难忘记了。

1984 年 6 月 26 日于上海

愿你的枝头长出真的叶子

一

记得有一位散文家说过:语言是什么？语言好比是叶子,点缀在你思想的枝头。假如没有这些绿莹莹的可爱的叶子,谁会对你那光秃秃的枝干发生兴趣？

说得好极了。散文的魅力,在很大程度上取决于文章的语言。枯涩的、干巴巴的乏味的语言,不可能组合成动人的篇章。真正的散文家,必须是驾驭文学语言的大师,他们的枝头,一定有着水灵灵的、生机勃勃的叶子,使人一看见眼睛就发亮。

我因此而产生了很多联想呢！读我所喜爱的大师们的散文时,我的眼前常常会出现一些树来:鲁迅——时而是一株参天古银杏,在灿然的夕照中悠然摇曳着茂密的绿叶;时而是一株枸骨,在严寒中凛然挺着不屈的利刺。朱自清——那是一株朴实而又优雅的梧桐,它那些阔大的树叶在阳光下飘动时,使人感到可亲可近;当月亮升起以后,则又会变得无比美妙。陆蠡——一棵精巧的常春藤,那些柔弱美丽的叶子在幽暗中顽强地伸向阳光……泰戈尔——那是一株南国的菩提树,在那些我无法确切描绘形状的叶片下,隐蔽着神秘的果子。阿索林——一棵西班牙的丁香树,晚风里飘荡着那绿叶的清芬。卢森堡——一棵秋天的红枫,每一片红叶都像一团火,优美地燃烧……

也许你以为我想得玄乎,不信,你可以自己试一试。

二

我也因此而钻过牛角尖呢!我曾经以为华丽的语言便是一切,只要拥有丰富的词藻,只要善于驾驭语言,就可以写成美妙动人的散文。

我曾经苦苦地想着怎样使我的叶子丰满起来,缤纷起来。我要变成一棵绿叶繁茂的大树!于是,我曾经有过一本又一本"描写辞典""佳句摘录",有过雪片似的词汇卡片……

我的文字,也确乎华丽过一阵——写日出,可以用数十个形容词渲染早霞的色彩;写月光,可以抖出一大堆晶莹的、闪光的词汇,而且博引古今,从李太白"举头望明月"、苏东坡"把酒问青天",一直到贝多芬的《月光奏鸣曲》……这些华丽而又缤纷的文字,先后被我扔进了废纸篓,因为,没有人爱读它们,我自己,也无法被它们打动。年少的朋友说:太花哨了,没什么意思。年长的行家说:没有真情,没有你自己!

我的心里"咯噔"一下,就像有一阵强劲的秋风狠狠吹来,一下子扫落了我从许多树上摘来披在自己身上的叶子。哦,这些叶子,不是属于我的!我光秃秃了,只剩下几根可怜的枝干。

没有真情,没有你自己!年长的行家道出了我的症结。披一身花花绿绿的假叶子,怎么会不让人讨厌!

我只顾到处找叶子,竟忘记了自己的枝干!真的,属于我自己的叶子,只能从我自己的枝头长出来!用自己枝干中的水分、营养催动那些孕在枝头的嫩芽,让它们挣破羽壳,展开在阳光下。不管它们是圆圆的还是尖尖的,不管它们是阔大的还是细小的,它们总是有别于其他树叶,它们才是属于你自己的。正因为如此,它们才可能吸引世人的目光。当然,知音永远只是一部分人。

于是我努力地在自己的枝头培育自己的叶子。那些由我辛辛苦苦采撷来的、被秋风扫落的华美的叶子,并非一无所用,它们堆集在我的根部,变成了丰富的养料,我用我的逐渐发达的根须努力吸收它们,使它们融入我的躯干——长出我自己的叶子需要它们。终于有一点叶子,从我的枝头长出来了……

我继续写散文。我努力用自己的口吻倾吐我对生活、对人生的感受和思索,倾吐我的爱、我的恨,用我自己的语言描述我的所见所闻。怎么看,怎么想,就怎么说。似乎不如从前缤纷了,但这是真的叶子。

三

是的,只有那些表达着、蕴涵着真情的语言;才是真正的散文语言;只有用这样的语言才能组合成真正的好散文。

不要以为它们都是色彩缤纷的,绝不是这样的。试想,假如每棵树上都一律长满花花绿绿的七色叶子,森林必将失去它的魅力。

谈到散文的语言时,巴乌斯托夫斯基曾经这样讲:

> 散文的词藻开着花,发着光,它们时而像草叶一样簌簌低语,时而像泉水一样淙淙有声,时而像鸟一般啼啭,时而像最初的冰一样发出细碎的声音,也像星移一般,排成缓缓的行列,落在我们的记忆里……
>
> 单纯,比光辉、缤纷的色彩、孟加拉的晚霞、星空的闪烁,比那些好像强大的瀑布,像整个由树叶和花朵做成的尼亚加拉瀑布以及皮上有光彩的热带植物,对内心的作用还要大……

四

很偶然地读到温·丘吉尔的《我与绘画的缘分》。这位叱咤风云的英国首相,居然也写过散文。他当然不在散文大家之列,可《我与绘画的缘分》却结结实实地抓住了我,我喜欢它,它不同一般。他的语言是明白晓畅的,接近于朴实无华,就像随随便便和朋友聊天、谈往事,谈他对绘画的热爱和理解。然而他的机智、敏锐、顽强不屈,甚至他的勃勃雄心,却可以从那些平平淡淡的语言里流出来、闪出来、蹦出来。如果用树作比喻的话,我不知道该把他比作什么树,正像我叫不出植物园里的许多树一样,这毫不足怪。然而它的叶子与众不同,有特点,有个性,我能在万木丛中一眼认出它来。而有许多写过不少散文的作家,我却无法在丛林中辨认它们,也许这就是所谓"性格的力量"吧。我们不妨学学丘吉尔,在追求散文语言的个性化上下一番功夫。

是的,光吐露真情还不够,必须尽可能充分地展现个性,有个性才能自成风格。我想,世界上有多少树,有多少形形色色的叶子,就应该有多少风格迥异的散文语言。只要长在坚实的枝头上,所有的叶子都会有它的动人之处。当白玉兰树以阔大的绿叶迎接着雨滴,为能发出古筝般的奇响而骄傲时,小小的黄杨也正用瓜子般的小圆叶托起雨滴,像捧着无数亮晶晶的珍珠;当香山的黄栌以火一般的红叶燃遍群山的时候,山脚下的银杏也正用金黄的叶片吸引游人的目光……

五

朋友,如果你写散文,你不妨翻开你的稿笺,观赏一下你自己的叶子,看看它们是不是真正属于你的。

愿你的枝头长出真的叶子来!

1984年7月

热爱生命

父亲老了,七十有三了,年轻时那一头乌黑柔软的头发变得斑白而又稀疏。大概是天天在一起的缘故,真不知这头发是怎么白起来、怎么稀起来的。

有些人能返老还童,这话确实有道理。七十三岁的父亲,竟越来越像个孩子,对小虫小草之类的玩意儿的兴趣越来越浓。起初,是养金铃子。乡下的亲戚用塑料盒子装了一只金铃子,带给读小学的小外甥,却让他扣下来了。"小囡迷上了小虫子,读书就没有心思了。"他一边微笑着申述理由,一边凑近透明的塑料盒子,仔细看那关在盒子里的小虫子。"听,它叫了!"他压低了声音,惊喜地告诉我,并且要我来看。盒子里的金铃子果然在叫,声音幽幽的,但极清脆,仿佛一根银弦在很远的地方颤动。金铃子形似蟋蟀,但比蟋蟀小得多,只有米粒大小,背脊上亮晶晶地披着一对精巧的翅膀,叫的时候那对翅膀便高高地竖起来,像两面透明的金色小旗在飘……

金铃子成了他的宝贝了。他把塑料盒子带在身边,形影不离,有空的时候,就拿出盒子来看,一看就出神,旁人说什么做什么都不知道。时间长了,他仿佛和盒子里的金铃子有了一种旁人无法理解的交流。那幽幽的叫声响起来的时候,他便微笑着陷入沉思,表情完全像个孩子。一次,他把塑料盒放在掌心里,屏息静气地谛视了好久。见我进屋来,他神秘地一笑,喜滋滋地说:"相信吗,我能懂得金铃子的意思呢!"

我当然不相信,这怎么可能呢!于是他把我拉到身边,要我和他一起盯着盒子里的金铃子看。"我要它叫,它就会叫。"他很自信,也很认真。米粒大小的金铃子稳稳地站在盒子中央,两根蛛丝般的触须悠然晃动着,像是在和人打招呼。看了一会儿,他突然轻轻地叫了起来:

"听着,它马上就要叫了!听着!"

果然,他的话音刚落,金铃子背上两片亮晶晶的翅膀便一下子竖了起来,那幽泉般的鸣叫声便如歌如诉地在我的耳畔回旋……

"它马上要停了,你听着!"

金铃子叫得正欢,父亲突然又轻轻推了我一下,用耳语急促地告诉我。他的话音未落,金铃子果真停止了鸣叫。

这事真有些奇了。我问父亲这其中究竟有什么奥秘,他笑了,并不是得意扬扬的笑,而是浅浅的淡淡的一笑。他说:"其实呒啥稀奇的,看得多了,摸到它的规律了。不过,这小生命确实有灵性呢。小时候,我就喜欢听它们叫,这叫声比什么歌子都好听。有些孩子爱看它们格斗,把它们关在小盒子里,它们也会像蟋蟀一样开牙厮咬,可这有啥意思呢?人类互相残杀得还不够,还要看这些小生灵互相残杀取乐!小时候,我就喜欢听它们唱歌……"

他沉浸在童年的回忆中,绘声绘色地讲起了童年乡下的琐事,讲他怎样在草丛里捉金铃子,怎样趁着月色和小伙伴一起去地主的瓜田里偷西瓜。在玉米田里,在那无边无际的青纱帐中,孩子们用拳头砸开西瓜吃个饱,然后便躺在田垄上,看着天上的月牙、星星和银河,静静地听田野里无数小生命的大合唱。织布娘娘、纺纱童子、蟋蟀、油葫芦,以及许许多多无法叫出名字的小虫子,都在用不同的声音唱着自己的歌。它们的歌声和谐地交织在一起,使黯淡的夏夜充满了生机,充满了宁静的气息……

"最好听的,还是金铃子。"说起金铃子,父亲兴致特别浓,"金铃子里,有地金铃和天金铃。天金铃爬在桃树上,个儿比地金铃大得多,翅膀金赤银亮,像一面小镜子,叫起来声音也响,像是弹琴。可天金铃少得很,难找,它们是属于天上的。地金铃才是属于我们的。别看地金铃个儿小,叫声幽,那声音可了不起,大地上所有好听的声音,都能在地金铃的叫声里找到。不信,你来听听。"

盒子里的金铃子又叫起来了。父亲侧着头,听得专注而又出神,脸上又露出孩子般的微笑……

秋深了。风一阵凉似一阵。橘黄的梧桐叶在窗外飞旋,跳着寂寞的舞蹈。塑料盒里的金铃子开始变得沉默寡言了,越来越难得听到它的鸣叫。父亲急起来,常常凝视着塑料盒子发呆。盒子里的金铃子也有些呆了,缩在角落里一动不动,那一对小小的响翅似乎也失去了亮晶晶的光泽。

"你把它放在贴身的衣袋里试试,用体温暖着它,兴许还能过冬呢!"母亲见父亲愁眉不展,笑着提了一个建议。

父亲真把塑料盒藏进了贴身的衬衣口袋。金铃子活下来了,并且又像以前那样叫起来。不过金铃子的歌声旁人是很难听见了,它只是属于父亲的,只要看到他老人家一动不动地站着或者坐着微笑沉思,我就知道是金铃子在叫了。有时候,隐隐约约能听见金铃子鸣唱,幽幽的声音是从父亲的身上、从他的胸口里飘出来的。这声音仿佛一缕缕透明无形的烟雾,奇妙地把微笑着的父亲包裹起来。这烟雾里,有故乡的月色,有父亲儿时伙伴的笑声和脚步声……

于是,我想起屠格涅夫那篇题为《老人》的散文诗来:

……那么,你感到憋闷时,请追溯往事,回到自己的记忆中去吧——在那儿,深深地、深深地,在百思交集的心灵深处,你往日可以理解的生活会重现在你的眼前,为你闪耀着光辉,发出自己的芬芳,依然饱孕着新绿和春天的媚与力量!

1984 年 8 月 12 日于上海

永远的守灯人

　　天黑以后,长堤上那盏灯就一闪一闪地亮起来。无论是晴天、阴天还是雨天,它总是像一颗金黄色的星星,沉着、执拗地闪烁在深不见底的天幕上,仿佛在一遍又一遍讲着一个古老神秘的故事……

　　在白天,谁也不会注意它。它只是稍稍高出护堤林带的一个简陋的小木架,有时候我还觉得它破坏了这一带的自然景色呢。

　　到长堤上去,绝不是为了看灯塔,而是为了看大江,为了排遣我心中的沉闷。在田野里劳累了一天,也不洗一洗身上和脸上的泥汗,我就会情不自禁地向长堤走去。

　　穿过一片由榆树、杨树和刺槐树组成的密密的林带,登上那古城墙一般巍峨的堤岸,广阔的长江入海口就在我眼前浩浩荡荡地铺展开了。看着水和天无穷无尽、自由自在地在辽阔的世界中融为一体,看着渔帆和鸥鸟在水天之间悠然飘行,听着浪拍长堤的有节奏的轰响,心中那些忧郁的影子和狭隘的思绪,就会像轻烟一样消散在清新的空气中。如果没有人伴随你,也没有人从堤上走过,你将陶醉在一种极其旷达幽远的宁静中,你会忘记一切,仿佛全身心都融化在大自然里……

　　然而当我从沉思中醒来,发现夜幕已经在不知不觉中悄悄逼近时,一阵不可名状的空虚感便会把我包围起来。于是我又感到了孤独和寂寞,情绪常常一落千丈。这时,简直不能在堤岸上多待一分钟。是的,没有比孤独和寂寞更难以忍受了。如果让我永远待在这空无一人的江海边,那也是一件可怕的事情。

可我还是忍不住要到堤岸上去。一天傍晚,我坐在堤坡上,面对着被夕阳染成一片金红色的江水出神,大自然瑰丽变幻的景象使我深深地迷醉了。突然,背后响起一个苍老的声音:

"哎,小伙子,在看什么?"

回过头来,我不由得一惊。堤岸上,大约离我十来米远的地方,站着一个模样丑陋的老人——罗圈腿,驼背,满脸刀痕一般杂乱无章的皱纹中嵌着一对泪汪汪的小眼睛。这幽灵似的老头,不知是从哪里钻出来的!

见我回头,他挤出一个笑脸。他的笑容也是丑陋的,使人想起童话中那些心怀鬼胎的奸诈的老巫婆。

"天马上黑了,回去吧。"

他向我扬了扬手,又喊了一声,语气非常温和,像是长辈劝说着孩子。

我坐在这里,碍你什么事了?我觉得他扰乱了我的宁静,心里有些恼火,于是便回过头来,装作没有听见。

他再也没有吱声。但我知道他仍然在注视我,我似乎能感觉到背上定定地有两道柔和的光。

太阳落到大江里去了,天一下子暗下来,深邃的紫蓝色从天上一下子压到了水平线上,水天交界处依然亮得耀眼,宽阔的水面闪动着一片暗红色的微波。不过这是一种垂危的光芒,就像生命临终前的回光返照,使我伤感。

我坐不下去了,站起身往回走。那老头竟还在我身后。他蹲在堤岸上,看着我微笑。这一带乡间,很少有像我这样没事坐在海边看风景的人,尤其是老人。这丑老头也真有点怪了。

"我就住在这里。"他仿佛窥见了我的心思,站起来招呼我,"看

听 琴 图

雖楚首獨立卻似憂天下
朱耷善畫此類禽鳥令
觀者遐想　趙麗宏

墨　鴉

见那灯了吧,我就守着它。"他指了指不远处的那个简陋的木架子灯塔,灯塔下有一间黑褐色的小木屋。

我默默地对他点了点头,默默地走下了堤岸。他凝视着我,那对嵌在皱纹里的泪汪汪的小眼睛中,流出了疑惑,也流出了同情,似乎还有几丝焦虑。真是个怪老头。

我没有和他打招呼,走得很远了,才回过头来——夜幕已经笼罩了世界,堤岸上已经什么都看不见,引人注目的只有那盏灯,一闪一闪地亮起来……

以后,每次到江边,总是能见到他。他似乎在暗中监视我,尽管不走上来问什么,却老是在离我不远的地方转来转去。这使我恼火,看风景的兴致全被他破坏了。他想干什么呢?我终于忍不住了,一天,当他在我身后站着的时候,我突然转过身走到他面前大声问道:

"请问,你老盯着我干啥?"

他先是一愣,马上就露出一嘴稀疏的牙齿不自然地笑起来:"哦,没有呀,没有盯你呀。我每天都在这里。"他指了指灯塔下的小木屋,仰起脸很诚恳地说,"小伙子,到我屋里坐一会儿去吧。"

这一来,弄得我十分尴尬。还是离开这里吧。我摇了摇头,向堤下走去。我没有回头看他。

我一连好多天没有上堤岸看江。不知怎么搞的,这位奇怪的守灯人,老是在我的脑子里转。晚上,看着那灯塔一闪一闪的亮光,我就想起了他那流淌着神秘色彩的目光。

再一次登上长堤时,我没有看见他。这是一个宁静而又优美的黄昏,我又像以前一样,沉浸在落霞和晚潮交织成的奇妙风景中……他似乎失踪了,以后几次,我也没有看见他。然而灯塔下那间小木屋门虚掩着,看样子屋主人不会走得很远。我几乎把他忘了,只有在天黑以后,当我从远处看到那一闪一闪的灯塔时,才会想起他来。

  我准备回城探亲去。临走前一天,我又登上了堤岸。那是一个阴沉沉的黄昏,灰蒙蒙的浓云压在水面上,一群鸥鸟贴着水面低低地盘旋着,不时发出急促不安的鸣叫,气氛沉闷得令人窒息。我正想回去,突然刮起了大风,风从辽阔的水面上席卷过来,发出撼人心魄的呼啸。微波起伏的水面一下子躁动翻腾起来。骤然而起的惊涛骇浪,如同一大群棕黄色的野马,铺天盖地,争先恐后,蹦跳着、推挤着、蹿跳着,发疯似的向堤岸狂奔过来。它们撞在堤岸上,撞得粉身碎骨,撞出炸雷一般的轰响,水花一溅数丈,一直洒上了高高的堤岸……

  这惊心动魄的大自然奇观把我看呆了。在这激动、狂放、雄浑野性的大自然面前,人显得多么渺小,多么微不足道。天上有急雨落下来,但我却不想回去,我真想让这汹涌的浪潮冲一冲郁积在心中的忧郁和惆怅。情不自禁地,我慢慢向堤坡下走去……大约在我跨出第四步的时候,背后突然有一双手伸出来,紧紧地抓住我的手有劲地往堤岸上拽。回头一看,又是他,那位守灯的老人!只见他浑身淋得透湿,神情紧张地盯着我,两只手像两把有力的铁钳,把我的手握得生疼。

  "小伙子,年纪轻轻,要想开一些!上来吧,回家去吧!你家里的人在等着你呢!"他一口气吐出一连串话来,口气焦急而又诚恳。

  他以为我想自杀呢!我一下子恍然大悟了:他仍然一直在暗中盯着我,他怕我投水!看着他鼻眼挤成一堆的紧张焦虑的表情,我忍不住笑起来:"哎呀,你想到哪里去了!我只是喜欢一个人安静,喜欢看江水。"

  "哦——"他松开了我的手,紧张的表情松弛了,雨水慢慢地顺着他脸上的皱纹往下滚动着,"这就好,这就好。"他点了点头,转过身慢慢向远处的灯塔走去。在灰暗的暮色和呼啸的风雨中,他那佝偻的背影显得异常怪诞……

我呆呆地站着,目送着他的背影,说不出是怎样的一种心情,烦恼、好笑、激动、伤感……都不是。不过,有一点是无疑的,我很感动,也有点内疚。他的背影在风雨中消失后,我突然产生了一种强烈的欲望:要找人去讲讲话,听他们讲,也向他们讲讲我自己……

那天晚上,不知为什么,我特地走到村口的石拱桥顶上向远处眺望。在密实的雨帘中,堤岸上那盏灯的光芒显得微弱了,并且时隐时现,像一只在幽暗中不安地眨动着的眼睛。那微弱闪烁的光芒从来也没有这样使我感到亲切……我想,等我从城里回来,我一定要叩响那间小木屋的门,去看看那位奇怪的守灯老人,把我的烦恼告诉他,他一定会理解我的。

一个月后的一天,我又登上堤岸。这次,我并没有坐下来看大江,而是径直向灯塔走去。

小木屋空无一人。一把已经开始生锈的大铁锁,把两扇薄薄的木板门锁得严严实实;两扇小窗也用木条钉了起来,一只灰色的大蜘蛛不慌不忙地在窗框上吐丝织网……这不像有人住着的屋子。他去哪里了呢?

我正站着纳闷,一个穿黑色布袄的中年农民从堤岸下走上来,他用一种好奇的、带着怜悯色彩的目光观察了我一会儿,问道:"怎么,你要找看灯驼子?(哦,他们叫他看灯驼子!)"

"是的,我想找他。"

"你还不知道?他死了,死了快一个月了!"

我只觉得脑子里嗡的一声,听觉也变得模糊起来——这怎么能让人相信呢!一个月前,他还曾用一双铁钳般的手拉着我往堤岸上拽,我至今还能感觉到他手上那令人生疼的力量。他怎么会死呢?

见我发蒙的样子,那中年农民叹了口气,又摇了摇头:"唉,也真可怜,晚上灯还亮着,第二天不见他人影,进屋一看,人躺在床上,死了。他身边什么人也没有,光杆一条,只能把他埋在堤岸下了。"

堤岸下的树林边上,多出了一个小小的土堆,土堆上已经星星点点地长出了青草……

我说不出一句话,只是默默地站着,听任又热又酸的泪水在眼眶里打转。这个孤独的守灯老人,当死神在他的门口徘徊时,他竟还想着把一个素不相识的年轻人从死神身边拉回来……

没有鲜花可以献给他,在这萧瑟的旷野里,只有青青的小草。我折下几根榆树枝,扎成一个绿色的花环,恭恭敬敬地放到了他的坟头。暮色降临了,在堤岸的那一边,苍茫的水面上,又在重演着一场悲壮而又迷人的日落……哦,愿这落日成为我的花环,天天奉献于他的坟头。

天黑以后,长堤上那盏灯一如既往,又一闪一闪地亮起来。我不想去探究此时是谁把这灯点亮的,我心里的守灯人只有他。凝视着那遥远而又亲切的灯光,我的心里涌出几行诗句来:

> 你死了,
> 你的灯亮着。
> 在茫茫夜海上,
> 我永远看得见你温暖的光芒。

1984 年 11 月 14 日

峡 谷

在走向大海的旅途中,一座大山挡住了江河的去路。于是江河和大山便展开了一场你死我活的搏斗。巍峨的大山像一堵不可逾越的高墙,它自信江河必定在它脚下溃退。然而江河却发疯似的冲啊撞啊,怎么也不肯退回去另谋出路。谁也无法计算这种搏斗持续了多少年。渐渐地,大山在急流的冲撞下出现了裂缝……终于有一天,随着轰然一声巨响,大山豁开了一道巨口,江水欢呼着从山的豁口中冲了过去。坚忍不屈的江河终于是胜利者。大山只能无可奈何地看着江水冲过自己巨大的创口,浩浩荡荡地流向远方……

我游历过大大小小不少峡谷,站在那些森然的峭壁下,倾听沉雷般的水声弥漫峡谷,心里便会涌出上述联想。峡谷是不是这样形成的,我没有研究过,或许还因为地震,因为滑坡,因为一些人类至今尚未弄清的原因。不过我想,许多峡谷是山水搏斗的产物。我曾经两次经过长江三峡,一次顺流而下,乘大船;一次逆水而上,坐小船。在急流呼啸的江中看两岸千姿百态的山峰,看那些雄奇的峭壁纷纷闪开为大江让道,我的心里油然升起一缕敬意。生机勃勃的江河是运动着歌唱着的生命,它们有追求、有信心、有力量,它们当然是不可阻挡、不可战胜的。峡谷,正是江河的纪念碑,纪念它们的勇敢无畏,纪念它们的坚忍顽强,纪念它们的胜利。哪里能寻找到比峡谷更宏伟、更壮观的纪念碑呢?

有些峡谷极窄,人行其中,常常会生出疑窦:能走通吗？在景色迷人的大宁河上游,我曾在一个名叫野猪峡的深谷中走了两里地。那是条非常奇特的峡谷。两堵凹凸不平的峭壁之间,窄处才二三米,宽处不过七八米。举头望去,忽隐忽现的天光宛若游龙,闪烁出没于危崖和草木之间。峡底曲折蜿蜒,一道清澈的急流拐来拐去奔突蛇行。峡谷由宽而窄,渐渐窄到无路可寻了,只有乱石迎面扑来,急流在脚背上撞起尺把高的浪花,沉闷的水声震得人头晕眼花……此时此刻,哪里还会产生什么纪念碑之类的联想,只有惶恐、疑惑和如烟如雾的水汽一起笼罩着我。我想,以这样一道纤细柔弱的泉流,要在这乱山中拓开一条出路,简直痴心妄想。然而峡谷终于豁然开朗,憋着劲儿在幽暗中流泻的泉水突然见到了日光,激动地扑向前去,在嶙峋的石滩中跌跌撞撞地奔跑了一程,慢慢平稳下来,形成一条清波粼粼的河。转身回望,那峡谷只是一道黑森森的裂缝,不动声色地嵌在峭壁上……当地的导游告诉我,传说许多年前,猎人们发现了一匹其大无比的野猪,于是紧追不舍。野猪逃至峭壁前无路可走时,突然狂嚎一声,一头撞到峭壁上,峭壁竟然被撞出一道裂缝,野猪顺裂缝逃出深山,摆脱了猎人们的追逐,后人遂称此地为野猪峡。这当然只是传说而已,一个并不美妙的传说,却也是生命战胜了顽石。我想,造成这峡谷的必定是水,是那股细小而坚强的山泉。生命的活水啊,你们能创造多少奇迹呢？

　　也有一些走不通的峡谷,如果你曾经走进这样的峡谷,你就会很形象地体会绝望的滋味。生命的流水也曾经冲击过这些峡谷,也曾经想走通这些峡谷去投奔江海,然而终于未能如愿。当心灰意懒的流水从这些峡谷中退出去时,那些未被走通的峡谷如同一张咧开的嘴,得意地狞笑着……

　　是的,走在形形色色的峡谷里,我总是会生出很多联想。我联想到生命的美丽坚忍,也联想到生命的曲折艰难。如果没有这些挡路的山,没有这些又深又窄的峡谷,生命之花或许能开得更繁茂更动人呢。在我的联想中,还有一条奇特的峡谷,其他任何人也许都无法联想到它。

这是上海的一条弄堂。两幢高高的大楼在弄堂两边相峙着,两幢楼间的夹缝便形成一条又深又长的峡谷。每天,有无数人从这峡谷中通过。这里风大得出奇,不管什么天气,站在弄堂口,风准能把你的头发吹得像一堆乱草。到夏天的夜晚,这里便成了避暑胜地,几十米长的小峡谷里,坐满了乘凉的人。抬起头来,夜空就像一柄深蓝色的剑,镶嵌着几颗晶莹的宝石。打从会走路开始,我每天都要从这里走进走出,这小峡谷使我感到亲切。可是到后来,它突然变得恐怖起来,因为有人从其中的一幢大楼上跳下来,摔在弄堂口,死了。那是1957年深秋。那天,弄堂口人山人海,看热闹的人们皱着眉头,远远地看着仰躺在弄堂口的死者,轻轻议论着:"是自杀,自杀,大概是右派分子。"那时我还小,自杀这个词汇,也是头一次听见。我不明白,为什么有人竟会自己找死,这么大这么好的世界,难道无法留住他们?

跳下人来的那幢大楼门口,挂着七八块单位招牌,也没有门卫,白天谁都能进去,晚上也不锁门。这一年有两个人从大楼上跳下来。第二位死者是一个四十来岁的女人,摔碎了脑壳,折断了一条胳膊,尸体在弄堂口躺了整整一上午,其状惨不忍睹……以后,只要逢到搞什么政治运动,这条小峡谷里便会出现一两个跳楼者。到"文化大革命"初期,这种惨状登峰造极,一天上午,先后跳下两个人,弄堂口头一位跳楼者的尸体还未拉走,弄堂里又跳下一个来……

一天傍晚,我走到弄堂口,忽听得头顶有人喊了一声,抬头一看,只见一片蓝色的影子从空中飘飘地往下坠,像是一件衣裳掉下来。等地上发出一记沉闷的响声时,我才意识到:是人!而且就摔在离我不到三米远的地方!跳楼者嘴里还在呼哧呼哧吐气,很快便有血沫跟着吐出来,脸色也由红转白转青转灰,几秒钟后便断了气。这是个不到三十岁的小伙子,一身崭新的中山装,上衣口袋里还别着一支亮晶晶的钢笔……

我们这条弄堂于是在上海出了名,人们暗地里称那幢大楼为"自杀大楼"。有人在大楼临街道和弄堂的窗子上加了铁栅栏,但自杀者还是有办法越窗而下。他们想死的念头是那么坚定执着,似乎没有什么力量能阻止他们跳下去拥抱死神。对这里的居民们来说,这条小峡谷变得阴森可怖了,进出弄堂时,人们情不自禁要举头望一望。炎夏之夜,尽管小峡谷里凉风宜人,却再不见一个乘凉者……对那些跳楼者,我深深地同情他们,并且为他们感到悲哀。他们中间,没有一个是我认识的,他们来自这个大都市的不同角落,谁也不清楚他们究竟为什么要寻死。现在想起来,他们都是那些政治运动的牺牲品。我相信,他们中间没有一个是犯了死罪的!哦,在人生的旅途中,会遇到一些难以通过的峡谷,通过它们需要勇气和毅力。有些人历尽苦难和屈辱,那些狭隘无情的峡谷终于无法阻挡他们,更无法挤扁他们。他们走通了一条又一条峡谷,到达了无比开阔的新天地。而有些人,却无法通过他们所遇到的峡谷,譬如在那条小峡谷里丧生的人们……

关于那条小峡谷的凄惨可怖的故事,是属于昨天的回忆了。自从我们国家走出那一条长长的噩梦般的大峡谷之后,我们的弄堂里再也没有出现过跳楼者。住在那里的人们似乎已忘了从前的故事,从弄堂口走进走出时,再也不会举头窥探、步履慌张。夏夜,小峡谷里又坐满了乘凉的人,清凉的风送来了新鲜空气,头顶上那一长条蓝天,又像一柄镶了宝石的剑使人们赞叹不已。

而我却总也忘记不了小峡谷往日的故事。当我在真正的峡谷中流连觅胜时,我便想起了那条小峡谷。形成小峡谷的两幢大楼,虽比不上大山巍峨,但如果作为纪念碑,它们的含义大概是任何大山都无法相比的。这不是胜利者的丰碑,也不是失败者的耻辱柱,它们只是两块无字的碑石,默默矗立在人声喧哗的大都市中。如果人们不曾忘记发生在这条小峡谷里的故事,那么,它们或许会默默地发出震撼人心的声音:人们啊,要尊重生命,要珍惜生命!

　　生命啊,永远不要在峡谷里停留,不管是自然的还是人为的峡谷,冲过去,远方有大海在等待着。

1985年8月于上海

独 轮 车

曾经在一个又一个寂静无声的夜间醒着,思绪如同浮游的雾气,不着边际地飘,不知何处归宿。于是便努力静下神来,在黑暗中睁大了眼睛谛听,期望能有一些声音飘入耳中,哪怕这声音微弱得难以捕捉,但希望能有。譬如有一管洞箫呜咽,有一把小提琴低吟,或者是一个男人用低沉的嗓音在很远的地方唱一支听不清曲词的歌……然而总是什么也听不到。只有风声在窗外忽隐忽现,依稀能想见那风是如何撞动了树叶,如何卷起地上的尘土,也想起了发生在风中的数不清的往事……想着想着,风声就似乎发生了变化,不再那么单调,也不再那么无从捉摸。它们在我的耳中化成了音乐,时而是轻柔的小夜曲,时而是雄浑的交响乐,时而是奇妙的无伴奏合唱,旋律既熟悉又陌生。作曲的不是别人,而是自己。

假如热爱音乐,每个人都可能是作曲家。当然,你创造的旋律也许只在你自己的内心回旋,旁人无法听见这些属于你的音乐。小时候不知音乐为何物,只知道有些声音好听,有些声音刺耳,于是总想拣那些好听的声音来听。四五岁时跟大人到乡下去,农民用独轮车把我从码头送到村子里,一路上独轮车吱吱呀呀响个不停。这声音实在不怎么悦耳,像是一些老太婆尖着嗓门在那里不停地瞎叫嚷,听得人心烦。从码头到村子的路很长,耳边便不断地响着独轮车那尖厉而单调的声音。一路上有很多风景可看,忽而是一片竹林,忽而是一棵老树,忽而是一座颓败的小教堂,当然还有各种各样的石桥,有被炊烟笼罩着的村庄……看着看着,似乎把独轮车的声音忘了,那声音逐渐和眼里掠过的故乡风景融为一体,于是再不觉得刺耳。那时这种木制的独轮车是乡间最主要的运输工具,在公路上,在弯弯曲曲的田埂上,到处是吱呀作响的独轮车。有时候几十辆独轮车排成长龙在路上慢吞吞地行进,阵势颇为壮观。而几十辆独轮车一起发出的声响简直是惊心动魄,那些尖厉高亢的声音交织汇合在一起,像一群受压抑的人在旷野里齐声呼叫。我无法听懂这种齐声呼叫的意义。我常常凝视着那些沉默的推车人,他们大多是一些瘦削的老人,布满皱纹的脸上没有笑容,车带深深地勒进他们的肩胛,汗珠在每一道肌腱上滚动。我觉得独轮车的声音就是从这些推车人的心里喊出来的……

很多年以后再回乡下,便很难见到这种独轮车了。坐着汽车驶过原野,心里居然惦记着独轮车的声音,希望能再听一听。没有了这些声音,乡村的绿树碧水中,仿佛缺少了一些东西。缺少了什么?我说不清楚。当我向乡里人打听消失了踪影的独轮车时,人们都用诧异的目光盯着我。一位开汽车的中年人反问道:"你问这干啥?"在我惶然的沉默中,发问者已笑着自答:"它们早过时了。独轮车的时代不会再回来喽!"

我依旧惶然,只是开始为自己的背时而惭愧。怀恋着这种原始落后的玩意儿,岂不背时?不过我还是又见到了独轮车。那是在一间堆放柴草杂物的小屋子里,一辆古旧的独轮车被蛛网和尘土笼罩着悬在梁上,车把已断了一根,车轮也已残缺不圆。我默默地看着它,一种亲切感油然升上心头。我仿佛看着一把被人遗弃的古琴,琴弦虽已断尽,琴身也已破裂,然而它依然是琴。只要你曾经听到过它当年发出的美妙音响,那么,即便无法再演奏,琴声依然会悄悄地在你心头旋起,而且这旋律将会加倍地动人。你会用自己的思念和想象使残破喑哑的古琴复活……

　　而独轮车,大概是很难复活了。只是那悠长而又凄厉的声音,却再也不会从我的心中消失,它们化成了属于我的音乐,时时在我的记忆中鸣响。这音乐能把我带到童年,带回到故乡。

1985 年秋日

瞬间的迷惑

一生中总有迷路的时候。有些人在迷途中极其冷静,他们智慧和毅力的每一根神经都会变成眼睛,专注地在纷乱和幽暗中找寻出路,他们的迷途是短暂的。有些人在迷途中慌作一团,虽然脚不停步,却盲目地乱转一气,最后稀里糊涂走入歧途,谁也不能预料他们会走向何方。

我这个人辨别方位的能力很差,所以常常迷失方向。在大都市中,我并不惧怕迷路,因为到处都是人,可以发问。就是在乡间问题也不大,总有热心的乡里人走过来指点。有时我会生出这样的念头:假如是在荒无人烟的野外或者沙漠上,情况会怎么样呢?

几年前的秋天,去过一次新疆。坐着军用小吉普飞驰在千里大戈壁中,那种新鲜感是极其短促的。因为车窗外的风景永远不会有什么变化。寸草不生的青褐色的旷野,大大小小形态奇异的卵石,还有被烈日烤出的蒸腾热气,使遥远的地平线变得起伏不定、朦朦胧胧,仿佛这寂寞而又枯燥的旅途永远也没有尽头……

吉普车突然停下来,周围是渺无边际的戈壁滩。车停在这里干什么?司机是一位年轻的军人,嘴唇上长着柔软的胡须。他急匆匆跳下车去,神色有些紧张。

"是不是车坏了?"我急忙问。

司机不作声,抿紧了嘴打开车盖查看一阵,然后才答道:

"车出故障了。"

我心里一紧,在这里抛锚,可不美妙!前无人家后无客栈,茫茫苍穹底下只有无边无际的戈壁滩和我们这辆瘫痪了的小吉普……

"问题不大,我能修好。"小司机莞尔一笑,给了我一颗定心丸。说罢,埋头修他的车了。

在车上坐着没意思,我便下车在戈壁滩上溜达起来。在光秃秃的戈壁滩上溜达也没有意思,我便选了一块光滑的卵石,背对着吉普车坐下来,无聊地打量着周围那遍地横陈的大大小小的、被诗人想象为"龙蛋"的卵石。这些卵石究竟怎么会出现在戈壁滩上,实在是一件不可思议的事情。我的目光落定在一块奇怪的卵石上,这卵石形状极像一只圆睁着的眼睛,中间一个黑黝黝的凹陷,正是深不可测的瞳仁。这大眼睛有些可怕,那神秘而又愤怒的目光直直地瞪着我,瞪得我心颤。这大眼睛在荒凉的戈壁滩上瞪了多少万年?曾经有多少旅人发现过它那神秘而又愤怒的目光?曾经有多少不为世人所知的故事在它的瞪视下发生……我想着想着,因为旅途劳累,便渐渐迷迷糊糊、昏昏欲睡起来……突然背后轻轻地飘来一阵发动汽车引擎的声音。回头一看,不禁大吃一惊——停在身后的那辆小吉普,竟然已无影无踪!通向天际的道路已和莽莽苍苍的青褐色大戈壁融成一体,任我怎么搜寻,也看不见小吉普的影子。

我霍地从卵石上站起,放开嗓门喊了一声,顿时,空旷寂寞的大戈壁上响彻凄楚悠长的回声:"回来!回来!回——来——"这回声从四面八方传过来,在我的身畔旋转起伏,像无数透明无形的绷带,一层一层把我包裹……无形的绷带顷刻便化成了恐惧,结结实实地笼罩了我,使我猛然意识到自己危险的处境。

这浩瀚无涯的大戈壁中,现在只剩下我一个人了!靠两条腿,要想走出这千里荒漠简直是梦想,况且我根本辨不清南北东西,不知道该向何处走。我马上想到了夜幕降临后的情景,狂风咆哮,在伸手不见五指的黑暗中隐匿着的,是蛇的绿眼、狼的血口、鹰的铁爪……

回头看,那块眼睛似的大卵石依然在。它看起来似乎更像一只眼睛,但它的目光却有变化,掺杂在神秘中的愤怒不见了,取而代之的是嘲讽,是幸灾乐祸的冷笑。

接下来,发生了令我毛骨悚然的事情——那石头眼睛突然眨了一下,黑黝黝的瞳仁变成一道下垂的缝,复又睁开,冷笑的目光中嘲讽的意味变得更浓。我不敢相信这是真的,双手用力揉揉自己的眼睛,再一动不动盯着那只石头眼睛,仿佛是为了证明并非我的错觉,那石头眼睛又狠狠地眨了三下,然后用一种冷漠的目光凝视我。

我感到浑身的毛发一根根都竖了起来。此刻别无选择,赶紧走,逃离那石头眼睛的视线!

走!然而举步维艰,双脚是那么沉重……走!坚硬的戈壁滩竟变得像沼泽一样,一步一陷。我想寻找公路,那条近在咫尺的公路却已不知去向!我跌跌撞撞地走着,像一个无法控制自己的醉汉。我简直不敢回头看那只紧盯住我的石头眼睛,我的背脊上能感觉到它那冰凉冰凉的注视。

突然,我被脚下的一块小卵石绊了一下,重重跌倒在地。抬头看时,不禁倒抽一口凉气——那只石头大眼睛,正横在我的面前,并冷冷地逼视着我!我下意识地从地上捡起一块小卵石,准备朝那大眼睛砸过去。握石的手中一阵灼热,转眼看手中之石,又倒抽一口凉气——手中的那块小卵石,竟也是一只圆睁着的眼睛!我急忙扔掉手中的卵石,那卵石却并不着地,在我眼前画出一道弧线,然后绕着我的头顶飘飘悠悠飞起来。这哪里是什么卵石,分明是一只活灵活现的眼睛,恶作剧地在空中一眨一眨瞟着我。再看周围,天哪,横陈在地上的所有卵石,都变成了大大小小的眼睛,用各种各样不同的表情直愣愣地瞪着我。我被一群可怕的眼睛包围了!现在,任我怎么拔腿飞跑,也跑不出这些眼睛的围观和追踪了。这些石头的眼睛,这些千百年来倒毙在大戈壁中的迷路者的眼睛,这些迷惘的惊奇的悲哀的凶险的幸灾乐祸的眼睛们啊……

我失魂落魄地颓坐到地上,绝望地闭紧了眼睛,再不想也不敢看周围的一切。这时,耳畔突然爆响一阵雷鸣般的声音,我睁开眼睛,强烈的阳光刺痛了我的瞳仁。那声音仍然不停地在响——哦,是汽车引擎的轰鸣!

身后有人轻轻地拍了拍我的肩膀:

"汽车修好了,请上车吧!"

我猛地回头,只见那位年轻的军人微笑着站在我的身后,几颗亮晶晶的汗珠在他柔软的胡须上闪动。那辆小吉普停在老地方一动未动。

原来是做梦!刚才可怖的一幕,全是梦境!

"刚才,你睡了三分钟。"年轻的军人指指手表。他那镇静的乐呵呵的声音,一下子把我的恐惧和迷惑驱逐得干干净净。

吉普车启动了,走远了,那石头的目光还在我眼前闪动。

1986年2月

书　房(2013年8月)

思想者天马行空
读书人孤帆航海

乙酉四月
赵丽宏书

特奥蒂瓦坎之夜

特奥蒂瓦坎古城,一片被茅草和仙人掌覆盖的废墟。当流血的残阳在起伏的地平线悄然消隐时,废墟复活了。

茅草和仙人掌成了他们稀疏凌乱的须发,在幽邃沉重的天幕下飘动。凹陷残缺的窗和门,成了他们的眼和口。那些黑洞洞的深不见底的眼睛,曾凝视过千年来的风云变幻和尘烟起落,他们的视线里有人的搏斗、跋涉和挣扎,也有兽的厮咬、追逐和交欢……那些永不闭锁的嘴,则在娓娓叙说着产生在墨西哥高原上的种种历史和传说……

一群鹰从逐渐暗黑的天空盘旋降落,无声地消失在废墟的背后。无法知道它们藏在何处。

太阳金字塔和月亮金字塔面目模糊了,只是将巨大巍峨的剪影黑黝黝地投到天幕上,成为两头神奇的巨兽,在逐渐浓重的夜色中默默对峙。它们对峙了千百年,谁也无法移动一步。旭日东升时,太阳金字塔陶醉在容光焕发的骄傲中;月上中天时,月亮金字塔便成为尊贵矜持的公主。咫尺天涯,它们之间的距离是多么遥远,永远可望而不可即。只有在这样没有月光的暗夜,只有在朦胧的夜色笼罩特奥蒂瓦坎的所有一切时,它们才暂时失去了距离。日月诞生的神话像神秘的烟雾,在黑暗中弥漫着闪烁着,迸发出惊心动魄的声响。两座金字塔在这烟雾中融为一体……

神秘的烟雾真的出现了——

空空荡荡的"亡人大道"上人声骤起:杂沓的脚步声由远而近,陌生的鼓乐中夹杂着陌生的呐喊和歌唱……不见人影,唯有声浪汹涌蔓延。声浪过处,道旁的废墟中——飘出怪诞的音响,有似老者低吼,有似妇人窃笑,有似隐士轻声自语,有似众人七嘴八舌争论……凹陷的窗和门中,闪出七彩的幽光……

突然,一阵浪卷潮涌般的大响轰然而起,淹没了广袤幽暗的特奥蒂瓦坎。这是人群的欢呼,这欢呼来自每一座古堡、每一段残垣、每一块岩石,来自茫茫古城的每寸土地。渺无人迹的特奥蒂瓦坎被狂热的欢呼淹没了……

太阳金字塔在欢呼的簇拥下竟逐渐亮起来,亮成一个无比巨大的通红透明体,犹如旭日将升未升时的天空,在那默默燃烧的红色之中,孕藏着一轮生机勃勃的太阳……

终于,一切都悄悄地消失,只剩下黑暗和风的呼啸,影影幢幢的废墟神秘地投影在深邃的天幕上。

那消失的一切,并不是幽灵显形,也不是我的幻觉,而是现代墨西哥人用现代技术装扮的特奥蒂瓦坎之夜,是电脑、彩灯、扬声器在黑暗中演出了这一切。于是历史得以再现,传说得以上演,寻奇探秘的目光得以满足,渴望翱翔的想象之翼得以飞展……

离开特奥蒂瓦坎时,一个墨西哥孩子拦住了我们的汽车。只见一双大眼睛在车窗前闪闪发亮,那眼神中充满了急切的期待。他手里举着两尊乌黑的石头雕像,口中连声喊道:"先生,买一对雕像吧——太阳神和月亮神!它们会给您带来运气!"

浓重的夜色里,我没有看清楚那一对雕像的模样。太阳神和月亮神凝缩到了这样两块小小的黑曜石中,足见人类的聪慧和幽默。天地万物究竟是谁的创造,没有人能说得清楚。人类能引为骄傲的绝不是大自然的鬼斧神工,而是自己的创造。此刻正被黑暗和荒寂笼罩着的特奥蒂瓦坎的古代墨西哥人为什么会离弃这座雄奇辉煌的古城,也没有人能说清楚。究竟是为了躲避灾祸,还是为了追求更完善更美好的栖身之地……我想,能有勇气舍弃这样一座城市去进行新的冒险,开拓创造,这也是人类值得骄傲的举动。这举动引出后来人多少绮丽缤纷的幻想,这些幻想,也是人类智慧的结晶。当夜幕降临,这些结晶便有声有色地出现了……

遐想之间,汽车已远离了特奥蒂瓦坎。回头望去,只见一片深不见底的夜色,古城被夜色融化了。而前方,墨西哥城的灯火正像黎明的海洋一般扑面而来。在越来越辉煌的灯火中,我似乎又看到了那个高举着太阳神和月亮神的墨西哥孩子,看见了他那双睁大着的充满了期待的眼睛……

1986 年 8 月

鹰 之 死

天是深蓝色的。坐飞机飞越太平洋时俯瞰地面,大海就是这种深蓝色。这无边无际的蓝色深沉得令人心头发颤发眩,想不出用什么词汇来形容它描绘它。只是由此联想到世界的浩瀚,想到宇宙的无穷,想到无穷之中包藏着不可思议的内涵。也由此联想到人和生命的渺小,在这广漠辽远的天地之间,生命不过是轻小的微尘……

微尘,芝麻大的一个黑点,出现在深蓝色的天空中,乍看似乎凝滞不动,仿佛钉在天幕中的一枚小钉;仔细观察,才发现黑点在动,像是滑行在茫茫大洋中的一叶小舟。

"鹰。"

墨西哥向导久久凝视着天上的黑点,轻轻地告诉我。那对栗色的眼睛里,闪动着虔敬神往的光芒。

"鹰。"

墨西哥向导追踪着天上的黑点,嘴里又一次发出低声的呼唤。

这是在墨西哥南方的尤卡坦平原上,我们的汽车在墨绿色的丛林中穿行,高飞在天的孤鹰把我的目光拽离地面拉向天空。鹰,是墨西哥的国鸟,在那面绿白相间的墨西哥国旗中央,就有雄鹰展翅的图案。这是墨西哥人心目中的神鸟、吉祥鸟,它是勇敢和自由的象征。

鹰的形象逐渐清晰起来,宽大的翅膀张开着,也不见扇动,只是稳稳地滑翔,忽而俯冲,忽而上升,矫健的身影沉着而又潇洒地描绘在深蓝色的天空,那深邃无垠的苍穹便是它自由自在的王国。它是遥远的,也是孤傲的,人无法接近它。

这时,我们的汽车驶进了一片墓地。浓密的树荫遮蔽了天空,鹰消失了。迎面而来的是玛雅人的坟墓。坟墓形形色色,色彩缤纷得叫人眼花缭乱。形状各异的墓碑和棺椁上绘满了鲜艳的花纹和图案,有些坟墓索性被堆砌成宫殿和摩天大楼的模型,连大楼上的窗户、壁饰和霓虹广告也被精心描了出来。远远看去,这墓地就像是一座被缩小了的现代化都市。在人迹稀少的丛林中突然出现这样一座缤纷却又寂然无声的微型都市,感觉是奇妙的,一种神秘的气氛顿时笼罩了我的思绪。玛雅人,这个古老奇特的民族,竟用了这么多的颜色来装点死者的坟墓,我不知道这是一种古老传统的延续,还是现代玛雅人的创造。死者是没有知觉的,一切坟墓以及它们的色彩和装饰都是出于未亡人的需要,为了向人们显示死者家族的高贵和富裕,为了让人们记住死者生前的功德和地位,等等。反正,安卧在坟墓中静静腐烂的死者是什么也不会知道的。不管你是显赫的要人还是卑微的贫民,一抔黄土掩面,余下的事情便是被泥土同化,人人难逃此劫。我想,假如死者有知觉的话,压在他身上的碑石还是轻一些简朴一些为好……

正胡思乱想着,汽车又来到了宽阔的公路上。天空依然是那么深邃那么蓝,几缕纹状白云在天边飘浮,如同远远而来的几线潮峰。鹰还在天上盘旋,它不慌不忙地飞,悠然沉稳地飞,看不出它飞行的轨迹。这高飞的孤鹰,似乎正在执着地寻找着什么,追求着什么。它的归宿在哪里呢?

鹰的归宿当然也是死!

鹰是如何死去的呢?

鹰也有坟墓吗?

也许是刚从墓地出来的缘故,闪现在我脑海中的问题,居然都是死和坟墓。鹰啊,你高高地飞在天上,你是不会回答我的。

记起在四川坐船经过雄奇的瞿塘峡的时候,一位在山中长大的诗人曾指着峻峭的绝壁告诉我:"最悲壮的是鹰的死。当一只老鹰知道自己死期将近时,便悄悄飞到绝壁上,在一个永远也不会被人发现的岩洞中躲起来,默默地死去。人们无法找到鹰的尸骨。这渴望自由的生命,即便死了,也不愿意被牢笼囚禁。假如灵魂不灭的话,坟墓也真可以算是另一种牢笼呢!"

也记起在新疆的大戈壁滩上旅行的时候,一位塔吉克猎人为我吹奏的鹰笛。这是用鹰翅骨制成的短笛,那高亢、尖厉、急促的笛音仿佛来自天外云中,来自极其遥远的另外一个世界。无论是欢快激越的曲子还是徐缓抒情的曲子,笛音中总是流溢出深深的凄怨,流溢出言语难以解释的哀伤。塔吉克猎人说:"鹰是神鸟,它是属于天空的。鹰死在什么地方,人的眼睛永远看不见。"我问:"那么,你手中的鹰笛是怎么来的?"猎人一笑,答道:"用枪打的。这可不是猎杀鹰啊!取鹰骨制笛是为了把鹰的精神和形象留在人间。猎鹰是一件极严肃的事情,只有那些衰老的或者病危的鹰才能被打下来取鹰骨,而且必须经过有权威的老猎人鉴定。随意猎杀鹰,天理不容!"至于鹰的自然死亡是如何景状,猎人一无所知,只能在高亢凄厉的鹰笛声中由自己想象了。鹰笛的旋律飘忽不定,鹰的形象就在这飘忽不定的旋律中时隐时现:这是一只生命垂危的老鹰,正展开羽毛不全的黑色翅膀,顽强地做着最后的翱翔。它苦苦地寻找着自己的归宿,然而归宿隐匿在冥冥之中……

最惊心动魄的,是一位来自西藏的作家的叙述。这位作家有一个当天葬师的年轻藏族朋友,他曾多次上天葬台看天葬,看天葬师肢解尸体,将尸体捣碎用酥油糌粑搅拌后喂鹰群。那一群专食尸肉的鹰,因为不必费工夫觅食,再不飞离山巅,只是在天葬台附近懒洋洋地徘徊,只要天葬师背着尸体上山,它们便可以饱餐一顿。久而久之,这些鹰的形状发生了变化,它们身上的羽毛脱落了,肥胖的身躯犹如蹒跚的绵羊,一对翅膀再无法托起沉重的身体飞入高空,它们变成了一群不会飞的鹰。只有那锋利的钩嘴、炯炯的亮眼和粗壮有力的脚爪,仍能表现它们是强悍凶猛的鹰类。在藏族人心目中,这是天上的神鹰,它们是神圣不可侵犯的,死者的灵魂能否升天,就由它们来决定了:尸体食尽,死者灵魂便安然升天;尸体倘一次吃不完,死者灵魂便永远被关在天堂门外了。谁也没有发现过这些神鹰的尸体。这些鹰,难道长生不死?年轻的天葬师产生了难以抑制的好奇心,他开始悄悄地观察那群老在他身边踱来踱去等待食物的鹰。终于发现秘密了——一只老鹰垂死了,它离开了群鹰,独自在一块岩石上兀立着,不吃也不动。当它的伙伴们围着天葬台争食尸肉时,它毫不动心,一对乌黑的眼珠呆呆地凝视着天空。一天又一天,一个星期又一个星期,它从不移动位置,它的伙伴们也绝不来打扰它。天葬师惊奇地发现,这不吃不动的老鹰明显地消瘦下来,逐渐恢复到了一般秃鹫的体态。奇怪的是,它的精神却毫不萎靡,两只眼睛愈发炯炯生光地盯着天空。有一天黄昏,在一次天葬结束之后,奇迹终于发生了。这只"打坐"多日的老鹰突然展开宽大的翅膀有力地拍动了几下,随后便稳稳蹿入空中。它围绕着天葬台盘旋几圈,接着就箭一般向高空飞去。天葬师抬头凝视着越飞越高的老鹰,只见它小成了一颗黑豆,小成了一粒芝麻,小成了一点若有若无的尘埃,最后消失融化在莽莽苍苍的蓝天之中。天葬师情不自禁地喃喃自语道:"哦,神鹰,神鹰……"他眼里噙着泪花,心中充满了由衷的敬畏。这时,天葬台周围那一群刚刚饱餐过一顿尸肉的鹰也像天葬师一样,昂头呆望着苍天。天葬师深信不疑:此刻,有两个灵魂正在同时升天……

在墨西哥深蓝色的天空下,这些关于鹰的见闻和回忆在我的脑海里回旋着翻腾着,它们无法编织成一幅清晰完整的图画。这些流传在中国的关于鹰的传说,和墨西哥有什么关系呢?从车窗仰望天空,那只孤独的鹰仍在悠然翔舞,仍在寻求着谁也无法探知的目标。鹰没有国界,它们大概是性情相通的吧,我想。关于鹰的死,在墨西哥不知是否有什么传说。那位墨西哥向导始终在注视着天上的鹰,陷在沉思之中。

"你们这里有没有鹰的墓地?"问题出口后,我有些懊悔了,这会不会冒犯主人呢?

墨西哥向导转过头来,栗色的眼睛里闪烁着惊讶。他盯住我看了一会儿,目光由惊讶转为平静。还好,没有恼怒的意思。

"鹰怎么会有墓地呢?"墨西哥向导指了指天空,用一种神秘而又骄傲的口吻说,"它们的归宿在天上。假如生命结束,它们将在高高的空中化成尘埃,化成空气,连一根羽毛也不会留在地面!"

这下轮到我惊讶了。这和我在国内听到的传说简直是惊人地巧合。没有国界的鹰呵!

也许,人是习惯于为自己构筑藩篱和牢笼的,对活人是如此,对死者也一样。人类的历史,便是在拆除旧藩篱旧牢笼的同时不断构筑新藩篱新牢笼,这大概是人类作为高等生物区别于其他生物的原因之一吧。鹰呢,鹰就不一样了。我又想起了在长江三峡时听到的那位诗人对鹰的评论:"这渴望自由的生命,即便死了,也不愿意被牢笼囚禁!"

抬头看车窗外的天空,那只孤鹰已经不知去向。只有渺无际涯的深深的蓝天,在我的头顶沉默着,不动声色地叙述着世界的浩瀚和宇宙的无穷……

          1985年11月记于墨西哥南方
          1986年9月3日写于上海

死之余响

有些情绪,用文字是很难描绘出来的。即便是语言大师,恐怕也未必能随心所欲,把所有的情绪都真实而又形象地记录下来。我很钦佩作曲家,他们手中掌握的音符的表现力,远在文字之上。有时候文字只能状其皮毛,音乐却可以揭示内核,把复杂情绪的波动、回旋、变化、撞击,奇妙地再现出来。这是由内而外的再现,有如泉水从曲折的岩洞中喷涌而出。当水花晶莹地四溅时,人们听到了水石相叩的丰富的音响,每一个瞬间的音响都不会重复,它们由远而近,由微弱的呜咽发展成浊重的轰鸣。你可以从中想象水流的经历,想象那岩洞的逶迤窄暗,想象清澈的泉水在冲出幽禁黑暗之后的狂喜……这一切,你是听到的而不是看到的,是音乐给了你具体而又真切的联想。

譬如死,这是人人都必须经历的人生一课。这是一个休止符,生命的乐章到这里便戛然而止了。从此以后,所有的一切都消失,没有声音,没有色彩,只有谁都无法体会的无尽的黑暗和无底的深渊。很多作家写过死,描绘得很具体,渲染得有声有色。对于没有经历过死的读者们来说,大概也无所谓不真实,不过总会有疑问产生。我少年时代读小说时,便常常这样自问:"真是如此吗?写书的人自己没有死过,怎么会知道死者死时的感受呢?"结论是:都是编出来的。后来听到了法国作曲家圣桑的《死之舞蹈》,我的灵魂却受到了震动。这位曾经写过许多优美的小夜曲的音乐大师,居然用音符为死神画了一幅活动的肖像。在沉重而怪诞的旋律中,我仿佛看到了一个飘然起舞的黑影,那舞姿僵硬拙笨,每一次摇晃都展示着凶兆。他也伏地扭动,痛苦万状地扭动,白骨和白骨在扭动中碰得格格作响。黑影愈舞愈疯狂,终于被一阵风暴撕裂,裂成千千万万块碎片,如同一群黑色的乌鸦,沉默着展翅朝天空飞去。它们占据了天空,并且放声歌唱了,歌声并不是世间乌鸦那种令人心烦的聒噪,而是优美平静的叹息,像深秋的寒雨,一滴一滴疏朗而又均匀地落下来,落在遍地黄叶的原野上,激起悠长无尽的、激动人心的回声……

圣桑为我描绘的死神并不可怕,也不可憎,倒有点令人神往,其中有一种浪漫美妙的诗意。这和世人闻之色变的那个死神完全是两码事。唉,圣桑写《死之舞蹈》时毕竟也是个会说会笑的大活人,和作家们一样,他也未曾尝过死的滋味。也许,用一张黑纸或者一盘无声的磁带来描绘死神更好,在冥冥之中,无形的死神默默地跳着谁也看不见的舞,无法预料他将在哪一个男人或哪一个女人的身边停下脚步……

愈是神秘莫测的东西,愈是吸引人的注意力,这大概也是人类高明于其他生物的特点之一。死,作为一种必然的生理归宿,使很多人望而生畏,没有多少人乐意把自己的名字和这个动词连在一起;然而作为一种话题,死,却总是受人欢迎的,用悲伤、哀悼、同情、惋惜或者幸灾乐祸的语言谈论别人的死,可以消磨那些寂寞的时光。

我很难忘记我在旅途中的一次关于死的闲谈。那是几年前在南方某地的一个小旅馆中,当夜幕降临的时候,同室的四个人相对而坐,一起看着窗外寂寥的夜色默不作声,气氛很有些尴尬。中国的小旅馆习惯了把素不相识的人硬塞到一间屋子里做伴,于是那些生性腼腆孤僻的人便有罪可受了。好在同室的另外三位都是走南闯北惯了的小旅馆常客,很快便找到话题打破了尴尬的局面。话题是缤纷的,古今中外,天南海北。那几位似乎都想炫耀一下自己的见识,但他们的话题引不起我的兴趣。这时,门外旅馆女服务员的一只半导体收录机里突然大声放起了音乐,正巧,是圣桑的《死之舞蹈》。音乐不客气地从门缝里钻进来,几乎淹没那几位兴致勃勃的声音。

"倒霉,放这种死人音乐!"

睡我对面的一个中年人愤愤地嚷了一声。他的抱怨使我大感兴趣,我问:"你知道这是什么曲子?"

"知道,是《死之舞蹈》。"中年人不假思索地回答后,又补充道,"这是听我的一个邻居说的,他是个医生,不知为什么老喜欢听这号小曲。知道这曲儿叫《死之舞蹈》后,我一听见它心里就发毛,背上直起鸡皮疙瘩。为啥?这曲儿让我想起'文革'中那些个跳楼自杀的人。"

"你见过跳楼的人?"另一位房客插进来问道。

"见过!离我家不远有一幢大楼,人称自杀大楼,'文革'中有十几个人从这楼上跳下来,我就亲眼看见了四个。有一个老人摔折了腿骨,白花花的骨头从脚弯里戳出来,戳穿了大腿,老人还没断气,手指还一颤一颤往地里抠。看热闹的里三层外三层挤得人山人海,就是没有人来救他,眼看着他躺在地上死过去。看热闹的都说这老头准是畏罪自杀,可等收尸的把老人抬起来时,他的手心里飘下一张白纸来,纸上是三个血写的字:我无罪。听说这老人是个教师,教了一辈子书,真惨。还有个年纪轻轻的女人,也不知道是干啥的,半夜里从楼上跳下来,摔破了脑壳,脑浆整个飞出来,溅得满地都是……"

中年人声音弱下来,再也不往下说。过好久,才有人打破了沉默。

"唉,真作孽!'文革'中自杀的人太多了,我也见过好几个,有服毒的,有投河的,有吸煤气的,也有吊死的。我们那里的一家医院里有个老中医,挺出名的,外省的人都来找他治病。'文革'一开始,他就变成了特务,天天戴高帽子游街,老医生活不下去了,自杀啦……"

"怎么自杀的?"

"是服毒的吧?他是医生嘛!"

"不,是用衬衫把自己勒死的。他被关起来隔离审查,哪里找得到毒药,连裤带也被收了去。夜深人静后,他脱下衬衫,撕成一条一条,搓成一根绳子,绳子一头系在床架上,一头套在脖子上,两只脚也无法悬空,不知怎么就自己把自己勒死了。"

"唉,说起上吊,我在'文革'头一年见到过两个上吊自杀的人,那场面才叫壮观。也是老人,两个,一对老夫妻,男的八十三岁,是一个著名技术权威,从前一家老小都在美国和加拿大。解放后,他带着老婆回国参加建设来了,把儿女都撂在了国外。'文革'一开始就搞到了他头上。抄家抄了三天三夜,财产家具整整运走了八大卡车。那帮抄家的爷们儿也实在缺德,从箱子里翻出儿女们从国外带给老两口的寿衣,硬逼他们穿上。大伏天,穿着厚厚的大袍大褂,人不人鬼不鬼的,满身大汗地被牵着游斗。小孩子跟在后面朝他们身上扔蕃茄皮、煤球灰。几个钟点游斗下来,老夫妻俩全瘫了。你想,他们受的西方教育,一直被人敬重,哪里受得了这样的屈辱。他们住宅的窗户面对着一条最热闹的大马路,第二天早晨,这条马路交通堵塞了,成千上万的人从四面八方拥到这条马路上来看热闹。看什么?看两个上吊自杀的人!这对老夫妻想得绝了,打开了窗户,绳索一头系在窗框上,另一头套在颈脖上往窗外跳,这样人就悬挂在窗外了。老夫妻俩身穿着宽大挺括的寿衣,双双悬挂在大马路上空,就像两面迎风飘扬的黑旗。这场面,我死也忘不了。成千上万人站在下面抬头向上看,谁都不敢大声说话,只听见一片轻轻的啧啧声……"

屋子里又是一阵静默。过一会儿，又有人开腔了：

"这些自杀的人，真得有些勇气才行。我佩服他们。你们不把人当人看，我就死给你们看！有种！那些窝窝囊囊活着的人，真该向他们学学才对呢。"

"你这话怎么讲？'文革'中窝窝囊囊活过来的人太多啦，要是都去自杀，中国恐怕要死一大半人呢！我们那里有个京剧团，'文革'开始后，团里有一半演员挨批挨斗，斗得可惨了。有的被剃光了头，有的被打折了腰，从前被人喝彩捧场，现在天天冲厕所扫马路，还时不时要低下头跪地请罪，你说窝囊不窝囊。可他们还是活过来了，现在一个个又都名气响当当了……"

"不，也有例外的。我就听说过一个女演员自杀的事。也是个唱京剧的，才二十几岁，'文革'前，刚开始唱得有点红，很多人捧她，后来被斗得一塌糊涂，还被关进了'牛棚'。一天，看'牛棚'的突然发现她越窗逃走了，到处找也找不到。第二天才在剧团的化妆室里找到了她。她换上了大红缎子的戏装，头上戴着凤冠，脸上还精心化了妆，就像从前上台之前一样。她直挺挺地躺在地上，死了，是用剪刀剪开了动脉，鲜血浓浓地流了一地……"

隔壁有人开自来水龙头，哗哗的流水声听起来惊心动魄。不言而喻，大家都从这声音中联想到那流了一地的女演员的血……

"哦，可怕，太可怕了。"

"听说外国有专门介绍怎样自杀的书，我们中国大概没有翻译过。看来自杀并不需要指导的，只要你抱定心思想死，总会想出办法来。假使把'文革'中自杀的人的死法写成一本书，大概比外国的《自杀指南》还要丰富，是不是啊，你们说呢？"

说这段话的那位想用他的幽默来冲淡屋子里肃穆的气氛，但是没有人被他的幽默感染。接他话茬的那一位语气依然肃穆：

"说得不错，只要想死，总有办法。我老婆单位里有一个小青年，不知怎么成了'现行反革命',关在一间屋子里被审讯了两天两夜,不给吃也不给睡,把那小青年弄得精疲力竭。可那帮搞车轮大战的专案人员有吃有睡,一个个精力充沛,怎么也不放那小青年过关。好,想出了新花招,用麻绳把小青年两脚一捆,倒吊在房梁上,叫做'倒挂金钟'。这倒挂的钟非响不可,可那小青年偏偏是个犟牛,硬是一声不吭。专案人员把门一关扬长而去,临走留下话来:什么时候招供,什么时候放你下来!过几个小时进门一看,那倒挂着的小青年死了,自杀了!他的死法谁也没有预料到——他的脚吊在房梁上,下垂的双手正好够得着地上的一张写字台,台面上有一块玻璃,他把玻璃砸碎了,用一块碎玻璃抹脖子,割断了气管……"

隔壁的水龙头依然在哗哗地流……

"是啊,那些想自杀的确实有办法,我们那里以前有一个党支部书记……"

"算了,别说了,再说下去,'文革'中屈死的冤魂今晚都要到这屋子里集会来了!"

"说吧,这是最后一个,到此为止。"

"那个党支部书记是个血气很盛的中年汉子,芝麻绿豆官,也算是'死不悔改的走资派',又是斗,又是关。这老兄也绝了,随你怎么斗他批他打他折磨他,他就是不说一句话,只是用一双冒火的眼睛瞪你,结果苦头越吃越大。怕他自杀,那些看守的人日日夜夜盯着他,不让他有片刻的自由,连上厕所都有人看着。可他还是自杀了,死了!那天送饭给他吃,看守站在他前面陪着,只见他拿起一双竹筷子,定定地看了几秒钟,突然抽出其中的一根,用极快的速度塞进自己的鼻孔,然后猛地将头重重地向桌面上磕去,只听'噗'的一声,长长的竹筷子整个儿戳进了他的鼻孔,戳到了脑子里!那党支部书记仰面翻倒在地上,当场就死了,连哼都没有哼一声。"

此后,谁都没有再开口。一切嘈杂的声音都消遁了,只有深秋的风,哮喘一般地在窗外游荡。夜幕下的世界和我们一起想着心事。

哦,那些勇敢而可怜的人!

哦,那些本该灿烂地活下去却被凶暴无情的狂风吹折了的生命!

死神并没有点他们的名,他们却坚定地顽强地攀上了死神的囚车。

他们的生命停止在一个个多么可怕的符号上!这些符号,至今想起来,依然使人的心灵颤抖。他们死了,含着冤屈,怀着愤怒,憋着满腔的疑问和哀怨。他们死了,他们冷却了的躯体曾经被无数相识和不相识的人围着、看着、指点着、议论着……

也许,无数活着的人曾面对着他们的尸体这样默默地问过:为什么他死了?为什么他们死了?为什么有那么多的人要自己结束自己的生命?为什么……

于是,在无声的黑夜里,便有了一些回响,一些闪烁着火星的回响。

这天夜里,我再也无法入睡。窗外的夜空中,几颗稀疏的寒星晶莹地亮着,应和着我的遐想。不知怎的,我的耳畔老是回旋着圣桑的《死之舞蹈》,音乐的形象,也一遍又一遍在我的眼前重现着——

一群黑影飘然起舞,伏地扭动,舞姿痛苦万状。狂风撕裂了黑影,裂成千千万万块碎片,如同一群黑色的乌鸦,沉默着展翅向天空飞去。它们占据了天空,并且放声歌唱了,歌声并不是世间乌鸦那种令人心烦的聒噪,而是优美平静的叹息,像深秋的寒雨,一滴一滴疏朗而又均匀地落下来,落在遍地黄叶的原野上,激起悠长无尽的、激动人心的回声……

1986年10月7日于上海

背　影

合上那本薄薄的名叫《佩德罗·巴拉莫》的小说,全身心都被一层神秘的烟雾笼罩着,久久无法解脱。这烟雾不是静止的,它们在我的眼前翻卷弥漫、飘忽不定。烟雾里幻化出形形色色的幽灵,鬼魂在其中呐喊,人在其中呻吟,真真假假,死死生生,鬼鬼人人。马蹄踏踏响过空无一人的庄园,飞扬的尘土中一张张惊恐惶惑的脸时现时隐……

在记忆中,没有哪一本小说曾使我产生如此离奇而又强烈的印象。沉湎在它的意境中时,这世界这人类仿佛全都有了新鲜的含义,尽管这种新鲜沉重而又阴郁。能创造这种意境的必定是大智者。因为他们,人类的精神世界将不断丰富博大。时空失去了它们固有的规律,死者复活了,生者窥见了死后的一切,死者和生者不动声色探究着人生的真谛。智慧的调色板上不时泛出人们一时还叫不出名字的新奇的色彩……

我于是记住了这本小说的作者,记住了一位墨西哥当代作家的名字:胡安·卢尔弗。

小说的扉页上没有作者画像,因此我无从知道他的外形,不知道他长有怎样的一张脸、怎样的一双眼睛;不知道他是喜欢蹙着眉峰沉思,还是常常抿紧了嘴显出一种含义深长的微笑……这一切是无法想象的。我曾经尝试着用自己的想象描绘他,然而不行,那片神秘的烟雾中幻化不出他的脸来。只有一个背影,瘦削的、修长的,披着一件黑色的风衣,低着头,步履沉重地在我前面缓缓行走。神秘的烟雾围绕着他,却无法将他淹没……

数年之后,当我接到通知准备出访墨西哥时,脑海中冒出的第一个念头就是:好,这次能见到胡安·卢尔弗了!

人生的机遇是那样的偶然,那些可求而不可得的事情突然出现在你面前时,有些人惊喜,有些人惶惑,而我,两者兼有,深想一下,也许是惶惑多于惊喜。当我飞越太平洋取道美国踏上墨西哥大地时,心里便充满了这种莫名的惶惑。走出墨西哥机场时,在出口处迎接我们的是墨西哥作家协会主席何塞因·乌莎因先生。这是一位风度翩翩的美男子,脸上永远含着温和诚恳的微笑,这微笑消除了陌生的屏障。在汽车驶向宾馆的途中,我便向他吐出了心中的惶惑:

"胡安·卢尔弗先生,他还在墨西哥吗?"

"在,他住在墨西哥城。他是我们作家协会的名誉主席。"何塞因先生微笑着回头凝视我,目光中掠过一丝惊讶。

"这次,能拜访他一下吗?"

何塞因先生没有直视我的期待的目光,转脸看着车窗外缤纷的街景,沉吟片刻,才答道:"他最近身体不好,一直在家闭门不出。如果身体许可,他一定非常乐意见你们。他知道你们要来,他很重视你们的访问。"

一个不置可否的回答。我不能再问什么,只能听凭安排了。也许是怕我失望,何塞因先生又回过头来,笑着补充了一句:"我这两天就到卢尔弗先生家里去。我们尽量安排吧。"

一点还未熄灭的希望的火星!

然而不管怎么样,我毕竟已经离他很近了。那些远隔重洋,相距万里的遥想和揣测都已经成为历史。此刻,我和他身在同一块土地上、同一个城市里。走在墨西哥城那些人潮汹涌的街道上,我总是情不自禁生出这种念头:"他大概也在这条路上走过的。"然而墨西哥城繁华的都市风光却怎么也无法使我联想起《佩德罗·巴拉莫》,联想起小说中那扑朔迷离、真幻难分的气氛。而在那些脚步匆匆的墨西哥城人身上,我也难以联想到胡安·卢尔弗的身影。

他依然神秘,依然是被烟雾围绕着的背影。

墨西哥城的普通老百姓是不是知道他?他们怎样看他?怎样理解他?我很想知道这一切。据我所知,除了中篇小说《佩德罗·巴拉莫》,他只写过一些短篇小说,加在一起才薄薄的一本书。若以创作数量计,在中国他恐怕要领一张作家协会的会员证也会遇到麻烦。大作家也是各式各样的。

一直陪着我们的卡门太太是墨西哥作家协会的戏剧部主任,一位举止优雅的中年女士。一次闲聊中,我们谈起了胡安·卢尔弗。

"您认识他吗?"

"胡安·卢尔弗,"卡门轻轻重复着他的名字,语音里流溢出一种神往,"我当然认识他,大家都认识他。"

"能谈谈您对他的印象吗?"我很有兴趣地追问。

卡门把头一甩,笑了,金色的头发遮住了浅蓝的眼睛。她的描绘极其简单,也有些朦胧:"一个离群索居的老人,一个沉默的老人。他的目光能看到你的心灵深处,你却未必能看到他。他喜欢在寂静中冥想,谁也走不进他冥想中的世界。"

我的专注出神的表情引起了卡门的注意,她又笑了:"等见到他,你就知道了。"

又是一点燃烧的火星!卡门这样说,想必言之有据。

仿佛又离他近了一步。只是仍旧只见他的背影,他的反剪着双手、低着头踽踽独行的背影。

一天,由翻译陪着去逛墨西哥城的书店。我的目光停留在五花八门的文学著作中,我在找他的名字。一位黑头发黑眼睛的小伙子走近我,友好地向我点头微笑。这是书店的职员,他显然想向我提供帮助。

"我想找一本胡安·卢尔弗的著作。请问,您知道胡安·卢尔弗吗?"

"当然知道。我们中学的课本里就有他的小说。"小伙子说着,把我引到一个书架前,"瞧,这里都是他的著作,各种版本的都有。"他从书架上挑出两本书,递到我手中。

两本书都不厚,装帧简朴,涂塑的封面上没有艳丽的色彩和图案,只有黑色西班牙语字母组成的书名赫然醒目。书的设计者很聪明,像他这样的作家,无须以缤纷华丽的外衣作为装饰。翻译告诉我,两本书中,一本是《佩德罗·巴拉莫》,另一本是《胡安·卢尔弗小说集》。虽然不识西班牙文,我还是情不自禁地动手翻开书页……

不知为什么,书还未翻开,我的心跳却紧张地加速了。为什么?按惯例,这样的著作扉页上都印有作者的照片——难道,我是怕看见他的照片?

也许真是这样。我怕见到他的照片后,会破坏了深藏在心里的那份神秘感。照片上的他,未必能将目光射到我的心灵深处。要消除那份神秘感,也应该是在见到他本人的那一刻。为何不将这种感觉保留延迟到那一刻呢?

书还是翻开了。两本书的扉页上都没有他的照片。是出版者的疏忽,还是作者本人的意旨,不得而知。

当我在墨西哥南方的玛雅文化遗址前发出由衷的感叹时,他的背影依然不时在我眼前出现。我觉得他的形象和笼罩着神秘色彩的玛雅文化有一种内在的默契,只有在能诞生玛雅文化的土地上,才能诞生他这样的作家。玛雅文化中断得极其突然,以至成为举世瞩目的历史和人类之谜。这谜又使我联想起他的创作。1962年,他只有四十四岁,正是精力旺盛的年龄——在中国,这种年龄的作家常常被归入"青年作家"之列。就是在四十四岁的时候,他中断了创作,再没有写过一篇小说。此后的二十多年,他默默地把自己关在墨西哥土著民族研究所,研究他的人类学。他为什么搁下了手中那支不平凡的笔?是厌倦了,不想再写?是觉得峰巅已过,想永远保存自己在读者心目中的形象?是人类学吸引了他,使他认为研究人类的乐趣远在写小说之上?……如果见到他时,我很想亲口问一问。暂时我还无法知道答案,不过我想,这答案大概要比玛雅文化为何中断简单得多。

又回到墨西哥城了。还有两天就要起程回国。何塞因先生在一家中国餐馆设宴为我们送行。他是否去过胡安·卢尔弗家中?我们和胡安·卢尔弗的会面能否实现?何塞因先生微笑着不动声色。他总不会忘记了自己的许诺吧。

终于,何塞因先生谈这件事情了。当听到他口中出现胡安·卢尔弗的名字时,我的心又一次抽紧了。

"胡安·卢尔弗的身体仍旧不好,这几天还在床上躺着。不过,他非常愿意见你们。假如……"

何塞因征询的目光落在我们团长的脸上,善良的团长犹豫了片刻,答道:"既然卢尔弗先生卧病在床,我们就不打扰他了,请您代我们转达敬意和问候吧。"

这一话题就到此结束。我闭口无言,感到沮丧,眼前仿佛出现了似梦非梦的情景:我久久地追随着一个神秘人物,他时隐时现地走在我前面,从不转身回首看我一眼。我步履急促,连奔带跑,他却一步一步走得极慢。眼看已离他不远,只要再紧追几步,就能赶上他。然而我竟一脚踏空,跌进一道突然出现的深壑之中。当我在黑暗中挣扎时,他走远了……

哦,我将带着一份遗憾返回中国去!

离开墨西哥城,离开诞生了他的那片土地,我踏上遥远的归程。飞越太平洋时,正是茫茫黑夜,舷窗外什么都看不见,只有深不见底的黑暗。我企图想象他在病榻闭目静思的模样,然而不行,想象的翅膀怎么也不肯往那个方向飞,唯有他的背影,唯有他的背影依然无声地走在我不可企及的前方……

只能再沉浸到他的小说中去继续重温他寻找他想象他。

回国不到四个月,就听到他离开人世的消息。那是登在《文艺报》上的一则一寸见方的小消息,许多人也许不会注意它,我,却默默地对着这条消息沉思了很久。我想起了他小说中一段关于死的描写:

> 死就像一条河,慢慢地涨着水,慢慢地把它盖住,然而它不紧不慢地就成了一条新的小河。

他的河是不会枯竭的。这河将发出他的奇特的声响,在曾经追踪过他的人面前流着,并且会逐渐汹涌起来,宽阔起来。在他的涛声里我仍将看见他的背影,瘦削的、修长的,披着一件黑色的风衣,低着头,步履沉重地在前面缓缓行走。神秘的烟雾围绕他,却无法将他淹没……

1986 年秋

孔 雀 翎

　　三支长长的孔雀翎,插在那只白瓷大肚花瓶里。孔雀翎真像是极精致的工艺品,细而柔软的羽毛整齐潇洒地沿着翎骨向两边分开,说不清这些羽毛是什么颜色,绿不像绿,黄不像黄,阳光一照,还有金色闪出来。翎骨越往上越细,沿翎骨向上互生的羽毛却依然细密柔长,到翎骨顶端,两边的羽毛便汇合成一个椭圆。椭圆内的色彩极为奇丽:中间是一个墨蓝的圆点,圆点周围绕一圈耀眼的褐绿,这就是被人们称作"孔雀蓝"的那种颜色;再向外是淡淡的褐绿,椭圆的四周是一圈极不显眼的金黄色细边,仿佛用小狼毫蘸着色彩精心勾出。这色彩奇丽的椭圆很像一只大睁着的眼睛,神秘的目光人世间罕见。三支孔雀翎上,便有三只大睁着的眼睛一刻不停地盯着我。

　　孔雀翎之所以被世人以为美,大概主要就是因为这个色彩奇丽的椭圆。可是当这椭圆在我的目光里成为眼睛时,有一种异样的感觉不知不觉笼罩了我。这眼睛,绝不是孔雀的眼睛,也不是人的眼睛。是什么的眼睛,我说不清楚。这眼睛里流露出的目光,是惊诧?是平静?是欢乐?是悲哀?我也说不清楚。你想,屋里老有那么三只不知为何物的大眼睛用神秘的目光盯着你,你会感觉如何?我有时被它们看得心里发毛,于是便将目光转向别处。这时,眼前就闪出了一双小小的、狡黠的人眼睛……

　　这是一个乡下来的中年女人,她站在一条僻静的马路边上,小小的眼睛骨碌骨碌转着,追随来往的行人。人人都忍不住要看她一眼,因为她手里捧着一大把漂亮的孔雀翎,城市里难得见到这些珍贵的羽毛。行人把她围住了,有人开始和她讨价还价。有一个中学生模样的少年,不停地向她提问,他们的对话引起我的兴趣:

"这是真正的孔雀毛?"

"那还有骗人的,货真价实的孔雀毛!"

"是从活的孔雀身上拔下来的?"

"当然。"

"你们把孔雀毛都拔光了,孔雀还能活吗?"

"……"

卖孔雀毛的女人被少年问住了。不过她只狼狈了一二秒钟,马上镇静下来,乌黑的小眼珠一转,就理直气壮地又有了下文:

"不会死,怎么会死!孔雀每年要褪毛,这些翎毛全是自己落下来的。"

少年愣了一愣,他从女人手里抽出一支孔雀翎,仔仔细细观察了半天,表情极其严肃。显然,他并不相信女人的回答。

"哦,可怜的孔雀,拔光了毛,还算什么孔雀!"

人们忙着挑孔雀翎,忙着付钱,谁也不再理会少年的自言自语。中年女人斜了少年几眼,用鼻子哼了一声,脸上露出不屑一顾的微笑,俨然是胜利者的表情。

少年空着手默默地走了。

我犹豫了一下,还是从那一大扎孔雀翎中挑了三支。我没有少年想得那么多。孔雀翎在风中飘摇的姿态和那些神奇的色彩迷住了我。

谁想到从此以后会有三只奇怪的大眼睛时时盯住我呢!在那些含义不明的凝视中,我想起了那个女人,想起了那个少年,想起

了他们的对话,从而也幻想出很多揪心的画面:

翩翩作舞的孔雀们突然落进猎人的网罗……

一双双青筋毕露的手飞快地拔着孔雀翎,被缚的孔雀绝望地挣扎,被掠夺了羽翎的毛孔里淌着鲜血……

光秃秃的孔雀在寒风中颤抖……

"拔光了毛,还算什么孔雀!"少年的声音不时在我耳畔回响。

可怜的孔雀!这些漂亮的羽翎,本是雄性的象征,它们曾被用来向异性求爱,向异类示威,雄孔雀们的所有的快乐、尊严和骄傲,都凝结在这些羽翎中。拔去羽翎,对孔雀们是何等的残酷……

尽管被三只大眼睛盯着难受,我却始终没有将孔雀翎从大肚白瓷瓶中抽出。我想,那些以获取孔雀翎为营生的人之所以兴致勃勃不辞辛劳,是因为他们知道城市里有很多追求风雅的人士会欢迎这些羽毛,鄙人便是其中之一。想到这里,自己似乎也成了同谋。

也许可以把这三只眼睛看成夸张了的孔雀的眼睛。那神秘的目光里流出的是愤怒还是嘲讽,我无法说清楚。

1987 年

光　阴

谁也无法描绘出他的面目。但世界上到处能听到他的脚步声。

当枯黄的树叶在寒风中飘飘坠落时,当垂危的老人以留恋的目光扫视周围的天地时,他还是沉着而又默然地走,叹息也不能使他停步。

他从你的手指缝里流过去。

从你的脚底下滑过去。

从你的视野你的思想里飞过去……

他是一把神奇而又无情的雕刻刀,在天地之间创造着种种奇迹。他能把巨石分裂成尘土,把幼苗变成大树,把荒漠变成城市和园林。他也能使繁华之都衰败成荒凉的废墟,使闪亮的金属爬满绿锈,失去光泽。老人额头的皱纹是他镌刻出来的,少女脸上的红晕也是他描画出来的。生命的繁衍和世界的运动全都由他精心指挥着。

他按时撕下一张又一张日历,把将来变成现在,把现在变成过去,把过去变成越来越远的历史。

他慷慨。你不必乞求,属于你的,他总是如数奉献。

他公正。不管你权重如山、腰缠万贯,还是一介布衣、两袖清风,他都一视同仁。没有人能将他占为己有,哪怕你一掷千金,他也绝不会因此而施舍一分一秒。

你珍重他,他便在你的身后长出绿荫,结出沉甸甸的果实。

你漠视他,他就化成轻烟,消散得无影无踪。

有时,短暂的一瞬会成为永恒,这是因为他把脚印深深地留在了人们的心里。

有时,漫长的岁月会成为一瞬,这是因为风沙湮没了他的脚印。

1988 年 1 月 14 日

看　雪

年初在北京,正好遇上一场大雪。

雪是无声地降落的。那天傍晚天色灰暗,也没有大风呼啸,以为只是个平平常常的阴天。第二天一早醒来,发现窗外亮得异常,原来外面的世界已经严严实实地被耀眼的白雪覆盖了。从近处屋顶上的积雪看,这一夜降雪约有三四寸厚。而此刻,雪已经停了。离我的窗户最近的一根电线上居然也积了雪,雪窄窄地薄薄地垒上去,厚度居然是电线本身的四五倍,所以看起来那根电线就像是一条长长的雪带。凭空增添许多负担的电线在风中紧张地颤抖着,显得不堪重负,真担心它马上就会绷断⋯⋯

这是怎样的一夜大雪?那些飘飘洒洒的轻盈的雪花在夜空中飞舞时,当是何等的壮观!假如集合这地面上的所有积雪,大概能堆成一座巍峨的雪山了吧。

有什么能比大自然玄妙的造化和神奇的力量更使人惊叹呢!

雪的世界是奇妙的。在一片茫茫的白色之中,城市原有的层次都淡化了、消失了,一切都仿佛融化在晶莹的白色之中。下雪之前的世界究竟是何种颜色,现在竟然想不真切了。人真是健忘。

然而,这雪景似乎不宜久看,看久了眼睛便会有一种被刺痛的感觉。也许,人的眼睛天生是喜欢丰富的颜色吧。白色,曾经被很多人偏爱,因为它拥有很多美好的属性,譬如纯洁,譬如宁静,譬如清高,等等。但是大多数人喜欢白色,恐怕只是喜欢一束白色的小花、一朵白色的云、一方白色的丝巾、一件白色的连衣裙……要是白到铺天盖地,那就消受不起了。眼前这无边无际的雪景,便是极生动的一例。

茫茫的白色世界中有一些鲜亮的色彩开始蠕动。几辆汽车像笨拙的甲虫爬上了马路,行人也三三两两走上了街头。车和人经过的地方,清晰地留下痕迹。车辆和脚印毫不留情地撕开了雪地神秘的面纱——积雪原来并不如想象得那么厚,车辙和脚印中显露出大地原有的色彩。晶莹寒冷的雪只是表象罢了。

一群孩子走到楼前的雪地上,又是滚雪球,又是打雪仗,尖尖的嗓音和雪团一起飞来飞去,弄得一片喧闹。最后他们的目标一致起来——堆雪人。极有耐心地用手捧、用脚刮,一个矮而胖的雪人居然歪歪斜斜地出现在孩子们面前。雪人周围的雪黯淡了、消失了,孩子们在欢声笑语中清除了他们这方小小天地里的积雪。他们又奔着喊着跑去开拓他们的新疆域了,雪人被孤零零地丢在那里……

两只麻雀突然从窗前掠过,它们在空中急急忙忙盘旋着,嘴中发出焦灼的呼唤,似乎在寻找一个落脚的地方。也许,是积雪使它们熟悉的天地改变了模样,它们迷路了。我以为两只麻雀不可能在我窗前停留,想不到它们找到了一个我未曾预料到的落脚点——窗前的那根电线。一只麻雀先是从下而上掠过电线,翅膀只是轻轻地一拍,电线上的积雪便扑扑地落下一段。另一只麻雀也如法炮制,又拍下一段雪。然后它们再一先一后停落在电线上。它们轻松地抖着羽毛,不时又嘴对嘴轻声地低语着,像是互相倾吐着什么隐秘,再不把那曾使它们惊惶迷惑的雪世界放在眼里。那根曾经被积雪覆盖的电线在它们的脚下有节奏地颤动着,积雪在不断地往下掉,往下掉……大雪忙忙碌碌经营了一夜的伪装,只十几秒钟便被两只小麻雀给瓦解了……

　　窗外寒风呼啸,积雪大概不会一下便消融,但雪后的世界已不是清一色的白了。我心里的春意也正在浓起来。只要有美丽的生命在,谁能阻挡春天呢!

1988 年初春

夕照中的等待

下午四点钟,阳光乏力地照到新居的窗上,像一幅懒洋洋的窗帘。你能感觉到它缓慢无声的飘动,却无法将它掀起,无法随手将它收拢。

阳光由亮而暗,由金黄而橘红。这些细微却不可逆转的变化,正是我所期待的。

没有阳光的日子,窗外是一片灰蒙蒙的天。我似乎另有期待……

"笃,笃,笃,笃……"

门外楼梯上,响起了一阵清晰而沉着的声音。好像是有人拄着拐杖从楼上下来,经过我的门口,又缓缓下楼。这声音节奏实在慢得可以,那笃笃之声由上而下,由重而轻,在我耳畔回旋老半天,依然余音袅袅。

大约过半个小时,那声音复又从楼下响起,慢慢又响上楼去。这声音节奏更慢,更为浊重。

刚搬进新居那几天,从早到晚杂乱的脚步声不断,听到那笃笃之声时,我只是闪过这样的念头:大概是一个老人,或者是一个病人。

一天天过去,那声音天天在四点钟光景响起,从不间断。于是我生出了好奇之心。有一天那声音响过我的门口时,我轻轻地打开门。门外的景象震撼了我的心——

那是一个身材高大却骨瘦如柴的老人,他佝偻着身子,一手扶着楼梯栏杆,一手撑着拐杖,艰难地从楼上走下来,每走一步,浑身都会发出一阵颤抖。听到我开门的声音时,他抬头笑了笑,嘴里发出一阵含糊不清的声音。很显然,他在和我打招呼,而且很友好。他那灰黄的脸上呈露的笑容有些骇人,布满老年斑的皮肤下凹凸着头骨的轮廓。

如果把生命比作一支蜡烛的话,这老人的生命之火大概已快燃到了尽头。他为什么每天这时候都要走上走下?那一百八十级楼梯对他简直就是一场艰苦而又漫长的马拉松。我无法解开心中的疑团,便情不自禁地跟着他走下楼去。

老人双手拄着拐杖,坐在门口的一个花坛边上,目光呆滞地望着前方那空无一人的路,沐浴在温暖而凄凉的光芒中,像一尊苍老的雕塑。注意到他的眼睛时,我不觉怦然心动。这是一双充满渴望的生机勃勃的眼睛,那渴望犹如平静的池塘深处涌动着巨大的旋流。

我在路上慢慢地走,迎面遇到了骑自行车过来的邮递员。这是个沉默寡言的小伙子,因为我的邮件特别多,而且他知道我以写作为生,所以见到我很客气,但也从不啰唆。他从邮包中掏出给我的信件和《新民晚报》。目光却越过我的肩膀注视着我的身后。

"怎么?你认识这位老人?"我诧异地问。

邮递员从邮包中抽出一份报纸,很平静地答道:"是的。他在等我,等《新民晚报》,每天都等。"说罢,他丢下我急匆匆奔向那老人。

老人笑着接过报纸,嘴里又发出一阵含糊不清的声音。这次我听清楚了,他是在道谢。

送报纸的小伙子骑着自行车走了。老人没有回身上楼,却又坐到花坛边上。他把拐杖搁在一边,双手捧着报纸读起来。他的手在颤抖,报纸便随着手的颤抖晃个不停。鼻尖几乎碰到报纸,眯缝着的眼睛里闪动着焦灼、激动、贪婪而满足的目光。

一张晚报,对他竟有这么大的吸引力!

"这位老公公九十岁了,一张晚报是伊命根子,勿看见晚报,伊会在门口一直坐到天墨墨黑,侬讲滑稽勿滑稽?"说话的是底楼的一位孕妇,她腆着大肚子,站在门口一边打毛线,一边笑着告诉我。

老人已经颤巍巍地拄着拐杖走进门去。于是,那"笃笃笃笃"的声音又在楼梯和走廊里久久地回响……

此后天天如此,不管阴晴雨雪,每到下午四点,那拐杖声便在楼梯上响起,仿佛已成为我们这栋楼的一个组成部分。我在读晚报的时候,很自然地便会想起老人那焦灼、激动、贪婪而满足的目光。晚报上的消息和文章大多平平淡淡,然而大上海三教九流形形色色的生活却展现其中。晚报打开了一扇窗口,为老人孤独寂寞的晚年吹送着清新的风。一张晚报,在他面前是一个广阔而又热闹的世界。埋头在报纸里的时候,他的感觉也许就像已置身在这个世界中一样了。

一天傍晚,我出门办事回来,看见老人已在门口坐着等邮递员了。他将下巴支在拐杖扶手上,目光紧盯着那条空无一人的路。不一会儿,天下起雨来,雨珠又大又密,很快就把黄昏的世界淋得透湿。这时,只见好几个人围着老人,底楼那位孕妇清脆的嗓音很远就能听见:

"老公公,今朝晚报勿会来了,侬还是回家去吧。天黑了,侬衣裳也淋湿了……"

接下来是一个中年男人不耐烦的声音:"爹,你何苦这样呢?每天跑上跑下,身体吃勿消。晚报看勿看有啥关系!"这大概是老人的儿子。我曾在楼梯上和他打过几次照面,是个衣冠楚楚的高个子男人。

"唉,真是烦死人!晚报晚报,断命格晚报,弄得一家人勿太

古诗人多孤愤者惆人悲天怀才不遇襟抱江海卿独引溪壑所幸有诗流传代有知音应和

丁亥夏日 赵丽宏

天下母愛無有錯
雞抱貓犬成一窩
生靈諧和有天趣萬籟齊鳴奏新歌

壬辰六月訪荷風塘間城中天籟忽萌奇思試筆畫此小圖 趙麗宏

平！勿看见晚报像要伊格命一样！我看啊，下个月索性停脱算了！"说话的肯定是老人的儿媳妇了，一个喜欢穿花衣花裤的满脸横肉的女人。

刚才发生的事情，不用解释我也明白了。晚报没有送来，老人一直在雨中等到现在，所以才引出麻烦来。

我走近门口，只见老人头上披着一张透明的塑料布，坐在花坛边上，神情木然，呆滞的目光流露出近乎绝望的悲哀。周围的人在说些什么，他似乎一句也没有听见。几位邻人面露恻隐之色，那孕妇打着一把雨伞站在老人的身边，显得手足无措；老人的儿子皱着眉头，显然，他已最大限度克制了自己的情绪；穿着花衣花裤的儿媳妇则满脸愠怒。眼见围观的人多起来，那一对愤怒的夫妇不由分说，架起老人就往楼里拖，留下一群围观者在门口叹息：

"唉，作孽！作孽！"

"这老头子也有点儿怪，一天勿看晚报有啥关系，非要一直等下去。"

"伊活在世界上就剩下这一点点乐趣，侬哪能怪伊呢！"

"唉，到这样一把年纪，人活着也无啥味道了。"

……

人们摇着头默默地散去。这一天的晚报终于没有送来。

第二天下午，我留心谛听门外的声音，拐杖声却始终没有出现。我下楼去取晚报，正好遇到那位年轻的邮递员。

"哎，老公公怎么今天不等我了？"邮递员一边往信箱里分发报纸一边问。

"他昨天淋在雨里等你到天黑。今天他大概不想再白白地等三个小时了。"站在门口的孕妇笑着和邮递员开玩笑。

邮递员愣了一愣，说："昨天是印刷厂出毛病，我们也没办法。"说着，他把已经塞进六楼信箱的那份晚报又抽出来，转身噔噔噔地奔上楼去。几分钟后,小伙子脸色肃然,步履沉重地走下楼来。

"老公公怎么了?"我问。

"病了。"他只回答了两个字。

这以后,大约有一个星期没见老人下来。那笃笃笃的拐杖声从楼梯消失了。而六楼的那份晚报,竟也真的停了——老人儿媳妇的建议,大概被兑现了。

那天下午,黄昏的阳光又准时地照到了窗上。这时,我简直难以相信自己的耳朵——门外楼梯上,那消失了许多天的拐杖声音又响了。

"笃,笃笃,笃,笃笃笃……"

那声音和以前明显地不同,节奏极慢,毫无规律。从那慢而紊乱的声音里可以想象出老人举步维艰的样子。我开门往外看时,老人一手拄拐杖,一手扶楼梯把手,正弓着背站在楼梯拐弯处,大口大口地喘气。他的脸色灰白,目光呆呆地俯视着楼梯下面。这里离地面还有五层楼!

我走近老人,想扶他下楼。老人抬起头,咧开嘴朝我笑了一笑,慢慢地摇摇头,然后又开始往下走。他浑身颤抖着,脚每跨下一步都要花极大的力气,握拐杖的手显然已力不从心,拐杖毫无目的地在地面拖着……

十分钟以后,老人终于又坐到了门口的花坛边上。他像往常一样,将下巴支在拐杖把手上,凝视前方的依然是一双充满渴望的生机勃勃的眼睛。他家已经停止订晚报,他难道不知道?

邮递员来了,还是那个年轻的小伙子。他老远就大喊:"哎,老公公!你好!"

老人的眉毛动了一动,双目炯炯生光。

小伙子在老人面前下了车,不假思索地从邮包中抽出一份晚报塞到他手里。

老人埋头在晚报中,再也不理会周围的一切。晚报遮住了他的脸,我无法观察到他的表情,只见他那双紧抓住晚报的手在颤抖。那双枯瘦痉挛的手使我联想起溺水者最后的挣扎。

　　老人在花坛边上一直坐到天黑,他的脸始终埋在晚报之中。他是怎么回到楼上的我不知道,因为我再没有听见拐杖声响过。

　　第二天早晨,听邻人说,六楼那位老公公死了,死在夜深人静时。他的儿子和儿媳妇发现他死了的时候,老人已经僵硬,手里还紧攥着那张晚报。

　　"砰——啪!"

　　一个爆竹突然在空中炸响,打破了早晨的寂静。原来底楼那位孕妇在同一天夜里顺利地生下一个六斤四两的儿子。

　　"砰——啪!"

　　清脆的爆炸声迎接了一个新生命的诞生,也送走了一个留恋人世的老人。

1988 年 7 月 12 日

夜　钟

　　我以前一直不喜欢那种会发出声音的报时钟。白天还好，钟声会融化在喧嚣的市声中。到深夜，钟声便会变得十分扎耳，整间屋子都会被震得嗡嗡作响，使人不得安宁，连梦中都充满了那当当当的声音。所以常常有重复的梦境出现：我爬到高高的钟楼上，挥动一柄木槌，一下又一下撞一口古老的铜钟，绿色的铜锈在轰鸣的钟声中纷纷扬扬飞起来，扎痛了我的眼睛和耳膜，于是醒来⋯⋯

　　不过人是一种对环境适应性极强的动物，再别扭的事情，历久了也会习惯。那只"三五"牌座钟，因为夜里吵得人不能入睡，当初我曾经恨不得把它丢进垃圾箱。时间一长，居然也习惯了。深夜敲钟时，耳膜似乎变得麻木，一觉睡到天亮，什么也没听见。

　　前几天去杭州，和一位刚认识的朋友聊天，不知怎么谈起了夜半钟声。这位一直笑嘻嘻的朋友，突然沉下脸来，语气也一下子变得沉重肃穆了：

　　"我不愿意听那半夜里的钟声！"

　　"为什么？"我感到奇怪。

　　"心里难受。为一群冤死的溺水者难受。"

　　"什么？溺水者？"我更是大惑不解。

　　朋友于是讲了一段往事：

　　"十多年前，我在一家医院当护士。一天夜里，突然紧急集合,说是长江里翻了一条客船,要我们赶去抢救溺水人。汽车飞驰到江边,又坐汽艇到江心,还没有看见沉船,就已经听到一片叮叮当当的声音。在静悄悄的夜里,这急促而又杂乱的声音惊心动魄,传得很远。靠近了沉船才明白是怎么回事,那条客船已在水里翻了个身,船底朝天,但还没有沉下去,露出水面的船底像一条鲸鱼黑黝黝的背脊。那叮叮当当的声音,就是从船的底舱里传出来的,听声音,起码有上百个人在同时敲打船底,听得人心都揪紧啦!那声音,是困在底舱里那些垂死挣扎的人在喊救命啊!只有把船底割开,才能把他们救出来。救生船一艘一艘开来,围在客船的四周,所有人都急得眼睛里冒火。几个拿着电割枪的小伙子已经爬到叮当作响的船底上,只等一声令下。但是命令却迟迟不下来,说是指挥部的人正在研究抢救方案。船底下的敲击声渐渐稀落下去,声音也不再那么有力了,可命令还是不下来,指挥部在为抢救方案争论不休,说割开船底会使客船突然翻过身来,要危及救援人员的生命……一个多小时过去了,船底下的敲击声越来越稀,越来越弱,只剩不多几个人在敲了。但,指挥部的会还没开完!一个在翻船时打碎舷窗死里逃生的乘客,顾不得满脸满身的血,在一条救生船上又哭又喊:"为什么还不救人?为什么见死不救?你们全疯了!你们疯啦!"抢救队里也有人急得哭起来。到后来,船底下只剩下两三个人的敲击声了,而且是敲一下,停一会儿,再轻轻地敲一下……终于,那断断续续的敲击声停止了,江面上死一般静寂,露出水面的船底不祥地浮动着,像溺水者临死前的颤抖……突然,船底下又有人重重地敲了两下,当!当!就像两记嘹亮的钟声,在黑咕隆咚的江面上回荡。此后,什么声音也没有了。这时,天已经微微发亮。指挥部这才决定割开船底救人。切割开船底只花了几分钟,从船底捞出来三个活人,其余全都是尸体。这些被淹死的人,曾经用最后一点力气拼命敲打船壳,但他们却没能得救!"

朋友讲完了她的故事,我们怅然相望着,沉默了很久。

"在这十多年里,只要夜里听见敲钟,我就会想起船底下那最后两记敲击声,'当!当!'"朋友的声音,在屋子里发出悠长深远的回声。

这几天夜里,我失眠了。当钟声在寂静的黑暗中突然响起来时,我的心为之震颤。当年在指挥部里开了一夜会的那些人,不知会不会在这深夜的钟声里失眠?

1988 年 8 月 12 日

蟋　蟀

　　挑了整整一天大粪。二百来斤的担子压在肩上走三里地，不能歇脚，也不能将桶里的粪汁泼出来。挑了一担又一担。在那条羊肠般蜿蜒的田埂上，挑粪的队伍像一条游动的长蛇，我是这长蛇中间的一节。前头和后头的汉子在边走边扯开嗓子吼叫，还能耍杂技似的把扁担从肩胛的这一边转移到那一边。这些我都不会，不会叫，不会转肩，只会闷声不响地走，咬紧牙关地走，唯恐脚下踩空，唯恐扁担从肩胛滑脱……肩胛被扁担压得皮开肉绽，血水粘住了衬衣。人，踉踉跄跄地淹没在那一片震耳欲聋的吼叫声里，竟也忘记了疼痛……

　　傍晚收工时，身子如同散了架一般，该怎么走路似乎也已经忘记，摇摇晃晃摔回到我的草屋里，不想洗去身上的污垢，不想吃饭，不想看书，不想做任何事情，只想躺在那一堆干草上，躺下去永远不再起来。草屋里极静，可耳边老是静不下来，挑担人的吼叫那么顽强地在我心中回荡，那强烈的声波变作无数根无形的钢针，在我肩胛上的伤肿处扎个不停，奇痛难熬。

　　突然，干草堆底下有一只蟋蟀叫起来。叫声起初极幽，时续时断，犹如挣扎在纺锤上一碰即断的细纱。慢慢地叫声响起来，那叫着的蟋蟀好像向我爬过来。这鸣叫我很熟悉，听清脆有力的声音，我可以想象那蟋蟀的模样：红头红身，两片半透明的翅子一张一翕，雄赳赳地闪着金色光泽，两根长长的触须沉着而又威风凛凛地在头顶扫动……这是极凶猛的一种蟋蟀，很少有败下阵来的时候,即使被对手甩出瓦盆,也会跳进去重新挑战。就是被咬断了触须和腿脚,也要拼着命继续进攻,不咬败对手绝不会罢休。只有在获胜后它才开始放声鸣叫。

记得在上小学时,曾在一片瓦砾场上捉到这样一只蟋蟀,我管它叫"红头阿三"。在我们这一带,"红头阿三"所向无敌,斗败了能遭遇到的所有对手。我家隔壁有个退休在家的老头,是个蟋蟀迷,我的"红头阿三"斗败了他的两只大蟋蟀后,老头的眼睛发红了,他从口袋里摸出一张五块的钞票塞到我手里,要买我的"红头阿三"。我不卖,老头急了,又摸出一张两块的钞票塞过来。七块钱,对我可不是一个小数目,可以到书店里买一堆书回来呢。可我终于没有放弃我的"红头阿三"。我捧着瓦盆离开时,老头咬着牙狠狠地说:"哼,勿识好歹的小瘪三,侬看好,明朝我变一只蟋蟀出来,咬死侬这只'红头阿三',侬看好!"老头的这句话使我心里发毛了好几天。我想,他会不会像《聊斋》中那个人变蟋蟀的故事一样,真的会变成一只蟋蟀来找我呢?后来看见那老头,总觉得他走路的样子很像蟋蟀……

干草堆下的蟋蟀彻夜鸣叫着,把我送进梦乡。田埂上挑粪人的吼叫声这一夜再也没在我耳畔重现,梦里又回到了童年,只是无法在梦中蹦跳,脚沉,肩胛痛。梦中又看见了隔壁那个迷恋蟋蟀的老头,满脸堆笑地对我说:"我变不成蟋蟀了,你自己变吧,变!变变!"于是我变成了一只笨拙的大蟋蟀,不会走,不会跳,更不必说格斗了。然而却能站在原地不停地叫。我想我的肩后也应该有两片一张一翕的金翅膀的,虽然无法将脑袋转过来看,但我的肩胛上非常实在地感觉到了因翅膀振动而引起的阵阵疼痛。我的鸣叫始终清脆而有力,是"红头阿三"战胜对手之后的那种鸣叫,得意扬扬的……老头突然从地底下冒出来,龇牙咧嘴地冲我大喝一声:"喂,你得意什么呢?"

醒来,我发现自己四仰八叉躺在干草堆上,浑身的污垢和酸痛,火辣辣肿胀的肩胛上哪里来的什么金翅膀。有一个极其迫切强烈的感觉产生出来——饥饿!

蟋蟀不叫了,只有肚子在叫。于是默然自嘲道:你得意什么呢?做饭去!

1971年秋记于崇明岛
1989年1月30日写于上海

音乐的光芒

深夜。无月,无风。带木栅栏的小窗外,合欢树高大的树冠犹如张开着巨臂的人影,纹丝不动,贴在墨一般深蓝的天幕上。一颗黯淡的星星孤独地挂在树梢,像凝固在黑色人影上的一粒冰珠,冷峻而肃穆。

静。静得使人想到死亡。思绪的河流也因之枯涸,没有涟漪,没有飞溅的水花,没有鱼儿轻盈地穿梭……只有自己沉闷的呼吸,沉闷得像岩石,像龟裂的土地,像无法推动的铁门。难熬的寂静。

这时,突然有一种极轻微的声音从远处飘来,仿佛有一个小提琴手将弓轻轻地落到 E 弦上,又轻轻地拉了一下。这过程是那么短促,我还没有来得及品味其中的韵律,声音已经在夜空里消失。世界复又静寂。在我的小草屋里,这响动却留下了回声,一遍又一遍,委婉沉着地回荡着,回荡成一段优美的旋律,优美中蕴涵着淡淡的忧伤,也流淌着梦幻一般的欣喜。眼前恍惚有形象出现:一个黑衣少女,伫立在月光下拉一把金黄色的小提琴。曲子是即兴的,纤手操持着轻巧的弓,在四根银弦上自由自在地跳跃滑行。音符奇妙地从弓弦上飘起来,变成一阵晶莹的旋风,先是绕着少女打转,少女黑色的长裙在旋风中翩然起舞,旋风缓缓移动,所达之处,一片星光闪烁。渐渐地,我也在这旋风的笼罩之中了。我仿佛走进了一个辉煌的音乐厅,无数熟悉的旋律在我耳畔光芒四射地响起来。钢琴沉静地弹着巴赫,长笛优雅地吹着莫扎特,交响乐队大气磅礴地合奏着贝多芬……也有洞箫和琵琶,娓娓叙说着古老的中国故事……

终于,一切都消失了,万籁俱寂,只剩下我坐在木窗下发呆。窗外,合欢树的黑影被镀上一层亮晶晶的银边。月亮已经悄悄升起……

以上的经验,距今已有二十多年,那时我孤身一人住在荒僻乡野的一间小草屋里,度过了无数寂静的长夜。静夜中突然出现的那种声音,其实是附近的人家在开门,破旧的木门被拉动时,门臼常常发出尖厉的摩擦声,从远处听起来,这尖厉的声音便显得悠扬而奇妙,使我生出很多不切实际的幻想。门臼的转动和美妙的音乐,两者毫不相干,把它们联系在一起,似乎很荒唐,然而却又是那么自然。一次又一次,我独自沉浸在对音乐的回忆中,这种回忆如同灿烂的星光洒进我灰暗的生活,使我在坎坷和泥泞中依然感受到做一个人的高尚和珍贵。

是的,如果要我感谢什么人,而且只能感谢一次,那么,我想把这一次感谢奉献给那些为人类创造出美妙音乐的人。倘若没有音乐,我们的生活将会变得多么沉闷可怕。我曾经请一位作曲家对音乐下一个定义,他几乎是不假思索地答道:"什么是真正的音乐?音乐是人类的爱和智慧的升华,是人类对理想的憧憬和呼唤。"他的回答使我沉思了很久。这回答当然不错,可是用这样的定义来解释其他艺术,譬如绘画和舞蹈,似乎也未尝不可。但音乐毕竟不同于其他艺术。音乐把人类复杂微妙的感情和曲折丰富的经验化成了无形的音符,在冥冥之中回响,它们抚摸、叩动、撞击甚至撕扯着你的灵魂,使浮躁的心灵恢复宁静,使干涸的心田变得湿润,也可以让平静的心灵掀起奇妙的波澜。音乐对听者毫无要求,它们只是在空间鸣响,而你却可以使这鸣响变成翅膀,安插到你自己的心头,然后展翅翱翔,飞向你所向往的境界……而其他艺术则难以达到这样的境界。音乐是自由的,又是无所不在的。有什么记忆能比对音乐的记忆更为深刻,更为顽强,更为恒久呢?这种记忆不会因岁月的流逝而失去它应有的色彩。当你被孤寂笼罩的时候,能够打开这记忆的库藏是一种莫大的幸运。你有没有这样一个音乐库藏呢?如果有,那么你或许会理解,一扇木门的响动,怎么会变成优美的小提琴独奏。你的生活中曾经有过美妙的音乐,你的心曾经为美妙的音乐而震颤陶醉,那么,这些曾使你动情的旋律便会融化在你的灵魂里。一个浸透了动人音乐的灵魂是不会被空虚吞噬的。

是的,我常常陶醉在美妙的音乐里。我不去想这音乐究竟是表达什么内容,只是陶醉。有些旋律永远无法用语言来解释,只能用你自己的心灵和思想去感受、去体会、去遐想。而这种无拘无束、自由自在的遐想,是人生旅途中何等诗意盎然的境界。

我想起了我熟悉的指挥家侯润宇,他曾周游列国,在国际乐坛上为中国人争得了荣誉。我一直无法忘记他指挥的一场交响音乐会。这是一个瘦小而文雅的中年人,在生活中并不起眼,和那些用夸张的动作和表情站在乐队前手舞足蹈的指挥相比,他实在太文雅太安静了。但他能用心灵感受音乐、理解音乐、表现音乐,他的精神中充满了音乐。当他站到庞大的乐队前面,不慌不忙地举起指挥棒时,就像一个骄傲而威严的大将军面对着他的千军万马……

那场音乐会演奏的是瓦格纳的歌剧《唐豪赛》序曲。侯润宇用他那根小小的指挥棒,挑出了惊天动地的声音。我在音乐中闭上眼睛,想透过轰鸣的旋律寻找《唐豪赛》中的人物,然而我失败了。我的眼前既未走来朝圣的信徒,也没有舞出妩媚的仙女,那位在盛宴上放歌豪饮的英雄更是无影无踪。我在音乐中感觉到的是毫不相干的一种景象。被轰鸣的旋律簇拥着,我仿佛又走在二十年前我常常走的一道高耸的江堤上。灰色的浓云低低地压在我的头顶,眼前是浩瀚无际的长江入海口。浑黄的江水在云天下起伏翻滚,发出低沉的咆哮,巨大的浪头互相推挤着,成群结队向我扑来。巨浪一个接一个轰然打到堤壁上,又被撞成水花和白雾,飞飘到空中,飞溅到我的身上。我的整个身心逐渐湿润了、清凉了,郁积在心底的忧愁和烦恼在轰鸣的涛声中化成了轻烟,化成了白色的鸥鸟,振抖着翅膀翔舞在水天之间。浓重的铅云开裂了,露出了缝隙,一道阳光从缝隙中射进来,射在起伏的水面,波浪又把阳光反射到空中。我是在一片光明的包围之中了……

1989 年春

歌　者

孤独的歌手，即使唱着欢乐的歌，也会使人产生忧伤的联想。

那天下午，在基辅十月革命广场附近的地下过道里，看到一位留着满脸胡子的中年人抱着一把吉他在唱歌。洪亮的歌声在地道里回荡，所有从地道走过的人，都在他歌声的包围之中。然而似乎没有谁在听他唱，人们匆匆忙忙地走自己的路，甚至连侧身看他一眼的兴致都没有。这位歌手好像并不在意人们是不是在听他唱，只是不停地唱，不停地弹着吉他。有时候，他停止了歌唱，光是弹吉他，粗壮的手指在琴弦上跳动得极灵活。他的眼睛不看琴弦，不看从他身边走过的行人，也不看放在他脚边的那个钱盒，只是凝视着正前方某一个只有他自己知道的目标。他就像一尊会发出声音的雕塑。

两个小时以后，我又一次从地道走过，这位歌手还坐在老地方唱歌。很明显，他累了，弹吉他的手已不如先前那么灵活，歌声也不如几个小时前那么洪亮，只是神态还一如既往。

这时候，地道里的行人开始多起来，他终于被驻足听歌的人们包围了。我看见他的目光亮了一下，漠然的表情中增添了一些笑意。吉他的琴弦颤动得更快了，这是一首欢乐的乌克兰民歌的前奏，也许，他想唱一支快乐的歌，来报答那些停下脚步欣赏他唱歌的过路人。但是很显然，唱这支歌他有些力不从心了。在好几个高音的地方，他无法再唱得圆润，有时甚至使人感到声嘶力竭。他微笑着唱完了这首歌,不过,在那些活泼的旋律中,我没有感受到欢乐,只是听到一颗孤独而疲惫的心在颤抖。我想,那些乌克兰听众的感觉和我应该是一样的。硬币落在钱盒中发出叮叮当当的声音,这是那歌声的并不悦耳的余音。在一位站在歌手对面的少女的眼睛里,我发现了亮晶晶的泪珠⋯⋯

这样孤独的歌手,我还看见过好几位。离开基辅的前夕,也是在同一个地道里,一位身材魁梧的年轻人拉着手风琴站在那里独自放声歌唱。他唱的不是乌克兰民歌,而是意大利歌曲《我的太阳》。年轻人笑嘻嘻的,似乎很放松。他的嗓门响得出奇,加上地道水泥墙壁的回声,那歌声简直震耳欲聋。因为对《我的太阳》这首歌的旋律很熟悉,所以能捕捉到他唱错的每一个音符。唱到最后那一段高音拖腔时,他的脸涨得通红,嗓子完全唱破了。我站在一边为他着急,他却若无其事,依然乐呵呵地笑着。好在那手风琴拉得很流畅,拉了长长一段花哨的过门后,他又憋足气力开始重新唱《我的太阳》⋯⋯

我不忍心再听下去。然而对这位乌克兰小伙子的勇气和旁若无人的自信,我很佩服。

也见到过在地道里唱歌的乌克兰姑娘。那次走进地道时,只见迎面走过来三个年轻人,一个穿牛仔裤的姑娘,两个捧着吉他的小伙子。走到地道中间,两个小伙子突然停住脚步,把手中的吉他弹得铮铮作响。姑娘站在他们中间,显得有些害羞。地道里的行人都停下来,等待着即将发生的事情。那姑娘定了定神,放开嗓门唱起来。想不到她的嗓音极好,是醇厚的女中音。她唱的大概是一首流行歌曲,节奏活泼,却并不欢快。很显然,姑娘缺乏当众演唱的经验,她的神态、动作,都有些拘束。然而那美妙动人的女中音足以抵消她的所有缺陷。她的歌声如同一股清凉的泉水,在地道里不慌不忙地流淌,使听众们不知不觉都沉醉在这泉水中。人们静静地站着欣赏她的歌声,所有人的脸上都带着微笑。姑娘越唱越自然,动作、表情和她的歌声终于协调起来。我想,如果给她机会,这姑娘可能会成为一名非常出色的歌星。我听过布加乔娃的歌声,不见得比这位姑娘高明多少。

大约半小时以后,在我下榻的第聂伯河宾馆门口,我又一次遇到这位姑娘,她还是和那两个弹吉他的小伙子走在一起,三个人闷声不响地走路,似乎满面愁云……我永远也不可能知道这位姑娘在想什么心事,然而她的歌声我却难以忘怀。

也有另外一些歌者,他们成群结队,用歌声抒发着相同的感情。这样的歌声即便忧伤,也能使人感受到生命的顽强和力量。

刚到基辅的那天傍晚,在市中心的大广场上看到一群人围成一圈在唱歌。被人群围在中间的是三个年龄不等的男人,一个老人,两个青年,他们各自拉着手风琴,边拉边唱。周围的人群中男女老少都有,人人都在放声高歌。他们唱的是同一支歌,一支古老的乌克兰国歌。这是一支深沉而伤感的歌,所有的乌克兰人都熟悉它古老的旋律。这旋律把漫长历史中的光荣和屈辱、欢乐和痛苦都糅织在一起,使人百感交集。歌声召来了无数素不相识的乌克兰人,歌者的圈子越围越大,人们动情地唱着,有些人的眼睛里还闪烁着晶莹的泪光。这庞大的合唱团没有指挥,人群中却很自然地唱出好几个声部,并且极为合拍地汇合成一股雄浑的、震撼人心的声浪……

最感人的一个唱歌的场面,是在第聂伯河岸边的森林里看到的。森林里有一个露天的音乐厅,那天没有音乐会,音乐厅里空无一人,然而却有歌声从音乐厅背后的森林里飘出来。这歌声很奇怪,似乎有很多人在一起唱,可是音量并不大,而且不时有人走调。可是你不得不承认,这颤抖的歌声中有异乎寻常的激情,歌声中流泻出一种渴望,一种用苍凉的音调表达的渴望。

我情不自禁地循着歌声走进树林。林子里展现的景象使我目瞪口呆——一群老人，正坐在大树底下唱歌，其中有老态龙钟的男人，也有满头银丝的老妇。他们摇头晃脑、如痴如醉地唱着，皱纹密布的脸上飘漾着红晕，完全陶醉在自己的歌声里。我这个外国人的突然闯入，并没有使他们中断歌唱。他们抬头望着我，目光闪闪发亮，那些嵌在皱纹里的眼睛没有一双是混浊黯淡的。在他们的歌声和他们的目光中，我忘记了他们是一群老人。我相信，在这歌声里，他们的心灵一定飞回了青春时代。

1991 年 9 月 5 日

晨昏诺日朗

落日的余晖淡淡地从薄云中流出来,洒在起伏的山脊上。在金红色的光芒中,山脊上那些松树的轮廓晶莹剔透,仿佛是宝石和珊瑚的雕塑。眼帘中的这种画面,幽远宁静,像一幅辉煌静止的油画。

汽车在无人的公路上疾驶,我的目标是诺日朗瀑布。路旁的树林里突然飘出流水的声音。开始声音不大,如同一种气韵悠长的叹息,从极遥远的地方飘过来。声音渐渐响起来,先是如急雨打在树叶上,嘈杂而清脆,继而如狂风卷过树林时发出的呼啸。很快,这响声便发展成震天撼地的轰鸣,给人的感觉是路边的丛林中正奔跑着千军万马,人马的呐喊和嘶鸣从林谷中冲天而起,在空气中扩散、弥漫,笼罩了暮色中的天空和山林……绿荫中白光一闪,又一闪。看见了大瀑布!从车上下来,站在路边,远处的诺日朗瀑布浩浩荡荡地袒露在我的眼底。大瀑布离公路不到一百米,瀑布从一片绿色的灌木丛中流出来,突然跌入深谷,形成一缕缕雪白的水帘,千姿百态地垂挂在宽阔的绝壁前,深谷中则飞扬起一片飘忽的水雾。也许是想象中的诺日朗太雄伟,眼前这瀑布,宽则宽矣,然而那些飘然而下的水帘显得有些单薄,有些柔美,似乎缺乏了一些壮阔的气势。只有那水的轰鸣,和我的想象吻合。那震撼天地的声响,是水流在峭壁和岩石上撞击出的音乐。这音乐雄浑、粗犷,带着奔放不羁的野性,无拘无束地在山林里荡漾回旋。

诺日朗,在藏语中是雄性的意思。当地藏民把这瀑布称之为诺日朗,大概是以此来象征男子汉的雄健和激情。人世间有这样永远倾泻不尽的激情吗?很想沿着林中的小路走近诺日朗,然而暮色已重,四周的一切都昏暗起来。远处的瀑布有些模糊了,在轰鸣不绝的水声中,在水雾弥漫的幽暗中,那一缕缕白森森飘动的水帘显得朦胧而神秘,使人感到不可亲近……晚上,住在诺日朗宾馆。躺在床上无法入睡,窗外飘来各种各样的声音,有风吹树叶的沙沙声,有山涧流水的哗哗声,有秋虫优美的鸣唱……我想在这一片天籁中分辨出诺日朗瀑布的咆哮,却难以如愿。大瀑布那震天撼地的声音为什么传不过来?也许是风向不对吧。

第二天清早,天刚微亮,群山和林海还在晨雾的笼罩之中,我便匆匆起床,一个人徒步去诺日朗。路上出奇地静,只有轻纱似的雾气,若有若无地在飘。忽听背后嘚嘚有声,回头一看,是两匹马,一匹雪白,一匹乌黑,正悠然自得地向我走过来。这大概是当地藏民养的马,但却不见牧马人。两匹马行走的方向也是往诺日朗。我和它们并肩而行时,相距不过一米。两匹马并没有因为遇见生人而慌乱,目不斜视,依然沉静而平稳地踱步,姿态是那么优雅,仿佛是飘游在晨雾中的一片白云和一片黑云。到诺日朗瀑布时,两匹马没有停步,也没有侧目,仍旧走它们的路。我在轰鸣的水声中目送两匹马飘然远去,视野中的感觉奇妙如梦幻。

诺日朗又一次袒露在我的眼前。和夕照中的瀑布相比,晨雾中的诺日朗显得更加阔大,更加雄浑神奇。瀑布后面的群山此刻还隐隐约约藏在飘忽的云雾之中,千丝万缕的水帘仿佛是从云雾中喷涌倾泻出来,又像是从地底下腾空而起的无数条白龙,龙头已经钻进云雾,龙身和龙尾却留在空中,一刻不停拍打着悬崖峭壁……

沿着湿漉漉的林间小道,我一步一步走近诺日朗。随着和大瀑布之间的距离不断缩短,那轰鸣的水声也越来越大,迎面飘来的水雾也越来越浓。等走到瀑布跟前时,头发、脸和衣服都湿了。这时抬头仰观大瀑布,才真正领略到了那惊天动地的气势。云雾迷蒙的天上,仿佛是裂开了一道巨大的豁口,天水从豁口中汹涌而下,浩浩荡荡,洋洋洒洒,一落千丈,在山谷中激起飞扬的水花和震耳欲聋的回声。此时诺日朗的形象和声音,融合成一个气势磅礴的整体。站在这样的大瀑布面前,感觉自己只是漫天飘漾的水雾中的一颗微粒。我想起许多年前在雁荡山看瀑布时的情景,站在著名的大龙湫瀑布跟前,产生的联想是在看一条巨龙被钉在崖壁上挣扎。此刻,却是群龙飞舞,自由的水之精灵在宁静的山谷中合唱出一曲震撼天地的壮歌,使人的灵魂为之颤栗。面对这雄浑博大、激情横溢的自然奇景,人是多么渺小、多么驯顺!

然而大瀑布跟前实在不是久留之地,因为空气中充满浓密的水雾,使人难以呼吸。赶紧往后退,退入林间小道。走出一段路再往后看,诺日朗竟然面目一新:奔泻的瀑布中,闪射出千万道金红色的光芒,这是从对面山上射过来的早霞。飘忽的水雾又把这些光芒糅合在一起,缤纷迷眩地飞扬、升腾,形成一种神话般的气氛……这时,远处的山路上传来欢跃的人声。是早起的游人赶来看瀑布了。

上午坐车上山时,绕过诺日朗背后的山坡,只见三面青山环抱着一大片碧绿的湖水,平静的湖水如同一块硕大无朋的翡翠,绿得透明而深邃,使人怀疑这究竟是不是水。当地的藏民把这样的高山湖泊称为"海子"。陪我来的朋友指着一湖碧水,不动声色地告诉我:"这就是诺日朗。"

这就是诺日朗?实在难以把这一片止水和奔腾咆哮的大瀑布联系在一起。朋友说的却是事实。三面环山的海子有一面是长长的缺口,这正是大瀑布跌落深谷的跳台,也就是我在谷底仰望诺日朗时看到的那道云雾天外的豁口。走近海子,我发现清澈见底的湖水正在缓缓流动,方向当然是那一道巨大的豁口。这汇集自千峰万壑的高山流水,虽然沉静于一时,却终究难改奔腾活泼的性格。诺日朗瀑布,正是压抑后的一次爆发和喷泻。只要这看似沉静的压抑还在,诺日朗的激情便永远不会消退。

1992年8月19日于九寨沟

黑眸子

在临近九寨沟的山路上,我们的汽车被一群山羊挡住了。放羊的是一个七八岁的藏族小姑娘,她站在公路中间,不慌不忙地挥动着鞭子,把羊群赶到路边,然后双手叉在腰间,看着我们的汽车慢慢地从她身边开过去。小姑娘穿一身黑红相间的衣裳,一根长长的辫子盘在头上。和她的目光相遇时,我不禁一愣。她的眼睛并不大,然而却又黑又亮,目光也不像是七八岁的孩子。从那一对黑眸子里流露出来的,不是好奇,不是惊惧,不是欢悦,也不是忧愁,而是一种我说不清楚的情绪。她默默地盯着我,黑黝黝的眼睛目光很清澈、很深邃,也很平静,却一点不呆滞。车从她身边经过时,我回头向她挥一下手,她抿嘴一笑,目光一转,黑眸子在一瞬间闪射出活泼的光芒。

羊群和小姑娘消失后,我的眼前老是闪动着那双黑而亮的眼睛。一个七八岁的孩子,怎么会有这样的目光?

傍晚,在一个藏寨附近,看到一个摆在路边卖小工艺品的地摊。地摊上的藏族工艺品很吸引人,有用各种形状的骨珠串成的项链,有镶着绿松石和玛瑙的手镯、戒指,有造型别致的藏刀,也有用金属或者木头雕成的转经轮……我只顾看着地上的工艺品,竟没有注意地摊的主人是何等模样。等抬头问价时,才发现地摊前坐着一个二十来岁的藏族小伙子,他安安静静地注视着我,绝无一般小贩的那种急切和殷勤,似乎并不在乎我买与不买。我从他的地摊上挑选了一大堆工艺品,他只是微微一笑,接过我的钱,一点也没有因为做成了一笔不错的生意而激动。他的眼睛也特别黑,那种平静的目光使我感到熟悉。是的,他使我想起了那个放羊的小姑娘,想起了她那对黑而明亮的眼睛。

晚上,一群游客在一片坡地上开篝火晚会,几十个人围着一堆烈火,又唱又闹。城里人置身在这样幽深旷达的自然中,都忍不住放浪形骸,一吐久居都市的抑郁。一个藏族汉子站在火堆边烤一只羊。烤羊被固定在一个可以转动的铁架子上,火舌舔着烤羊,嗞嗞地直冒油珠子。藏族汉子一边转动铁架子,一边用一把小刀在烤羊身上划拉,并且不停地往上抹作料。游客们要玩"击鼓传花"的游戏,一时找不到花,那藏族汉子便从腰带上解下一把镶着宝石的刀鞘扔给游客。鼓声中,刀鞘在游客们手中传来传去,鼓声停下来时,接到刀鞘的那一位便要站起来唱歌。有人爽快,在火光里猛吼一通。也有人扭捏作态,人群起哄了半天还不肯唱,于是出现了难堪的冷场。这时,有人喊:"嗨,请藏族同胞给大家唱一个吧!"这一来,站在火堆边的藏族汉子突然就成了大家注目的中心。只见他依然不慌不忙地烤着羊,面对火光的脸上,露出一丝淡淡的微笑。闹哄哄的人群安静下来,只听见四周风吹树林的哗哗声,还有远处瀑布声和山涧奔泻的流水声。没想到,那藏族汉子真的唱起来。他似乎是随口哼着,声音也不洪亮,然而在场的人都听见了他的歌声。这是一首藏族歌谣,旋律有些凄凉,歌词我一句也听不懂,只有不断重复的"格桑罗"这三个字,听起来有点耳熟。他唱得那么自然、那么投入,好像并不是在唱歌,而是在应和山林的天籁。他的歌声仿佛也是这深沉博大的天籁的一部分。刚才疯狂了一阵的人们此刻都安安静静地坐在地上,凝视着唱歌的藏族汉子,谛听着他的歌声。他的歌唱完了,人们还是静静地坐着,直到有人带头喊了一声好,大家才鼓起掌来。在喝彩和掌声中,藏族汉子抬起头来,还是淡淡地一笑,然后埋头继续烤他的羊。在他抬头的一瞬间,他的目光和我相遇。这目光,又是似曾相识:亮而黑的瞳仁,清澈而平静的眼神……

在九寨沟后来又见到不少藏民,不知怎么的,我总觉得他们的黑眼睛很像,他们的目光也很像。面对这样的目光,你也会平静下来,就像面对着一片澄澈而幽深的湖水。在九寨沟,有很多这样的湖。我想,也许是这些藏民从生下来开始,便置身在宁静如画的山水中,他们的视野里,从来没有污浊,从来没有喧嚣,有的是世界上最纯净的水、最青翠的山,还有深蓝的静海一般的天空,所以才会有这样明亮的黑眸子,有这样清澈的目光。直到离开九寨沟很久了,我还常常想起他们的眼睛。我甚至可以想象到他们的视野中每时每刻都可能出现的景象:绿色水晶似的湖水,湖面上倒映着蓝天白云,湖底下躺着已经变成化石的千年古树,晶莹的小鱼在古树枝丫间穿梭……起伏柔软的绿草地,几匹白马安闲地甩动着尾巴在那里吃草。草地尽头是幽深浓密的树林,树林在阳光里闪烁着斑斓七彩,云雾在山坡和林梢飘漾……还有瀑布、山涧、流泉,生命之水在辽阔的天地间自由自在地飞舞奔泻……

目光浑浊的人啊,你难道不向往这样的境界……

1992 年秋

人迹和自然

很多年前上黄山,很为那里的美妙风景所陶醉。除了山石和溪泉,给我印象最深的是山上的松树。

说起黄山的松树,自然使人想起迎客松。它的形象已经通过无数照片和画被世人所熟悉。当年经过迎客松时的情景我一直记得很清楚。迎客松是黄山的明星,自然吸引了所有来爬山的游客。人人都想作为黄山的客人被它欢迎一下,于是大家排队站在这棵造型优美的大松树下照相。有些人觉得站着照相不够亲热,还要在树下做出种种姿态,或是倚在树干上,或是攀在树枝上……于是美丽的迎客松便永远地失去了安宁。它很忙,也很累。它根部的泥土被热情的游客们踩得异常结实,它的躯体也是不堪重负。我看到迎客松的时候,它已经明显地露出了疲惫的老态:它的优雅的手臂——那根向前伸展的枝杈已托不住所负的重量,正在无力地下垂,若不是一根木棍的支撑,它恐怕早已折断。我一边为迎客松担忧,一边也难免其俗,排队站到树下照了一张相。回来洗出照片,发现画面上最引人注目的,是那根支撑着松树枝杈的木棍。我背后的那棵迎客松,看上去就像是一个拄着拐杖的垂垂老者……

其实,在黄山,姿态奇崛动人的松树不计其数,迎客松未必是最出色的。在一些无人的小径边,或是无路的幽谷中,我曾见到许多高大挺拔的松树,在宁静之中不动声色地展示着千姿百态,使人惊异于自然的奇妙和生命的多姿。有些树在荒瘠的环境中表现出的坚强简直不可思议,它们就生长在光秃秃的岩石上,虬结盘绕的根须如剑如凿,锲而不舍地钻进岩缝,汲取生命的养料,使之化为峥嵘苍劲的枝干,化为欣欣向荣的绿叶。它们的存活就凭借着石缝里那一点点可怜的泥土。岂止是存活,在远离尘嚣的宁静之中,它们所取极微,却照样成长得蓬蓬勃勃,活得轰轰烈烈。是的,它们无名,它们不为人所知,但这也正是它们的福气——没有慕名而来的游客在它们身边喧嚷,没有追新猎奇的人烦扰,它们便有了清净,有了自由,有了独享天籁的情趣。它们不会失去继续生长的外部环境,只要没有火山爆发,没有地层断裂,没有樵夫的刀斧。如果它们也像迎客松一样,被人们发现了,重视了,成了美名远播的明星,那会怎么样呢?请去看看老态龙钟的迎客松吧。

　　现在的迎客松活得怎么样,我并不知道。也许,它至今仍一如既往地站立在路边迎接兴致勃勃的游客。园艺家们也可能想出各种各样的方法来延长它的生命,保留它的美姿,然而我很难相信它会重返青春。而那些无名的野松,我却深信它们将越活越年轻,越活越美丽。它们已战胜了大自然设置在它们前面的种种障碍,它们通过搏斗赢得了生存和成长的权利。它们是为自己活着。

　　在我们这个世界上,发现风景的是人类,毁灭风景的往往也是人类。许多年前,有几位朋友去了四川九寨沟,那时还没有几个人知道那地方。朋友们回来后绘声绘色地向我描述了九寨沟仙境一般的幽静和多彩,使我心驰神往。他们向我建议说:"你要去,就趁早去,趁大家还不知道这个地方。等人群都拥进那山沟的时候,恐怕就没有什么风景可看了!"朋友的话似乎是危言耸听,然而我颇有共鸣。我很自然地想起了迎客松。后来我曾一次又一次错失了去九寨沟的机会,一直引以为憾,也因此而担心我再也看不到真正的九寨沟。去年夏天,终于冲破重重险阻进入了九寨沟。因为天雨路毁，沟中人烟稀少，展现在我面前的是一片宁静而又变幻无穷的奇妙天地：青山在云雾中出没，碧水在树林里奔流，野花在草丛和山坡上粲然怒放……依然可以把它比作仙境。然而只要留心寻觅，在美丽的仙境中处处能找到破坏风景的人迹。最早的伤痕是伐木者们留下来的，是到处能见到的树桩，是横陈在湖底或溪流中来不及运走的树木。新鲜的人迹当然是游客们的杰作，清澈见底的湖滩和茂密的灌木丛中，不时能看见被人随手遗弃的酒瓶和罐头盒。尽管这些瓶瓶罐罐色彩鲜艳，然而大煞风景……对一个地域广阔的森林公园来说，这些区区人迹自然还谈不上是什么毁灭性的伤害，不过谁能说这不是一段含义不祥的序曲呢！

我想，如果我是一棵树，或者是一片原始的山林，那么，与其被热热闹闹的尘嚣包围着名扬天下，还不如沉默而自由地独对自然。除非那些自称爱美爱自然的人们真正懂得了珍惜美和自然。

1993 年 3 月 16 日

沉　默

无声即沉默。沉默有各种各样——

腹中空泛,思想一片苍白,故而无言可发,这是沉默。

热情已如柴薪尽燃,故而冷漠处世,无喜无悲,无忧无愤,对人世的一切都失去兴趣和欲望,这也是沉默。

有过爱,有过恨,有过迷茫,有过颖悟,有过一呼百应的呐喊,有过得不到回报的呼唤,然而却守口如瓶,只是平静地冷眼察看世界,这是沉默。

饱经忧患,阅尽人世百态,胸有千山万壑的履痕,有江河湖海的涛声,然而却深思不语,这也是沉默。

一把价值连城的意大利小提琴,和一支被随手削出的芦笛,不去触动它们,便都是沉默,但沉默的内涵却并不一样。即便永远不再有人去触动它们,你依然可以凭想象听见它们可能发出的截然不同的鸣响。

一块莹洁无瑕的美玉,和一块粗糙朴实的土砖,放在那里也都是沉默,然而谁能把它们所代表的内容画一个等号呢?

其实,对活着的生命而言,真正的沉默是不存在的。沉默本身也是一种思想和心境的流露,是灵魂的另一种形式的回声。

有的人以沉默掩饰思想的空虚。

有的人以沉默叙述迷茫和惆怅。

有的人以沉默表达内心的愤怒和忧伤。

……

沉默常常是暂时的,就像古塔檐角下的铜铃,无风时,它们只是一种古色古香的装饰,一起风,它们便会发出奇妙的金属音响,似乎是许多古老故事的悠远的回声……

沉默的人们不也一样?

"沉默是金",是怎样的一种"金"呢?这个"金"字中,可以包含正直、善良,可以代表淡泊、超脱,也可以是虚伪、圆滑、怯懦的一种托词……金子的光泽,未必是世界上最动人的光泽。

是不是只有死亡才是永远的沉默?

也许,死亡也未必是真正的沉默。灵魂的载体可以化为尘土,那些真诚睿智的心声,却会长久地在人心的海洋中引起悠长的回声……

1994年春于四步斋

挥　手

——怀念我的父亲

深夜,似睡似醒,耳畔嘚嘚有声,仿佛是一支手杖点地,由远而近……父亲,是你来了吗?骤然醒来,万籁俱寂,什么声音也听不见。打开台灯,父亲在温暖的灯光中向我微笑。那是一张照片,是去年陪他去杭州时我为他拍的,他站在西湖边上,花影和湖光衬托着他平和的微笑。照片上的父亲,怎么也看不出是一个八十多岁的人。没有想到,这竟是我为他拍的最后一张照片!

一个月前,父亲突然去世。那天母亲来电话,说父亲气急,情况不好,让我快去。这时,正有一个不速之客坐在我的书房里,是从西安来约稿的一个编辑。我赶紧请他走,还是耽误了五六分钟。送走那不速之客后,我便拼命骑车去父亲家,平时需要骑半个小时的路程,只用了十几分钟,也不知这十几里路是怎么骑的。然而我还是晚到了一步。父亲在我回家前的十分钟停止了呼吸。一口痰,堵住了他的气管。他只是轻轻地说了两声:"我透不过气来……"便昏迷过去,再也没有醒来。救护车在我之前赶到,医生对垂危的父亲进行了抢救,终于无功而返。我赶到父亲身边时,他平静地躺着,没有痛苦的表情,脸上似乎略带着微笑,就像睡着了一样。他再也不会笑着向我伸出手来,再也不会向我倾诉他的病痛,再也不会关切地询问我的生活和创作,再也不会拄着拐杖跑到书店和邮局,去买我的书和发表有我文章的报纸和刊物,再也不会在电话中笑声朗朗地和孙子聊天……父亲!

因为父亲走得突然,子女们都没有能送他。父亲停止呼吸后,我是第一个赶回他身边的。我把父亲的遗体抱回他的床上,为他擦洗了身体,刮了胡子,换上了干净的衣裤。这样的事情,父亲生前我很少为他做。他生病时,都是母亲一个人照顾他。小时候,父亲常常带我到浴室里洗澡,他在热气蒸腾的浴池里为我洗脸擦背的情景我至今仍然记得。想不到,我有机会为父亲做这些事情时,他已经去了另外一个世界。父亲,你能感觉我的拥抱和抚摸吗?

父亲是一个善良温和的人,在我的记忆中,他的脸上总是含着宽厚的微笑。从小到大,他从来没有骂过我一句,更没有打过我一下,对其他孩子也是这样。也从来没有见到他和什么人吵过架。父亲生于1912年,是清王朝覆灭的第二年。祖父为他取名鸿才,希望他能够改变家庭的窘境,光耀祖宗。他的一生中,有过成功,更多的是失败。年轻的时候,他曾经是家乡的传奇人物:一个贫穷的佃户的儿子,靠着自己的奋斗,竟然开起了好几家兴旺的商店,买了几十间房子,成了使很多人羡慕的成功者。家乡的老人,至今说起父亲依旧肃然起敬。年轻时他也曾冒过一点风险:抗日战争初期,在日本人的刺刀和枪口的封锁下,他摇着小船从外地把老百姓需要的货物运回家乡,既为父老乡亲做了好事,也因此发了一点小财。抗战结束后,为了使他的店铺里的职员们能逃避国民党军队"抓壮丁",父亲放弃了家乡的店铺,力不从心地到上海开了一家小小的纺织厂。他本想学那些叱咤风云的民族资本家,也来个"实业救国",想不到这就是他在事业上衰败的开始。在汪洋一般的大上海,父亲的小厂是微乎其微的小虾米,再加上他没有多少搞实业和管理工厂的经验,这小虾米顺理成章地就成了大鱼和螃蟹们的美餐。他的工厂从一开始就亏损,到解放的时候,这工厂其实已经倒闭,但父亲要面子,不愿意承认失败的现实,靠借债勉强维持着企业。到公私合营的时候,他那点资产正好够得上当一个资本家。为了维持企业,他带头削减自己的工资,减到比一般的工人还低。他还把自己到上海后造的一幢楼房捐献给了公私合营后的工厂,致使我们全家失去了存身之处,不得不借宿在亲戚家里,过了好久才租到几间石库门里弄中的房间。于是,在以后的几十年里,他一直是一个名不副实的资本家。而这一顶帽子,也使我们全家消受了很长一段时间。在我的童年时代,家里一直是过着清贫节俭的生活。记得我小时候身上穿的总是用哥哥姐姐穿过的衣服改做的旧衣服。上学后,每次开学前付学费时,都要申请分期付款。对于贫穷,父亲淡然而又坦然,他说:"穷不要紧,要紧的是做一个正派人,做一个对社会有贡献的人。"我们从未因贫穷而感到耻辱和窘困,这和父亲的态度有关。"文革"中,父亲工厂里的"造反派"也到我们家里来抄家。可厂里的老工人知道我们的家底,除了看得见的家具摆设,家里不可能有什么值钱的东西。来抄家的人说:"有什么金银财宝,自己交出来就可以了。"记得父亲和母亲耳语了几句,母亲便打开五斗橱抽屉,从一个小盒子里拿出一条失去光泽的细细的金项链,交到了"造反队员"的手中。后来我才知道,这条项链,还是母亲当年的嫁妆。这是我们家里唯一的"金银财宝"……

"文化大革命"初期的一天夜晚,"造反派"闯到我们家带走了父亲。和我们告别时,父亲非常平静,毫无恐惧之色。他安慰我们说:"我没有做过亏心事,他们不能把我怎么样。你们不要为我担心。"当时,我感到父亲很坚强,不是一个懦夫。在"文革"中,父亲作为"黑七类",自然度日如年。但就在气氛最紧张的日子里,仍有善读书者无之而非书，山水亦书也，棋酒亦书也，花月亦书也。善游山水者，无之而非山水，书史亦山水也，诗酒亦山水也，花月亦山水也。如善读书者如明月临空，爱之親之便能沐浴清光，身必皆亮也，此种境界观代人已难得，拘达么向望之，不如开卷读书也。

辛卯三月 赵丽宏

厂里的老工人偷偷地跑来看父亲,还悄悄地塞钱接济我们家。这样的事情,在当时简直是天方夜谭。我由此了解了父亲的为人,也懂得了人与人之间未必是你死我活的阶级斗争关系。父亲一直说:"我最骄傲的事情,就是我的子女,个个都是好样的。"我想,我们兄弟姐妹都能在自己的岗位上有一些作为,和父亲的为人,和父亲对我们的影响有着很大关系。

记忆中,父亲的一双手老是在我的面前挥动……

我想起人生路上的三次远足,都是父亲去送我的。他站在路上,远远地向我挥动着手,伫立在路边的人影由大而小,一直到我看不见……

第一次送别是我小学毕业。那是六十年代初,我考上了一所郊区的住宿中学。那天去学校报到时,送我去的是父亲。那时父亲还年轻,鼓鼓囊囊的铺盖卷提在他的手中并不显得沉重。中学很远,坐了两次电车,又换上了到郊区的公共汽车。从窗外掠过很多陌生的风景,可我根本没有心思欣赏。我才十四岁,从来没有离开过家,没有离开过父母,想到即将一个人在学校里过寄宿生活,不禁有些害怕,有些紧张。一路上,父亲很少说话,只是面带微笑默默地看着我。当公共汽车在郊区的公路上疾驰时,父亲望着窗外绿色的田野,表情变得很开朗。我感觉到离家越来越远,便忐忑不安地问:"我们是不是快要到了?"父亲没有直接回答我,指着窗外翠绿的稻田和在风中飘动的林荫,答非所问地说:"你看,这里的绿颜色多好。"他看了我一眼,大概发现了我的惶惑和不安,便轻轻地抚摸着我的肩胛,又说:"你闻闻这风中的味道,和城市里的味道不一样。乡下有草和树叶的气味,城里没有。这味道会使人健康的。我小时候,就是在乡下长大的。离开父母去学生意的时候,只有十二岁,比你还小两岁。"父亲说话时,抚摸着我肩胛的手始终没有移开,"离开家的时候也是这样的季节,比现在晚一些,树上开始落黄叶了。那年冬天来得特别早,我离家没有几天,突然就发冷了,冷得冰天雪地,田里的庄稼全冻死了。我没有棉袄,只有两件单衣裤,冷得瑟瑟发抖,差点没冻死。"父亲用很轻松的语气,谈着他少年时代的往事,所有的艰辛和严峻,都融化在他温和的微笑中。在我的印象中,父亲并不是一个深沉的人,但谈起遥远往事的时候,尽管他微笑着,我却感到了他的深沉。那天到学校后,父亲陪我报到,又陪我找到自己的寝室,帮我铺好了床铺。接下来,就是我送父亲了,我要把他送到校门口。在校门口,父亲拍拍我肩膀,又摸摸我头,然后笑着说:"以后,一切都要靠你自己了。开始不习惯不要紧,慢慢就会习惯的。"说完,他就大步走出了校门。我站在校门里,目送着父亲的背影。校门外是一条大路,父亲慢慢地向前走着,并不回头。我想,父亲一定会回过头来看看我的。果然,走出十几米远时,父亲回过头来,见我还站着不动,父亲就转过身,使劲向我挥手,叫我回去。我只觉得自己的视线模糊起来……在我少年的心中,我还是第一次感到自己对父亲是如此依恋。

父亲第二次送我,是"文化大革命"中了。那次是出远门,我要去农村"插队落户"。当时,父亲是"有问题"的人,不能随便走动,他只能送我到离家不远的车站。那天,是我自己提着行李,父亲默默地走在我身边。快分手时,他才讷讷地说:"你自己当心了。有空常写信回家。"我上了车,父亲站在车站上看着我。他的脸上没有露出别离的伤感,而是带着他常有的那种温和的微笑,只是有一点勉强。我知道,父亲心里并不好受,他是怕我难过,所以尽量不流露出伤感的情绪。车开动了,父亲一边随着车的方向往前走,一边向我挥着手。这时我看见,他的眼睛里闪烁着晶莹的泪光……

父亲第三次送我,是我考上大学去报到那一天。这已经是

1978年春天。父亲早已退休,快七十岁了。那天,父亲执意要送我去学校,我坚决不要他送。父亲拗不过我,便让步说:"那好,我送你到弄堂口。"这次父亲送我的路程比前两次短得多,但还没有走出弄堂,我发现他的脚步慢下来。回头一看,我有些吃惊,帮我提着一个小包的父亲竟已是泪流满面。以前送我,他都没有这样动感情,和前几次相比,这次离家我的前景应该是最光明的一次,父亲为什么这样伤感?我有些奇怪,便连忙问:"我是去上大学,是好事情啊,你干吗这样难过呢?"父亲一边擦眼泪一边回答:"我知道,我知道。可是,我想为什么总是我送你离开家呢?我想我还能送你几次呢?"说着,泪水又从他的眼眶里涌了出来。这时,我突然发现,父亲花白的头发比前几年稀疏得多,他的额头也有了我先前未留意过的皱纹。父亲是有点老了。唉,这是没有办法的事情,儿女的长大,总是以父母的青春流逝乃至衰老为代价的。这过程,总是在人们不知不觉中悄悄地进行,没有人能够阻挡这样的过程。

父亲中年时代身体很不好,严重的肺结核几乎夺去他的生命。曾有算命先生为他算命,说他五十七岁是"骑马过竹桥",凶多吉少,如果能过这一关,就能长寿。五十七岁时,父亲果真大病一场,但他总算摇摇晃晃地走过了命运的竹桥。过六十岁后,父亲的身体便越来越好,看上去比他实际年龄要年轻十几二十岁。曾经有人误认为我们父子是兄弟。八十岁之前,他看上去就像六十多岁的人,说话走路都没有老态。几年前,父亲常常一个人突然地就走到我家来,只要楼梯上响起他缓慢而沉稳的脚步声,我就知道是他来了,门还没开,门外就已经漾起他含笑的喊声……四年前,父亲摔断了胫股骨,在医院动了手术,换了一个金属的人工关节。此后,他便一直被病痛折磨着,一下子老了许多,再也没有恢复以前那种生机勃勃的精神状态。他的手上多了一根拐杖,走路比以前慢得多,出门成了一件困难的事情。不过,只要遇到精神好的时候,他还会拄着拐杖来我家。

在我的所有读者中,对我的文章和书最在乎的人,是父亲。从很多年前我刚开始发表作品开始,只要知道哪家报纸和杂志刊登有我的文字,他总是不嫌其烦地跑到书店或者邮局里去寻找,这一家店里没有,他再跑下一家,直到买到为止。为做这件事情,他不知走了多少路。我很惭愧,觉得我那些文字无论如何不值得父亲去走这么多路。然而再和他说也没用。他总是用欣赏的目光读我的文字,尽管不当我的面称赞,也很少提意见,但从他阅读时的表情,我知道他很为自己的儿子骄傲。对我的成就,他总是比我自己还兴奋。这种兴奋,有时我觉得过分,就笑着半开玩笑地对他说:"你的儿子很一般,你不要太得意。"他也不反驳我,只是开心地一笑,像个顽皮的孩子。在他晚年体弱时,这种兴奋竟然一如十数年前。前几年,有一次我出版了新书,准备在南京路的新华书店为读者签名。父亲知道了,打电话给我说他要去看看,因为这家大书店离我的老家不远。我再三关照他,书店里人多,很挤,千万不要凑这个热闹。那天早晨,书店里果然人山人海,卖书的柜台几乎被热情的读者挤塌。我欣慰地想,还好父亲没有来,要不,他撑着拐杖在人群中行动可就麻烦了。于是我心无旁骛,很专注地埋头为读者签名。大概一个多小时后,我无意中抬头时,突然发现了父亲。他拄着拐杖,站在远离人群的地方,一个人默默地在远处注视着我。唉,父亲,他还是来了,他已经在一边站了很久。我无法想象他是怎样拄着拐杖穿过拥挤的人群上楼来的。见我抬头,他冲我微微一笑,然后向我挥了挥手。我心里一热,笔下的字也写错了……

去年春天,我们全家陪着我的父母去杭州,在西湖边上住了几天。每天傍晚,我们一起在湖畔散步,父亲的拐杖在白堤和苏堤上留下了轻轻的回声。走得累了,我们便在湖畔的长椅上休息。父亲看看孙子不知疲倦地在他身边蹦跳,微笑着自言自语:"唉,年轻一点多好……"

死亡是人生的必然归宿。雨果说它是"最伟大的平等,最伟大的自由",这是对死者而言。对失去了亲人的生者来说,这永远是难以接受的事实。父亲逝世前的两个月,病魔一直折磨着他。但这并不是什么不治之症,只是一种叫"带状疱疹"的奇怪的病。父亲天天被剧烈的疼痛折磨得寝食不安。因为看父亲走着去医院检查身体实在太累,我为父亲送去一辆轮椅。那晚在他身边坐了很久,他有些感冒,舌苔红肿,说话很吃力,很少开口,只是微笑着听我们说话。临走时,父亲用一种幽远怅惘的目光看着我,几乎是乞求似的对我说:"你要走?再坐一会儿吧。"离开他时,我心里很难过,我想以后一定要多来看望父亲,多和他说说话。我绝没有想到,再也不会有什么"以后"了,这天晚上竟是我们父子间的永别。两天后,他就匆匆忙忙地走了。父亲去世前一天的晚上,我曾和他通过电话,在电话里,我说明天去看他,他说:"你忙,不必来。"其实,他希望我每天都在他身边,和他说话,这我是知道的,但我却没有在他最后的日子里每天陪着他!记得他在电话里对我说的最后一句话是:"你自己多保重。"父亲,你自己病痛在身,却还想着要我保重。你最后对我说的话,将无穷无尽回响在我的耳边,回响在我的心里,使我的生命永远沉浸在你的慈爱和关怀之中。父亲!

在父亲去世后的日子里,我一个人静下心来,面前总会出现父亲的形象。他像往常一样,对着我微笑。他就站在离我不远的地方,向我挥手,就像许多年前他送我时,在路上回过头来向我挥手一样,就像前几年在书店里,他站在人群外面向我挥手一样……有时候我想,短促的人生,其实就像匆忙的挥手一样,挥手之间,一切都已经过去,已经成为过眼烟云。然而父亲对我挥手的形象,我却无法忘记。我觉得这是一种父爱的象征,父亲将他的爱,将他的期望,还有他的遗憾和痛苦,都流露宣泄在这轻轻一挥手之间了。

1994年7月15日—9月15日于四步斋

死之印象

一

最早对死亡有直观的印象,是在四五岁的时候。有一次去乡下,镇上死了个产妇,很多人都去看,我也跟着大人去看。产妇仰躺在一块门板上,身穿一套黑色的衣裤。她是难产流血过多而死,孩子却活下来了。产妇大概二十多岁,她的脸色苍白,但神态安详,像一尊雕塑。她活着的时候,一定是个极美的女人。很多人围在她身边哭。她却毫不理会,只是默默地躺着,平静地躺着,没有一点痛苦和忧伤的表情。

我第一次在这么近的地方看一个死人,却没有一点恐惧的感觉。当时留给我印象最深的,除了产妇苍白而美丽的面容,还有她的丈夫,一个悲痛欲绝的年轻男人。他手中抱着刚刚出生的婴儿,坐在产妇的身边,别人号啕大哭时,他却只是无声地凝视着自己的妻子,他的脸上布满了泪痕。他的目光,除了看死去的妻子,就是看手中的婴儿。看妻子时,他的目光悲凄哀伤;看婴儿时,他的目光就非常复杂,既有爱怜,也有怨恨……妻子就是为了生孩子而死去,她为自己的后代流尽了身上的血,付出了生命的代价。一个死,一个生,死的丧仪和生的庆典在同一时刻进行,夹在这两个仪式中间的,是那个丧妻得子的年轻男人。他的无声而哀怨的复杂的表情,我至今仍记得。

二

死神多半是突然找上门来的,谁也无法违抗死神的时间表。电影中常常看到病人临死前讲很多话,躺在床上的人也知道自己已到了弥留之际,垂死的人说完了想说的话,然后从容死去。这样的情形,在生活中毕竟不多。

读《儒林外史》,很难忘记写严监生临死前的那一段:这个爱财如命的吝啬鬼,面对着床头一盏点了两茎灯草的油灯,久久不肯咽气,直到知情者挑熄了其中的一茎。这个故事有点夸张,但我想大概也有类似的生活材料作为依据。

不过,人的意志有时候真能拖延死神的脚步。这种意志,常常是出于一种本能,出于心灵深处的希冀,这种本能和希冀是如此强烈,竟然使死神也望而却步。我的一个好朋友,一个诗人,曾经很动感情地告诉我一个有关死的故事,故事的主人公是他的母亲。很多年前,诗人的母亲在乡下病危,远在千里之外的诗人得到消息之后,星夜兼程赶回家乡,想最后看一眼母亲,和母亲说几句话,虽然他知道这种可能性几乎没有,因为他得到消息时,病危的母亲已经到了弥留之际,而他赶回地处偏远的故乡山村,要花五六天时间。躺在床上的老太太形容枯槁,只剩下极微弱的一口气,连说半句话的力气都没有了,她的双眼微阖,看上去就像一具尸体。但是,每天傍晚五点左右,她会突然睁开眼睛,凝视着窗外。这时候,经过山村的唯一一班长途汽车正好从远处经过。当汽车的引擎声轻轻地从窗外飘来时,老太太那几近熄灭的目光突然变得炯炯发亮。人人都知道,她在期待远在他乡的儿子归来,她想在离开人世前见儿子一面。家乡的人们已经开始为诗人的母亲准备后事,大家都知道,诗人不可能赶回来,来不及了。然而奇迹发生了。两天过去。三天过去。四天过去。诗人的母亲依然活着！她的意识微弱得如同风中游丝,随时可能被风吹断,可就是飘而不断;她的生命像燃到了尽头的烛火,很幽很幽,只剩下米粒般的一点,若隐若现,但就是不灭。一个母亲思念儿子的挚切之情,战胜了气势汹汹的死神。到第五天下午,当长途汽车的引擎声飘进来时,这位垂危的母亲用最后一点力气睁开了眼睛,她模糊的视野中,终于出现了儿子风尘仆仆的身影……

诗人讲这个故事时,眼睛里含着泪水。他永远无法忘记母亲临终前的情景:母亲拉住他的手,欲说而无声,千言万语,凝成两滴晶莹的泪珠,在她凹陷的眼眶中闪动……心如冰铁的死神,大概是被母亲的一颗心感动了,竟然守在她身边耐心地等了五天,眼看这位母亲生时最后的愿望成为现实,他才不慌不忙地把她带走。就这样,如愿以偿的母亲拉着儿子的手,平静地死去。死亡,在她的脸上竟化为宽慰的一笑。

三

中国有"死于非命"这样的成语。所谓死于非命,就是不该死的,却突然死去。也就是非正常的死亡。那些自杀者,大概也可以算是这一类。

"文革"中,我曾经看到过很多自杀的人。那是一些不幸夭折的生命,就像在暴风雨中突然被折断的树木。这种惨烈的死,是真正的对生命的摧残。

看一个活生生的人在你的注视下死去,那种印象是永远也不会淡忘的。"文革"中的一天,经过一幢高楼,正好遇到一个人从很高的窗户里跳下来。当时的感觉,仿佛是一件蓝色的衣裳从空中慢慢飘落,当那件蓝衣裳"砰"的一声沉重地摔在离我不远的地面时,我才知道,这是一个人!这个人仰面朝天躺在离我几步远的地上,是一个三十来岁的年轻人。我走到他面前时,他还活着。他的眼睛微睁,嘴里在大声喘气,脸色还是正常人的脸色,仰望着天空的目光中流露出痛苦的光芒。大概过了一两秒,他的脸色便转为红,继而紫,接着灰黄,嘴里的喘息越来越微弱,那微睁的眼珠也逐渐失去光泽,变得空洞而灰暗。当他终于停止了喘息时,脸色顿时变得灰白如纸,暗红色的血从他的耳朵、鼻孔和嘴巴里慢慢地流出来……就这样,我看着他在我的面前死去。这过程是那么短促,又是那么漫长。因为事情发生得突然,我一时慌乱得想不起该做什么,只是被他临死时的表情所震撼。当时的感觉并不是恐惧,而是一种无可奈何的悲哀。这样惨烈的死法,比死亡本身更加可悲。一个人即将死去,我却无法救他,只能眼睁睁看着死的过程在我的面前展开。生命的毁灭,竟是如此简单迅疾。

四

　　死和生一样,是生命的一个事件,是大自然的一个奥秘。在人生的旅途中,死是最后一个环节,谁也无法逃脱这个环节。然而这个环节似乎并不是掌握在自己的手中。"生死有命",孔夫子如是说。"不知将白首,何处入黄泉。"这"命"是什么?"黄泉"又是什么?是无常?是无奈?是飘忽不定的风?是变幻无形的影?难道真有一种在冥冥之中安排着一切操纵着一切摆布着一切的神秘力量?

　　没有人能对这个问题作令人信服的明确答复。

　　不过,把死神的缰绳牵在自己手里的人,生活中不是没有。

　　在报上读到过一则令人难忘的新闻:一位女医生,患癌症,发现时已经病入膏肓,无可救药。女医生将病情瞒过了所有的人,一直工作到耗尽所有的体力,躺倒在床上。这时,死神正迈着悠闲的步子在她的身边游荡。然而她非但不躲避,反而主动向死神伸出了她的手。她选择了速死。她决意用自己的死,为人类的医学做一次试验。她在自己身上注射了致命的针剂,然后非常冷静地打开笔记本,记录注射之后的身体的感觉和精神的变化,记录她生命中最后一刹那的感觉。翻江倒海的绞痛、天旋地转的昏厥、抽搐、幻觉、黑暗……她用颤抖的手,记录着她感受到的一切,一直书写到生命的最后一刻。她要用自己的死,为世人留下一份科学的档案。也许,她的试验在医学上并没有多少价值,但是,面对着她颤抖歪斜的笔迹,谁能不怦然心动?

对女医生这样的行为,后来有些人提出质疑,认为这样做违反常规,违反人道。所谓的常规和人道,就是尽一切可能保护生命,延续生命在人间的每一分每一秒。然而这样的常规,是不是对所有人都是人道的呢?当你被病魔折磨得死去活来,求生无望,求死不能,你会祈望平静安然地离开人世。抵达生命的终点,很难说不是一种解脱、一种幸福。现在很多人在争论,是不是可以对在痛苦中等待死神的病人和永远失去意识的植物人实行安乐死。我认为这样的争论最终会有一个合情合理的结论,这结论应该是允许被痛苦折磨的垂危者安然地走向他们的归宿。既然死神的拥抱已经无法避免,那么比起慢慢地被折磨至死,使自己受罪,也使旁人痛苦,加速死亡的来临,大概不能算不人道。

"只有死亡是不死的!"作为血肉之躯的终点,死亡将以它独特的形态凝固在世界上。

五

"上帝将夭逝作为礼物献给最亲爱的人。"这是拜伦的诗句。

而朗费罗的诗更美妙：

从来就没有什么死！
表面上的死实际是一种过渡：
活人生存的世界只是天国的郊野，
天国的大门就是我们所谓的死。

没有一个活着的人能画出上帝的模样，也没有人能描绘天国的景象。然而世世代代的人们都在流传着上帝和天国的故事，没有任何力量能阻止这种流传，因为生命中存在着神秘的死。

死像一条宽广的河流，缓缓地在大地上流着，在人群中流着。它的浪花每时每刻都在我们周围翻卷，世界上的每一个人，都将无声无息地被它卷走。

死也像一座沉默的山，生时所有的欢乐痛苦和哭笑喧闹都埋藏在其中。没有人能够越过这座山。

死是无穷无尽的黑洞，这黑洞的力量是如此强大，再活泼再美丽再强悍的生命，最终也要被它吸进去，吸得无影无踪。

死像一朵白色的花，在寂静中不动声色地开放，并且把它的花朵凝固在黑暗里。世界上，只有这样的白色之花是不会凋谢的。

死，其实是生命在庄重地宣告：请记住，我曾经活过！

1995 年初春于四步斋

遗忘的碎屑

一

遗忘,难道是人的天性?

并不漫长的岁月,竟然变成了遥远的古代,变成了飘忽莫测的幻影。曾经给烈火烧毁过的废墟,因为重新建起了新的楼房,废墟便被人遗忘了。而烈火,更是远远地离开了记忆的库房,它们摇身变幻,化成了美丽的轻烟,柔曼多姿地飘舞在天空,变成了愉悦人的精灵……这不是童话,是事实。科学家说,世界上最精密的、容量最大的,是人类的大脑。值得怀疑。

遗忘了什么?是一个荒诞的时代,是一组荒诞的故事,是一片失去理智的喧嚣。

是历史。历史怎么能够遗忘! 当然,历史是人类的文明得以延续的基础,谁敢摧毁这基础?

然而并不是所有的历史都需要铭记不忘的。有些历史可以刻在石头上,让它们和岁月共存,和世界共存,和人类的骄傲和光荣共存,让后来者读着这些金光灿烂的文字,为自己的土地和祖先自豪。有些历史,则不必耿耿于怀了,因为……因为这是歧途。这些历史并不光荣,它们并不能抚慰或者鼓舞后来者。与其重温,不如忘却。与其回顾,不如前瞻;与其清醒地讲述当年的耻辱和辛酸,不如朦胧地唱几首歌词华丽含混的流行歌曲,既轻松,又优美。沉重灰暗的日子已经过去,我们不再需要沉重和灰暗了!

　　这就是为什么要遗忘的理由?对那些疯狂过昏庸过迷信过的迷途者,对那些曾经被侮辱被扭曲被伤害的灵魂,遗忘果真是一帖良药?

　　遗憾的是,遗忘恰恰只是一种妄想。历史把它的脚印留在了广袤的大地上,不管这脚印是深还是浅,是直线还是曲线,谁也无法消灭或者改变它们的形状。岁月的风尘和霜雪可以将它们掩盖片刻,但它们依然以固有的形态存在着。历史就像是出窑的瓷器,它已经在烈火的煎熬中定型。你可以将它打碎,但如果还原起来,它仍然是出炉时的形象。

　　历史已经过去,但它们正是酿造成"现在"这杯美酒(或者苦酒)的原料。没有历史,就没有现在,当然也不会有未来。

　　掩耳盗铃者自以为已将那灿烂的铃铛窃到手,殊不知,铃铛永不会沉默,就在他企图把那铃铛悄悄塞入口袋时,清脆的铃声早已随风响彻辽阔的世界……

二

　　我说的是三十年前在中国发生的那场"文化大革命"。

　　"文化大革命"这几个字,对大多数从那个时代走过来的中国人来说,是一个充满着辛酸内涵的词。老人的惊惶和苦痛,青年的激动和迷惘,孩子们的恐惧和困惑,都和这个词连在一起。尽管这个词几乎已从我们的生活中消失,已经被有些人"遗忘"(我在这里用引号,是因为我不相信他们会真正遗忘。如果你没有患健忘症或者痴呆症,那么,那个时代绝不会从你的脑海中隐退)。

　　在我们这代人的记忆库藏中,很多恐怖可怕的镜头,都和那个时代有关。闭上眼睛,静静地想一想,那些镜头便会一一出现在我的眼前。时隔三十年,它们依然清晰如昨,带着火的灼热和冰的阴冷……

镜头之一:上海街头。几个北京来的"红卫兵"围着一个六十来岁的老人,他们用皮带打这个据说是"反革命"的老人。三四根带铜头的宽皮带,一下接一下打在老人的头上和脸上,老人血流满面,大声呼救。"红卫兵"们却越打越猛,直到把老人打倒在地……

镜头之二:呼啸的卡车载着一车人,在一幢住宅楼前停下。戴着"造反派"臂章的人从车上跳下,一拥而入。门内有人喊:"你们干什么,我不认识你们呀!"冲进去的人回答:"什么认识不认识,你们这样的人,谁都可以来抄家!"接下来就是乒乒乓乓的打砸之声,书、衣服、被褥、箱子、瓷器、家具,都被从门窗里投出来,被装上了卡车……

镜头之三:夏日的夜晚,一盏白炽灯被拉到马路边,铜锣当当一敲,乘凉的人群蜂拥而至。从街边的楼房里推出一个中年妇女,几个彪形大汉反剪她的双手,老鹰抓小鸡似的把她架到电灯底下。在一片"打倒""批臭"的声讨口号中,大汉们一会儿将她的头一揿到地,一会儿又揪住她的头发强迫她抬起脸来示众。在灯光下,我看到一张苍白却凛然不屈的脸。大汉们喝令她"认罪",她以沉默作答。她的沉默使大汉们觉得丢了面子,其中一人拿出一把剪刀,用熟练的手法,当众剪去了她的半边头发。黄色的灯光下,赫然出现一个黑白分明的"阴阳头"。人群中有人大喊:"剪得好!"……

镜头之四:烈火熊熊,在街头燃烧。被烈火焚烧的东西很多,也很杂,有书,有画,有佛像和圣像,有西装,也有长衫马褂,还有尖头的皮鞋……这些东西,有从市民家里抄出的,有从街头行人身上强行脱下来的,也有自愿从家里搬出投进火堆的。

男女老少,围着火堆欢呼,火光映红了他们兴奋的脸……

镜头之五:马路上人山人海,看游街。开过来一辆电气公司用来修电线的红色抢修车,游街者是一位副市长,他站在高高的升降台上,胸前挂着沉重的木牌,木牌上写着他的被打了红色大叉的名字。那架势,就像判死刑的囚犯被绑赴刑场……这名字,人们都熟悉,如果在从前,听到这名字,谁都会肃然起敬,一般人要见他的面也很困难,可此刻,他却以这样的方式出现在大众面前。仰起脖子看热闹的人群中,有人摇头叹息,也有人幸灾乐祸地议论:"嘿,他们也有今天!"大多数人目光中流露出来的,是好奇和麻木。

镜头之六:一个年轻的跳楼自杀者横尸街头,没有人来收尸,却有人在他身上覆盖了一张大字报,上面的黑色大字墨迹未干:"自绝于人民,死有余辜!"围观者阻塞了交通……

……

这样的乱哄哄血淋淋的镜头,现在看起来近乎荒诞。但这些绝不是我的创作和想象,而是当时的现实。在这些镜头后面,蕴藏着的内涵,其实并不那么简单,在政治家和老百姓的眼里,它们所折射出的色彩也许是不同的,但有一点大概没有异议,这就是正常秩序的被破坏。这种破坏的渠道,是无数人丧失理智的情绪宣泄。那场可怕的运动,说是"文化大革命",其实上它所涉及的领域远远不止"文化",它所涉及的人也远不止文化人。这是一场破坏正常的生活秩序、摧毁健康的道德规范、践踏人性的"大革命",它的破坏触角无处不到,无微不至。

曾经有好些年轻人这样问我:"你在《岛人笔记》里写的故事,都是真的吗?"我告诉他们是真的,他们点着头,但目光中流露出来的还是迷惑。那个时代发生的一切,他们感到不可思议,也难以想象。其实,对我们这些过来人来说,有些事情同样不可

吾家小犬名拿鐵
活潑靈動思無邪
人語聆之皆入耳
摇尾擺頭訴歡諧

家中小犬

昨夜庭荷葉有聲 寫堂花開緩緩鳴
不覺窗光滿林薄 蕭然萬籟洒佳清
書卷多情似故人 晨昏憂樂每相親眼
前直下三千字 胸次全無一點塵

庚寅歲末偶有逸興 繪二只睡貓伴書
並題古人讀書詩句自娛也 趙麗宏

睡猫伴书

思议。在那个疯狂的、喧嚣动荡的时代里,我们的理智到哪里去了?我们的善良、文雅,我们的同情心和正义感又到哪里去了?我们的羞耻之心又到哪里去了?恶和丑,突然变得那么强大,而善和美,却一下子显得那么脆弱!前者呼啸横行,后者却无情地被扫荡。这种失衡的起因,究竟是什么?

我用了这么多的问号来点缀我的文章,但我却无力一一破译这些问号。我想,把这些问号展现在中国人面前,让大家来反思、来破译,大概不会是一件坏事情,尽管那个时代已经过去了三十年。三十年,在历史的长河中只是短促一瞬!当那些问号不再成其为问题,也就是历史的真相昭然若揭并被后来人铭记时。中国这辆古老的大车,要想再载着心如明镜的中国人重蹈覆辙,大概就非常困难了。

三

摧残心灵和毁灭美的过程在那个时代变得极其短促简便,在一夜之间,黑的会变成白的,纯净的会变成污浊的,相同的一张脸上,会反映出截然不同的两个灵魂。你无法说明白这样的变化为什么会发生得如此突然,如此不近情理。

这是我少年时代的一个秘密。

我曾以一个少年人羞怯而又朦胧的感情,关注过一个比我大好几岁的少女。在我的心目中,她是天底下最美丽最纯洁最文静的姑娘。我曾暗暗地观察她的神态,留意她穿的衣服,在背后看她走路的样子,聆听她说话的声音……在她的身上,我看不到任何缺点,仿佛她就是完美的化身。她长得并不扎眼,眉清目秀,梳一头好看的短发,穿着朴素,夏天总爱穿一件白底黑点的连衣裙,手里常常拿着一本书。和人说话时,她的声音总是轻轻的,脸上带着柔和的微笑。她的美,不仅是她的形体外貌,还有她的行为。一次,她和她的几个女友一起,在一所小学门口为孩子们剪指甲,孩子们一个个争先恐后向她伸出手,她微笑着,轻轻握住孩子的手,小心翼翼地用指甲钳修剪他们的小指甲。当时,我很想自己能缩小几岁,成为这群孩子中的一个,这样,我就也能伸出手来,使自己的手在她轻柔的掌握之中……我心里想的这一切,没有任何人知道,我甚至没有机会和她说一句话。只有在梦中,我才毫无顾忌地和她相聚,握住她的手和她说话。这是一些温情美妙的梦。

"文革"开始后,发生了我意想不到的变化。有一天,我在街上看到她,只见她换上了时髦的草绿色军装,头上戴着军帽,手臂上戴上了红袖标。她走路的样子也发生了变化,步子大了,重了,手臂摆动的幅度也夸张了,目光变得炯炯逼人。她挺胸昂首从我面前走过,很不屑一顾的样子。这使她在我眼里成了一个陌生的人,我感到失望。然而更失望的事情还在后面。一次,一群"造反派"来抄我一个邻居的家,带队的,竟然就是她。我挤在看热闹的人群中,当了一次看客。这次抄家,彻底改变了她在我心目中的形象。被抄家的是一对老夫妻,老人从前开过工厂,早已退休在家。面对这两个惊慌失措的老人,她横眉怒目,用高八度的语调厉声呵斥着,还挥舞手臂带头高喊"打倒……""老实交代""不投降就叫他灭亡"之类的口号,她那尖锐高亢的声音震荡着木结构的石库门楼房,把两个老人吓得瑟瑟打战。从前在她脸上能看到的文静和柔和,此刻荡然无存。一个白云一样轻柔的少女,一下子就变成了一个面目可憎的泼妇。那天,她和她的"战友"们把老人的家捣腾得天翻地覆,翻箱倒柜还不过瘾,恨不得掘地三尺,从中午一直闹到天黑。也许是嫌抄出的"战利品"太少,他们又开始批斗老人。他们大概也有点累,呵斥叫喊的声音比先前低了一些。他们要老人交代是不是还藏着什么武器和"变天账",老人又惊恐又着急,流着泪竭力否认。

接下来发生的事情,我永远无法忘记。

她冷冷地瞪着老人,咬牙切齿地说:"你以为眼泪就能赎你的罪?你以为眼泪就能让我们放过你?做梦!"说罢,她从背后抬脚往老人的脚弯处猛踢一脚,身材肥胖的老人"扑通"一声便跪在了地上。老人流着汗流着泪,一遍又一遍地"请罪",一声又一声地哀求,然而不拿出"造反派"期望得到的东西,他们还是不放过他。终于,"造反派"的耐心达到了极限,叫嚷要"狠触灵魂",于是拳脚交加,向老人的身上打将过去。指挥这场批斗的女英雄不动声色地看着发生在她面前的武斗,突然大喝一声:"停!"我心中一喜,以为是她动了恻隐之心。只见她从桌上拿起一个陶罐,用力往老人面前一摔,陶罐"哗啦"一声摔成了一地碎片。老人吓了一跳,所有的围观者都一愣,不知她要干什么。

"给你最后五秒钟!如果你再不老实交代,"她不慌不忙地说着,把陶罐的碎片踢到老人面前,"就叫你跪在这些碎片上!"

在五秒钟里,老人当然没有什么新的交代。于是,在她的指挥下,几个造反队员真的把快瘫痪的老人架起来,逼他跪到了那堆尖利的碎陶片上。老人穿着短裤,碎陶片刺进了他的膝盖,鲜血流了一地,惨绝人寰的哭喊声在夜空中久久回荡……

这样的景象,我怎么可能忘记。这个面目狰狞、凶狠冷酷的女人,怎么可能和从前那个温和优雅的形象连在一起。从那一刻起,我曾经暗恋过的那个美丽文静的少女,便在我的心里永远死去了。在无数个不眠之夜里,我暗暗地问过自己:为什么她会变成这样?为什么?是谁谋杀了她?是谁?

是那个失去理智的疯狂时代谋杀了她。被谋杀的,不是一个两个人,而是无法计数的几代人。有的人是肉体和生命被谋杀,有的人是灵魂被谋杀,相比之下,那些灵魂被谋杀的人更为可怕,也更为可悲。肉体和生命被谋杀,一切便都告结束;而灵魂的被谋杀,却使一些正常的善良人变成了嗜斗的异类。谁也无法料想这些扭曲的灵魂会创造出什么可怕的新花样来。

　　我又想起了我童年时代的一个伙伴。

　　这是一个长相憨厚实际却非常机灵的男孩。我们之间有过纯真的友情,我们曾一起郊游,一起放风筝,一起用弹弓打麻雀,一起在乡村的河里钓鱼摸蟹。他的弹弓中射出的子弹几乎是百发百中,屋顶和树丛中的麻雀大多逃不过他的子弹。因为有这样的绝技,他很受小伙伴们的尊敬。"文革"中的一天,我和他久别重逢。他家庭出身"红五类",当然是很时髦的"红卫兵"。而我,只是一个没有资格"革命"的"逍遥派",见到叱咤风云的儿时伙伴,很自然地有一种自卑感。而他却并不歧视我,一拍肩膀,亲热如初。我很感动,感到此刻的友谊是多么珍贵。然而就是这次见面,却葬送了我和他的友谊。

　　那天,我和他在街上走,他海阔天空地谈着他的经历和见闻。突然,他的眼睛一亮,停住了脚步。我顺着他的视线望去,只见不远处的街道边,有一个秃顶的中年人在扫地。

　　"看见那个秃顶了吧?"他狡黠地一笑,"是个牛鬼。"当时,在街上到处能看到这样的被罚扫地的"牛鬼蛇神",他们有的胸前还挂着写有自己名字的木牌,名字上打着红色的大×。那个秃顶的中年人,虽然没在身上挂牌,但很显然,也属于这一类"有问题"的人。我的儿时伙伴在裤子袋里摸索了一会儿,竟然摸出一个小小的弹弓,这弹弓,不应该再是他这样的年龄的人的玩具了,可他居然随身带着它。"你等着看好戏!"还没容我表示惊讶,他已经把一粒小钢珠装进了弹弓,然后稍稍瞄准,"啪"的一声将钢珠弹了出去。只见那个正在埋头扫地的中年人猛地扔下扫帚,捂住头,痛得跳起来。他的"弹技"不减当年,钢珠子不偏不倚,射中了中年人的秃顶!中年人回过头,看见了我们,在他的目光中,我发现有一丝不易察觉的怨恨。我身边的"神弹手"大概也发现了。

"你,滚过来!"他收起弹弓,对捂着头顶的中年人大喝一声。

中年人从地上捡起扫帚,呆呆地站着,有些不知所措。

"喂,你聋了?快过来!"他又大喊一声。

中年人慢慢地向我们走过来。我惊惧地轻声问他:"你怎么能这样!你还要怎么样?"他嘿然一笑,说:"这是牛鬼,你同情他干吗?"

说话间,那中年人已走到我们面前,他的头上在流血。"神弹手"二话不说,对准他的脸就是一巴掌。中年人的脸上即刻出现了五条红色的指痕。他看着"神弹手",神态木然,没有惊奇,没有恼怒,也没有恐惧,似乎准备忍受一切。这时,一群孩子围了过来,他们很有兴趣地看着发生在街上的这一幕。一个小男孩说:"这是个牛鬼蛇神,叫他学狗叫!"

"对,学狗叫,学狗叫!"其他孩子跟着起哄。

"听见没有,革命小将要你学狗叫!""神弹手"声色俱厉地命令道。

中年人依然目光木讷,没有反应。"神弹手"挥动巴掌,又使劲抽了他一个耳光,"快叫,不要自讨苦吃!"

我感到脸上热辣辣的,那两记巴掌,仿佛是打在我的脸上。那个中年人看了我一眼,这一眼,使我感到冷彻骨髓。

"快叫!快叫!""不叫打死你!"孩子们一边呼喊,一边从地上捡起垃圾往他身上和脸上扔。

我实在看不下去,悄悄地走了。我没有和那个童年的伙伴道别,我再也不想看到他。之后,我也确实再没有看见过他。和那个曾经美丽纯洁过的少女一样,我童年时代的这个朋友,也在我心里死去,我无法让他死而复生。然而,发生在街上的这一幕,却永远刻在了我的心里,时隔三十年,回想起来我依然感到耻辱:面对着这样残暴的行为,我竟然会当一个无动于衷的看客!在那个年代,中国有多少像我这样的看客呢?羞耻这两个字,似乎已从字典上消失。回忆这一幕时,最使我心寒的,是孩子们的表情和他们的呼喊声。如果说对心灵的摧残,有什么还能比污染毒化单纯无邪的童心更可怕呢?把一个婴儿抛入狼群,如果不被狼吃掉,那么,他将和狼一起长大,沾染狼的所有习性,他就可能成为一只狼,会嗥叫,也会吃人。那个时代,造就了多少"狼孩"呢?所幸的是,这个世界,毕竟不可能永远是豺狼当道。

这样的故事,在当时只能算芝麻绿豆蒜皮大的小事。在"文革"中,有无数这样的"小事"在城市和乡村的每个角落里发生。这样的"小事"汇集在一起,就是一场灾难的洪流。人性中的恶,在那个时代,就是这样被充分地煽动起来、发掘出来;人的想象力,在这方面有了突飞猛进的发展。这是新中国的莫大悲哀。

我常常在想,人性中的这些残忍和丑恶,究竟是天生的还是受环境的污染而滋生的?也许两者兼有。一旦环境为人性中这些残忍和丑恶提供了土壤,那么,它们就会破土而出,就会泛滥成灾。在我们这片古老的土地上,这样的土壤还有多少呢?

四

有人把"文革"比作一场洪水,个人作为这场洪水中的一滴水珠,几乎很难有什么自己的行动选择,洪流一起,你不动也得动,整个世界就是一个巨大的斜坡,千万条支流,汇合在这个大斜坡上,一泻千里,势不可挡。你纵然有逆流而行的胆量,但在这样的斜坡上,在这样的洪流中,你只能被淹没、被冲走。但是,那些不屈的水珠在喧嚣的洪流中溅起过的浪花,还是耀眼地展现在人们的眼帘中,直到今天,它们依然清晰地留在人们的记忆中。

我至今仍记得音乐家贺绿汀不屈的表情和声音。在批斗他的大会上,他挣脱羁绊,昂起倔强的头颅,大声顶撞着不可一世的"造反派"。尽管他的声音很快被咆哮的口号声淹没,但这声音就像犀利的闪电,划破了黑暗的夜空。这样的闪电,会凝固在人心中,烛照那些被阴晦曲折笼罩的人生之路。

有时候,人是世界上最坚强的生命,他以经历九死一生,走过甚至爬过人类难以生存的艰难境地,因为他心里有一个崇高的目标,他认为他能够而且必须达到这个目标。这个目标在他的灵魂中成了一盏指路的灯,成了可供给他不尽能源的无形动力。就像杰克·伦敦的小说《热爱生命》中那个淘金者,为了求生,他以超人的毅力经历那么多艰难险阻,因为这"生"的希望始终没有在他的视野中消失。然而,在"文革"中,很多人心中的目标并不是求生,而是维护自身的尊严,尽管这尊严是那么可怜。一旦这目标毁灭,那么,他便会陷入可怕的困境,他的精神或许会崩溃。这时候,人便成了世界上最脆弱的生命。

人的这种坚强和脆弱,在"文革"中我们见得很多。

在一所中学里,有一个受人尊敬的中年女教师。她只是一个图书管理员,但在她身上仿佛有一种磁力,吸引着学生。她穿着朴素的衣服,但身上处处透露出高雅,走路、说话、看人的目光、端庄的发型,都显示出内心的安宁。她不苟言笑,然而待人亲切,对前来借书的同学,她会用温和的目光注视着你,轻声询问你一两句,然后用最简洁的话语向你介绍一两本好书。在这所学校里,她的地位无足轻重,有她没她,都不会影响学校的运转。而她,似乎也毫无所求,对当时的一切时尚,她大多都不感兴趣,只是安静地坐在图书馆里,等着学生们来借书。能把图书馆里的好书推荐给学生,就是她最大的快乐。除了为图书馆选购图书,她从来不会提出任何非分的要求,也不会说一句他人的坏话。从她身上散发出的那种高贵气质,使很多女生为之倾倒,不少人在暗中模仿着她的衣饰甚至举止……

"文革"开始后,学校里有人贴她的大字报,说她是"资产阶级的孝子贤孙",是"隐藏的反革命",是"毒害学生的阴谋家"……

可怕的帽子像雪片一样落到她的头上。奇怪的是,当其他被批判者都惶惶不可终日时,她却显得很安静,依然穿着朴素的衣服来上班。走过图书馆门口那一片大字报时,她目不侧视,和从前没有什么两样。一批造反的"红卫兵"非常愤怒:她是什么东西,居然还敢这样趾高气扬!叫她扫垃圾、洗厕所去!她拿着扫帚和拖把,成了校园里的一个清洁工。她逆来顺受,默默地扫着地,清洗着厕所,把校园里的纸屑和树叶扫成堆,把厕所清洗得干干净净。在她安详的神态中,依然看不到颓丧和惊惶,甚至连哀怨都没有。"红卫兵"们更愤怒了,在一次批斗会上,他们用剪刀给她剪了一个"阴阳头"。"红卫兵"们一边用剪刀咔嚓咔嚓当众剪去了她的半边头发,一边大叫:"看你还能不能神气活现?"第二天,她照样穿着整洁的衣服来上班。人们发现,她将未被剪去的半边头发梳向另一边,很自然地掩盖了她的"阴阳头"。她的神态,和先前一样平静,沉默中隐藏着几分不屈、几分自傲。她的样子,使几个对她耿耿于怀的"红卫兵"恨得咬牙切齿。他们商量着,如何彻底摧毁她的"嚣张的反革命气焰"。一天,她正在扫地,几个"红卫兵"突然冲到她身边,先是一顿毒打,然后用剪刀剪去了她另外半边头发,最后,使出了最新的"绝招":一大桶又浓又臭的墨汁,劈头盖脸从头浇到脚……这位变成了"黑人"的女教师,在校园里发出了她一生中从未发出过的惨叫。"红卫兵"们达到了目的,她的自尊被彻底摧毁了。第二天,她没有来,她永远消失了,谁也不知道她去了什么地方。

这是一个奇怪的时代。一方面,一些被人崇拜的人物被蒙上了最神秘的面纱;另一方面,大多数人却再也不允许有自己的隐私,似乎所有的隐私都是和"阴暗""反动""黄色"和"资产阶级"连在了一起。隐私的被揭示被曝光,使无数人失去了做一个正常人的尊严,很多悲剧也由此发生。

这类故事在当时俯首可拾。

就在我当时读书的中学里,有一个平时很受人尊敬的政治教师。他有一双亮而清澈的眼睛,平时上课时,他的目光伴随着他幽默生动的谈吐,使学生们着迷。"文革"开始后,他也成了批判的对象。他的一些私人信件突然被人用大字报的形式公开在校园里,这些信件中,有他和一个女教师谈恋爱的内容。这样的信件,在现代人的眼里,也许很普通,但在当时却非同小可。这位教师一夜之间就变成了一个"流氓",再也抬不起头。他成了一个沉默的人,逢人便低着头,目光也变得黯淡无神。后来他调离了这所学校,此后我再也没有见过他。在我的记忆中,他那双亮而清澈的眼睛和后来那黯淡无神的目光交织在一起,成为一种痛苦哀伤的象征。

还有更荒唐可怕的事情。

在某重点中学,大字报专栏中贴出了一个女学生的日记,日记中,很真实地记录了一个少女对人生和社会的看法,也有她和男同学的交往时产生的一种朦胧的感情。这是纯粹的私人日记,是一个小姑娘纯洁无瑕的心灵天地,是她对自己的心灵倾诉,是她的隐秘。她的日记"发表"时,被冠以"黄色日记"的帽子,全校的师生都阅读、嘲笑、批判了她的日记。对一个尚未涉世的少女,这样的公开侮辱意味着什么呢?青春的花瓣被粗暴地打落在地,刚刚展开的人生画卷被泼上刺目的污浊。她感到无颜再活在这个世界上,于是一个人走到高高的楼顶上,闭上那双已经流干了泪水的眼睛,纵身往下一跳……

那些活得好好的人,为什么要用自己脆弱的脑壳和躯体去撞击坚硬的花岗岩和水泥地呢?在当时,有人说他们是怯懦者,是不敢正视现实、逃避罪责的懦夫;现在,有人说他们是勇敢者,是用自己的鲜血和生命抗议迫害的勇士。谁也不能简单地评论他们的死因,然而有一点无法否认:在当时,他们的鲜血,震撼了很多人的心灵,受过震撼之后,这些心灵便会发出悠长的疑问。

我无法不想起那些自杀者。前几年去北京,我一个人走到太平湖边上。这是一个很小的人工湖,但是它却淹死了中国最伟大的作家老舍。"文革"初期的一天夜晚,被打得遍体鳞伤的老舍一个人来到湖边,面对着平静的湖水呆呆地坐了大半夜,最后纵身跳进了这个倒映着星星和月亮的湖。他是一个乐观的人,一个对生活和生命充满了兴趣和爱的人,从他的作品中,人人都能感受到这一点。然而他却不想再活下去,他无法用自己那双写过无数动人故事的手抚平身上的伤痕,无法忍受滔滔人群向他吐来的恶毒的唾沫。我想,他的感觉,和那位被浇了一身墨汁的女教师,大概是一样的。我还想起了傅雷夫妇,想起了靳以,想起了闻捷……现在的人们都还记着这些名字,因为他们是有名的作家、诗人,他们虽然死去,但作品还在,读者仍可以从他们的文字中看到他们生前的生活和思想。然而他们只是一小部分,在那个年代,为维护自尊而走上绝路的人大概难以计数。我那时居住的地方,门口有一幢大楼,因为大楼里有医院,还有很多互不相关的机构,人人都能走进这幢大楼而不被盘问。这幢楼,在当时曾经非常出名,并不是因为楼里有医院和机关,而是因为有很多人走到那幢楼上跳了下来。我亲眼看到过跳楼者从楼上跳下来,亲眼看到过其中一个年轻的男人在我的注视下死去。我无法救活他们,也不知道他们为什么要自杀,但我始终相信,他们中间,没有一个人是犯了死罪的。我至今仍记得那个在我的注视下死去的年轻人,记得他那苍白的脸,记得他仰望着天空的悲怆绝望的表情,记得他的血……他们的名字,早已湮没在历史的汪洋中,早已被后来的人遗忘;但是,他们的血,他们的眼泪,他们临死前的叹息和呻吟,却不会在人类感情和理智的史书中消失。

我想,人类文明时代的一个重要标志,应该是对人的珍惜,对生命的珍惜。如果连这点都没有,人类的文明便失去了赖以存在的基础。

五

那是一个标榜理想和信念的时代。在当时,这理想和信念非常具体,是"无限忠于""坚决执行""誓死捍卫"……跟在这一连串动词后面的,是具体的人。为什么那么多人愿意去为一个人奉献自己的一切乃至生命,尽管他们对这个具体的人其实了解得并不具体?这是什么?是盲从。盲从是绝不可能走进理想境界的,盲从者的行为,其实是不负责任的行为。成千上万的盲从者聚集在一起,将是一种能破坏一切的可怕力量。就像非洲的角马,成千上万头角马在原野和丛林中狂奔时,可以踏平一切,摧毁一切,连勇猛的狮子和虎豹也会被它们践踏至死。但是这些角马并不知道自己将奔向何方,也不知道在这样的集体狂奔中,会产生怎样的破坏力。它们的狂奔其实没有目的地。可悲而又可怕的角马!

当时,有一个奇怪的矛盾现象。一方面,号召人们蔑视权威,打倒权威,不管是政治上的权威,还是学术上的权威,通通都要打倒,还要"踏上一只脚",让他们"永世不得翻身";另一方面,舆论却同时铺天盖地地宣传着权威,命令人们"绝对服从""无限忠于""誓死捍卫"。舆论每天都宣扬着无神论,所有与"神"和"上帝"有关的事物都被送上了审判台,被扫进了垃圾堆。那时侯,几乎中国所有的寺庙和教堂都受到了"革命"的扫帚的扫荡,千百年前的古老佛像被人套上了绳索拉倒在地,教堂里的圣像被砸得稀烂,最有意思的是上海徐家汇天主堂上的两个尖顶,竟然也被"破字当头"的造反者们削平了。几乎在这同时,北京的"红卫兵"正在砸毁可以被砸的一切代表"封建"和"资产阶级"的牌楼和建筑。如果不加限制,他们也可能把故宫和颐和园夷为平地。全国各地，到处是叮叮当当的打砸之声，一座"千佛山"，一夜之间可以被砸得变成"无佛山"，而这样的千年古佛，如果是现在，被盗走一尊，就可以是轰动全国的"大案要案"。当时，举着"造反"和"革命"大旗的人们，手起锤落时绝不会有半点犹豫。没有人会面对着这些古佛想到艺术和文化，它们只是代表落后、迷信和反动的偶像，必须铲除干净。然而，与此同步的是，一种比传统意义上的"上帝"和"神"更为高大神圣的"伟人"，一种比"上帝"还要上帝，比"神"还要神的偶像，正君临中国的大地。

我们都无数次高呼过"万岁"和"万寿无疆"，无数次"早请示""晚汇报"，无数次为一句"最新指示"的发表而彻夜欢庆，无数次高举着红色的语录走向街头……而这一切，就是当年中国人狂热和激情的源泉！

对个人的崇拜，如果发展到了极端，那就比对神灵或者上帝的崇拜更为可怕。神灵和上帝都是人类自己造就的，他们有了既定的模式，在那里按部就班地安抚着无法自救的灵魂。而当现实中的个人被大众当作神和上帝迷信崇拜时，后果就很难预料了。二十世纪的人类，对此应该深有认识。然而，在前车覆辙中，不断有新的"后车"重新陷进去。这是为什么？

回顾一下个人在"文革"中的处境，是一件很有意思的事情。有人说，在"文革"中，没有个人意志，只有服从，只有紧跟，只有随大流。这其实只是一种表面现象，每个人，在那个时代，都会有他的经历和体会。在这场"革命"中，有的人专门整人，有的人被人整，有的人既整人又被人整，有的人为了不被人整而拼命去整人……这样的角色，我们没有少见。然而更多的人，是做看客。

是的，我无法忘记那些凶暴的喧嚣和专横的行为，无法忘记那个年代丧失人性的种种惨状。我更加无法忘记的,是面对着粗暴和残忍时那些麻木的目光,那些看客们的目光,而看客的数量,是如此众多。看客的围观,犹如观众看戏,有人看,演戏的人在台上就会愈加亢奋。而看客们的参观,使行凶者更加兴致勃勃,更加肆无忌惮。看客,从某种意义上说,也是帮凶。

为什么有那么多麻木的看客?麻木又是怎样造成的?

在"文革"中,大多数人都做过看客。看客的心情和反应也是各种各样的,有的人幸灾乐祸,有的人痛心疾首,有的人摇头叹息,有的人无动于衷。看得多了,那些痛心疾首的,也许就会轻轻叹息一声了事;那些摇头叹息的,也就渐渐变得无动于衷;而那些无动于衷的,就只剩下麻木了,麻木地听,麻木地看,麻木地做一切事情。依此类推,麻木的人便越来越众多。这样的说法,似乎有点危言耸听,但是不无道理。对于一个民族来说,这是多么可怕的景象。

在那个时代,我也是看客中的一个,一个年轻的看客,一个困惑而又无奈的看客。面对暴行,面对疯狂的人群,面对焚烧珍宝的火光,我愤怒过,也困惑过,看得多了,竟也渐渐不以为怪,至多竭力躲避而已。开始的时候,也许在心里还有一个属于自己的是非和价值的尺度,到后来,一切都麻木了。麻木的根源是什么?是人性标准的丧失,是同情和怜悯心的消隐,是自我保护意识的无限制膨胀。

一个民族,如果是麻木的一群,是没有独立思想和见解的一群,这个民族还有什么希望可言?

不错,这是一个不堪回首的时代。不堪回首,是不是就不必回首了呢?当然不是。只有愚昧,或者别有用心,才会叫人们忘记这段历史。今年是世界反法西斯战争胜利五十周年,全世界都在大张旗鼓地进行纪念活动,纪念活动的最为重要的方式,就是回顾历史,重新展览法西斯的罪行,展览战争带给人类的苦难,展览正义战胜邪恶、光明战胜黑暗的过程。这样的回顾和展览,绝不会使人类对自己的前途丧失信心,而只能使人类更珍惜和平,珍惜生命,珍惜自由和生存的权利。这样的回顾和展览,也是警告所有妄图让法西斯阴魂复活的人,在这个世界上,没有一块土地会容忍法西斯细菌重新繁殖,因为,人类已经见识过这类细菌繁殖的结果。对这一点,人类几乎已经形成了共识。在南京,我参观过南京大屠杀纪念馆,我看到过年轻的日本人面对着中国人的白骨痛哭流涕,他们在替他们的前辈犯下的罪行忏悔。尽管在日本,还有人不愿意承认他们当年对人类犯下的滔天罪行,但是面对着展现在光天化日之下的血淋淋的事实,他们的声音显得滑稽而虚弱。

我想起一个南美洲的神父,他年轻时曾经是一个法西斯的信徒,后来却成了一个以揭露残暴、阻止暴力为终身目标的和平斗士。记者采访他时,问起他年轻时的那段法西斯情结,他毫不隐晦。他说:是的,我曾经信奉过法西斯主义,但我后来发现这是一个不可饶恕的错误。我也看到了法西斯分子对人类干了些什么。我醒悟了,走上了另外一条路。如果需要,我可以一千遍一万遍地向人们回顾我当年的错误和耻辱,我会用我的经历告诉人们,法西斯是多么可怕,你们千万不要再让这魔鬼重新降临到我们的生活中来!我还要告诉人们的是,在很多人的灵魂深处,依然埋藏着法西斯的胚芽,一旦有气候,这些胚芽还会钻出地面!

对"文革"的态度,有些人真应该学一学这位心怀坦荡的神父。知错,知耻,然后才可能勇敢地面对现实,面对未来。"文革"这样一场规模巨大、失去理智、践踏人性的荒诞"革命",为什么能在古老而又辽阔的中国轰轰烈烈地蔓延?因为很多人的灵魂深处,埋藏着非人性的可怕胚芽!谁能说,这些可怕的胚芽,已经从中国人的灵魂深处根除了呢?

中国人曾从迷信神灵的时代,回到了无神的时代;又从无神的时代,进入把人变成神的时代。现在怎么样?有人说,云游在外的八方神灵现在又纷纷回来了,只是他们穿上了现代时装。此说有点幽默,有点开玩笑的意思,但是对世人不无警示。

去年,我的一个远房亲戚,一个憨厚朴实的工人,来看我时,很自豪地告诉我,他在练一种功。照他的说法,他练的这种功可以使他超越现实,进入神仙的境界。说起创立这种功法的那位"大师",他的表情中充满了虔诚和崇敬。他深信不疑地认为,这位"大师",是上帝派到人间传播真理和福音的。我从来没有听说过他所信仰的这种功法,也没有听说过他所崇拜的那位"大师"。对我的孤陋寡闻,他感到惊奇。他很遗憾地说:"可惜我不能辞职,否则,我真想跟他一起云游天下去布道,去传播我们的理想。"

我无法形容我当时的感受。这样的盲从和宗教激情,使我感到似曾相识。在中国,时下还有多少这样广纳信徒的"大师"呢?如果我们整个民族都被这种盲从的激情笼罩,又会发生什么?

此时此刻,让我们重新来回顾荒诞的"文革",品味其中的曲折跌宕,对比时代的异同,也许有人会心有共鸣,有人会大吃一惊,但更多的人,会对现实中的种种现象产生很多思索。我想,不管这样的回顾反应如何,大概总是好处多于坏处的。

六

那还是在苏联刚解体之后,有一次接待几个俄罗斯作家。在上海作家协会的东厅,我们交谈得非常融洽。这是几个五六十岁的中年作家,其中有几位写过很出色的战争题材的小说。他们写的战争,当然是反法西斯的卫国战争。他们也很有兴趣地询问了中国的"文革"。听说我们这些年龄的作家大多写过"文革"题材的作品,有些人并因为这些作品成名,一位苏联作家笑着对我说:"看来,你们这些作家,应该感谢'文革'。因为,如果没有'文革',也就不会有你们的文学作品,也就不会有你们这些作家,是不是这样呢?"

我当时心里一震,我们应该感谢"文革"?感谢什么?感谢它扭曲了那么多的灵魂、毁灭了那么多人的生活?感谢它给了我们创作的素材,还是感谢它使我们成了名?真是荒唐到了极点。我想了一想,给了他们这样的回答:"如果你这样认为的话,我是不是可以说,你们这辈作家,应该感谢德国法西斯?如果没有德国军队入侵,没有卫国战争,也就不会有你们这些作家。你们是不是感谢捣毁了你们家园的德国法西斯呢?"苏联作家们愣了一会儿,结果大家都无言地哈哈一笑了之。这笑声里面,内涵很微妙。不过我相信,没有一个苏联作家会对我的提问作肯定的回答。

对于人类来说,历史是一面镜子,也是一笔财富。镜子可以照脸,使你的脸面不致被陈旧的污浊覆盖;财富可以成为你走向未来的盘缠。历史的内容中,有光荣的胜利,也有耻辱的失败;有欢乐和幸福,也有祸殃和灾难。早已成为历史的"文革",对于当年的中国人来说,当然是灾祸。对一个民族来说,过去的灾祸,也可能成为财富。因为,经历了这样的灾祸,人们就会记取教训,设法不再让这样的灾祸重新侵袭我们的生活。

中国人,珍惜这笔历史的遗产吧!

1995年10月于四步斋

上海作家协会(2014年5月)

清人鄧石如白氏艸堂記可稱千古絕筆余僅臨其中四字如龍蛇走難得鄧氏意韻之一二也 癸未歲末 趙麗宏

羊

母　羊

　　刚下乡的时候，无人可说话。被人用审视的目光窥探时，宁可将视线对着土地。地上有青青的野草，还有隐藏在草丛里的星星点点的小野花，地上的这些景象，我百看不厌。和我一样对土地和青草看不厌的，还有一些异类朋友——羊。

　　在人烟飘荡的乡野之地，最常见的就是羊。它们很温顺，很憨厚，也很乖巧，或者两只三只，或者孤身只影，在路边和田头低着头吃草。见到有人经过，偶尔会抬起头来，用沉静的目光看着你；也许会"咩"地长叫一声，叫得你心颤。这叫声里，包含着许多凄凉和无奈。我曾经很仔细地观察过羊的眼睛，它们的目光清澈而黯淡。以人的目光看它们，这些黑蓝相间的眼睛从来没有变化，被关在羊圈里失去自由时是这样，孩子们笑着用青草喂它们时是这样，在田野里自由散步时也是这样，甚至在被牵进屠场时，还是这样。听到它们那凄凉无奈的叫声时，我总想，它们大概也会有悲欢忧愤的吧，只是我无法感知罢了。在从前读过的有关动物的童话故事里，羊永远是忠厚而孱弱的一族，可怜巴巴地被凶猛残忍者欺负。记得小时候看马戏团演出，有羊拉车、羊走钢丝。看它们被鞭子驱使着，毫无表情地完成主人命令它们完成的动作，觉得于心不忍。在所有的马戏节目中，我最不喜欢看的，就是羊的表演。并不是讨厌它们，而是可怜它们。

那天在田里种油菜,看到一只母羊和两只小羊在路边吃草。两只小羊不安分地围着母羊乱转,不时从田里跑到路中间。低着头吃草的母羊被小羊搅得心神不宁,停止了吃草,默默地看着它的这一对顽皮的儿女。这时,路上走过来一群孩子,领头的是村里的淘气大王。大概是为了在孩子们面前表现他的勇敢和强悍,走到三只羊身边时,他飞起一脚,将一只小羊踢翻在路边,又俯下身子,一把抱起另一只小羊,拔腿就跑。这时,发生了让我意想不到的一幕:母羊先是冲到跌倒在地的小羊的身边,帮它挣扎着站起,又用嘴轻轻安抚了它一下。当发现另一只小羊被抱走时,它大叫一声,拔腿就追上去。只见它急步奔到那淘气大王的前面,转过身子,站在路中间挡住了他的去路。淘气大王抱着小羊停住了,母羊的举动使他吃惊,他瞪着母羊,一时不知所措。母羊一动不动地站在路上,和他对峙着。跟在后面的孩子们都惊呆了,默默地看着这人和羊对峙的局面。母羊的目光,看上去依旧平静木然,没有焦虑,也没有愤怒。抱着小羊的淘气大王却愤怒起来:你一头老实巴交的羊,竟敢和我过不去?笑话!听见小羊在他手里大声哀叫,他用力拍一下小羊的脑袋,迈开脚步,想绕过母羊继续向前走。接下来出现的情景很精彩:母羊低下头,用它那两只短而小的角对准淘气大王猛冲过去。淘气大王猝不及防,想躲,却躲不开,惊叫一声,被撞翻在路中间。逃脱的小羊连声叫着奔到母羊的身边。母羊只是用身体撞了淘气大王一下,它的角并未顶到对手。见小羊恢复了自由,母羊便停止了攻击。这时,另一只小羊也过来了,母羊带着两只小羊又回到路边,仿佛什么事情也没发生,重新低着头吃它们的青草,一副悠闲的样子。那淘气大王狼狈地从地上爬起来,大概觉得很没面子,捡起一块土坷垃朝母羊丢去。土坷垃打在母羊身上,母羊只是抖动了一下身体,竟没有其他反应。淘气大王还想在路边找土坷垃,一个农妇愤怒地喊着从田里奔过来,这是羊的主人。孩子们一哄而散。这时,母羊抬起头,看着孩子们的背影,音色颤抖地长叫了一声。我看到它的眼睛,还是老样子,清澈而黯淡,平静而木然。不过,这次我终于发现了羊的另一面,它们的本性中未必都是胆怯和懦弱。尽管这只是夜空中流星似的一闪。夜空中有这样耀眼的一闪,黑暗似乎就不再是无穷无尽了。

羊儿们低着头吃草。田野里的青草和野花是永远也不会绝迹的,沉静的羊,它们的目光里便永远有充实的内容。生而为羊,也只能大致如此了。

鬼　羊

在乡下,家家养羊,但很少听说羊的故事。大概这牲畜太温顺太老实太不引人注目,人们连为它们编一点故事的兴致都没有。

那天,一群农民聚集在一间无人的屋子里聊天,话题是鬼。鬼话虽然虚无缥缈,这里的农民却每个人都有一肚皮的鬼故事,只是这些故事大多属于道听途说,而且大同小异,无非是走在河边看见有女人跳水,然后又从水里蹿起,面目狰狞;或者是夜里在野地中迷路,辗转不得出,待看见光亮,方才发现是在坟地里……这些传闻,比起《聊斋》中的那些故事,不仅简单无趣,想象力也差得远。当说话有些冷场时,一个一直默默地坐在屋角听别人说话的中年人开口了。

"我碰到过一件怪事,大概是见了鬼。"中年人表情神秘,带着几分恐惧。他是乡里很有威信的一个会计,人人都知道他诚实,不会说谎。他这么一说,屋子里霎时静下来,连抽烟的人也掐灭了手上的烟蒂。

"有一天夜里,我在公社算账,回家时已是深夜。那夜没有月亮,天黑,看不清路,只能慢慢走。快到家时,前面的路上突然冒出一团白花花的东西。走近一看,是一只白山羊,它站在路上,看着我,咩咩地叫。我想,大概是哪家的羊从羊圈里逃出来了,该抓住它。我走上前一步,想抓它,它看着我,后退一步。我上前两步,它便后退两步。我追得快,它也逃得快。我站定不动,它也就停下来,看着我,咩咩地叫。"

会计顿了顿,刚要往下说,屋子里有人忍不住发问:"这羊和别的羊有什么两样?"

"这时我还没有看出有什么两样。"

"那有什么稀奇。寒天黑地,你脚软,当然抓不住它。"

"我想,抓一只羊还不容易?我不信抓它不住。于是我便放开脚步在光秃秃的田里追它。可是真叫人恼火,它不慌不忙地和我兜圈子,怎么也碰不着它。我急了,对着它大喊一声。我的喊声未落,只见那羊站着的地方一道白光一闪,白光闪过后,羊不见了!"

"它会不会躲到树丛里去了?"有人问。

"这是冬天,在光光的地里,哪有什么树丛!"

"莫不是你眼花了?"

"眼花什么?我盯着它追了有抽一支烟的工夫,怎么会看错?就算眼花了,我的耳朵可不聋,它咩咩地冲着我叫我可不会听错!"

"那么,后来呢?后来怎么样?"

"后来,再没有看到它出来。我一个人站在空荡荡的地里,东张西望了一会儿,什么也看不见。这不是见鬼了吗?"

这时,屋子外面突然传来一声羊叫:"咩——"叫声拖得长长的。这平时司空见惯的声音,此刻竟使人毛骨悚然。

屋子里,人们面面相觑,眼神里都含着莫名的惊恐,谁也不说一句话。

我想,因为羊而引起这些人的恐惧,大概是很难得的一次。

解　羊

　　刀光冷冷地一闪,锐利的锋刃便消失在白色的羊毛之中。只听见那只强壮的山羊"咩"地惨叫一声,四肢抽动了一阵,就断了气。

　　七八条汉子围着山羊的尸体,兴致勃勃,笑容满面,欢声不绝,仿佛在欣赏世上最美妙的风景。

　　操刀的是一个五十来岁的农民,矮小,精瘦,穿一件芦席花土布衬衫,袖子卷得老高,鲜红的羊血溅在他青筋毕露的手臂上,他一点也不在意。他的嘴角叼着一支生产牌香烟,嘴里哼着小曲,动作熟练地用绳子把羊倒吊在一棵树上,然后退后一步,两只小眼睛贼亮,目光炯炯地盯着吊在树上的羊,好像在思索什么重要的问题。大约过了三四秒钟,他"呸"的一声将嘴里的烟蒂吐到地上,突然扑上前去,好像是扑到了那棵树上,扑到了羊的身上。只见寒光闪动,那把锋利的短刀在他手中凌空挥舞,刀锋上上下下前前后后左右在羊身上乱划,只听见刀刃和皮肉摩擦得霍霍有声,羊肉一片片挂落下来,却不见刀锋撞到骨头。再看那宰羊人,双目微阖,如痴如醉,嘴里念念有声,身体随着刀刃的走动舞蹈一般扭动……

　　这情景,使我想起庄子的《庖丁解牛》,想起两千多年前那个身怀绝技的屠夫,他把血淋淋的屠宰演化成令人惊叹的艺术。把屠宰牲畜变成艺术,似乎很难和诗意联系在一起。这只是主宰世界的人类对被征服者略施小技,却将人的聪明和灵巧、冷静和冷酷一起展露无遗。小时候读这篇古文,我曾经产生很多荒诞的联想。在一次做梦时,我梦见自己变成了那个满身牛血的庖丁,走在荒凉的路上,突然被一群黄牛拦住。黄牛们低着头,瞪大的眼睛向上翻着直直地盯着我,锋利的犄角齐齐地对着我。

我一惊,想夺路逃跑,黄牛们瞪着我齐声大吼,吼声惊天撼地。它们不仅吼叫,还一步一步向我逼近,那些锋利的犄角眼看着就要戳到我的胸口。我一急,从腰间拔出钢刀,上下左右不停地挥舞。这一招很灵,黄牛们停止前进,眼珠骨碌骨碌转动着,惊恐地盯着我手中的钢刀。这寒光闪闪的利刃,它们是认识的,它们曾经被它分割过、肢解过,那些结实的筋肉"动刀甚微,磔然已解,如土委地"。在这闪动的寒光里,它们大概又想起了那迅疾而可怕的经历。黄牛们呆头呆脑了片刻,畏缩着向后退去。我一看,得意了,嘴里大喝一声,将刀舞得更起劲。黄牛们终于崩溃了,它们惊慌地喘着气,身上突然出现一条条细而密集的裂缝,这正是我曾经用刀在它们身上划出的痕迹,正是我向人炫耀的"恢恢乎游刃"的印记!那些刀痕迅速地扩展,牛身上的肉一片一片脱落下来,"如土委地",黄牛们很快就变成了一副副枯骨,哗啦哗啦瘫倒在我的面前。牛头的骷髅在我的脚下围成一圈,一个个空洞的眼窝黑黝黝地瞪着我,锋利的犄角依然直直地指着我,把我吓出一身冷汗。如果这些骷髅们向我扑来,我手中的刀大概没有用了……

就在我胡思乱想的时候,那汉子已经将挂在树上的羊收拾停当。那羊,已经成了地上的一堆肉和骨头,摆在最上面的是羊头。被割下的羊头仰面朝天,失去了光泽的眼睛微睁着,空洞而冷漠,无怨无怨也无恨。我回想它被肢解的过程,回想那把小刀在它身上游动的轨迹。解羊,其实比解牛更不易。庞大多肉的牛体可以使一把小刀"恢恢乎其于游刃必有余地",瘦小贫瘠的羊身如何游刃有余?眼前这操刀的汉子仿佛是庖丁再世,他的技术比两千多年前的庖丁还高超。然而我却无法在脑子里重现那过程,记忆的屏幕竟然也是空洞而冷漠,犹如那羊头的目光。

那只公羊被肢解之后大约一个小时,就变成了一大锅热气腾腾的红烧羊肉。一个钟头前围观了这只羊被肢解过程的汉子们,又围着羊肉锅狼吞虎咽地大嚼起来。那个技赛庖丁的宰羊汉子带头吃着,我看到他手臂上的羊血还没有洗净。他盛了一碗羊肉送到我的手里,边嚼边说:"尝尝吧,这样新鲜的羊肉,在城里吃不到。"油滋滋的肉汁从他的嘴角往下淌着,他的目光温和而含混,全然没有了解羊时咄咄逼人的亮光。我端着那碗羊肉,刺鼻的羊膻味直扑脸面。虽然很饥肠辘辘,我却吃不下这羊肉。我在想,到了夜里,空着肚子睡觉,会不会在梦中遇见这只被肢解的羊呢?

1970年记于崇明岛

1996年3月改定于四步斋

土地啊……

土地。世界上,有什么词汇会比这两个字具有更深厚的含义?有什么词汇会比这两个字更能使人引发悠长的情思?

在中国古老的传说中,人是由土造就的,是女娲用泥土捏出了人形,使他们成为会劳动会唱歌会思想的生命。没有泥土,也就没有人类。这虽然是神话,但不乏真理的成分。试想,假如没有泥土种植五谷百草,没有土地构筑村寨城镇,人类何以生存,何以繁衍?

离开了土地,流水就失去了源;离开了土地,生命就失去了根;离开了土地,一切都会变得飘浮不定、无所依靠。

土地。这不是一个虚幻的形象,而是一个可感可亲可触摸的形象。小而言之,它是一方田地,一抔泥土;大而言之,它是一片原野,一脉山峰;再大而言之,它也可以是故乡的缩影,是祖国和民族的象征。

世界上最朴素的形象,是土地的形象。它不需要任何装饰,永远是那样浑厚博大,那样质朴自然。在浩瀚的天空下,它坦坦荡荡,襟怀磊落,静静地承载着一切,默默地哺育着一切,不思回报地奉献着一切。

世界上最丰富的色彩,是土地的色彩。我曾经很多次在飞机上俯瞰我们辽阔的国土,我无法用简单的语言描绘眼帘中那些壮观而又缤纷的景象:北方的黑土地,南方的红土地,西北的黄土地,长江和珠江两岸那永远被葱茏的绿色覆盖的水乡泽国……还有那些绵延无尽的群山和丘陵,在阳光的抚照下,它们映射出反差强烈的色泽,有时深沉如蓝色的海水,有时柔和如青翠的草地,有时又耀眼如金黄的火焰……从天上鸟瞰大地,看到的是一片神奇美妙的仙境。然而这仙境的主人就是我们这些普普通通的凡人。我们生于斯,长于斯,悲欢哀乐都发源于斯。想到这一点,便更加怀恋土地。人是不能生活在空中的,空中的景色再迷人,也不是久留之地。那些驾驶着飞船在太空遨游的宇航员,萦绕于心的,便是地上的光景。

是的,人类最深沉的感情,是对土地的感情。这种感情绝不是虚无缥缈的,它们很具体,每个人,对土地的感情都会有不同的体验和表达方式。

五十多年前,当日寇的铁蹄践踏我们的大好河山时,诗人艾青写过这样两句诗:"为什么我的眼里常含泪水?因为我对这土地爱得深沉……"当时读这样的诗句,曾使很多心怀忧戚的中国人泪珠盈眶,热血沸腾。大半个世纪过去,时过境迁,然而读这两句诗,依然让人怦然心动。为什么?因为,人们对土地的感情依旧。尽管土地的色彩已经有了很多变化,但是中国人对历史、对民族、对祖国的感情并没有变。说到土地,就使人很自然地联想起与之关联的这一切。古人说"血土难离",这是发自肺腑的心声。

在国外旅行时,我曾经见到过一位老华侨,在他家客厅的最显眼处,摆着一个中国青花瓷坛,每天,他都要深情地摸一摸这个瓷坛。他说:"摸一摸它,我的心里就踏实。"我感到奇怪。老华侨打开瓷坛的盖子,只见里面装着一抔黄色的泥土。"这是我家乡的泥土,六十年前,漂洋过海,我怀揣着它来到美国。看到它,我就想起故乡,想起家乡的田野、家乡的河流、家乡的人,想起我是一个中国人。夜里做梦时,我就会回到家乡去,看到我熟悉的房子和树,听鸡飞狗咬,喜鹊在屋顶上不停地叫……"老人说这些话时,眼里含着晶莹的泪水,双手轻轻地抚摸着这个装着故乡泥土的瓷坛。那情景,使我感动,我理解老人的那份恋土情结。怀揣着故乡的泥土,即便浪迹天涯,故乡也不会在记忆中变得黯淡失色。看着这位动情的老华侨,我又想起了艾青的诗句:"为什么我的眼里常含泪水?因为我对这土地爱得深沉……"

　　对土地的感情,每个人大概都会有不同的经历和体会。我的故乡在长江入海口,在中国的第三大岛崇明岛。很多年前,作为一个下乡"知青",我曾经在崇明岛上种过田。那时,天天和泥土打交道,劳动繁重,生活艰苦,然而没有什么能封锁我憧憬和想象的思绪。面对着岛上那辽阔的土地,我竟然遐想联翩,自由的想象之翼飞越海天,翱翔在我们广袤绵延的国土上。崇明岛和一般意义上的岛不同,这是长江的泥沙沉积而成的一片土地,就凭这一点,便为我的遐想提供了奇妙的基础。看着脚下的这些黄褐色的泥土,闻着这泥土清新湿润的气息,我的眼前便会出现长江曲折蜿蜒、波涛汹涌的形象,我的心里便会凸现出一幅起伏绵延的中国地图,长江在这幅地图上左冲右突、急浪滚滚地奔流着,它滋润着两岸的土地,哺育着土地上众多的生命。它也把沿途带来的泥沙,留在了长江口,堆积成了我脚下的这个岛。可以说,崇明岛是长江的儿子,崇明岛上的土地,集聚了我们祖国辽阔大地上各种各样的泥土。我在田野里干活时,凝视着脚下的土壤,情不自禁地会想:这一撮泥土,是从哪里来的呢?是来自唐古拉山,还是来自昆仑山?是来自天府之国的奇峰峻岭,还是来自神农架的深山老林?抑或是来自险峻的三峡,雄奇的赤壁,秀丽的采石矶,苍凉的金陵古都……

　　有时,和农民一起用锄头和铁锹翻弄着泥土时,我会忽发奇想:在千千万万年前,我们的祖先会不会用这些泥土砌过房子,制作过壶罐?会不会用这些泥土种植过五谷杂粮,栽培过兰草花树?有时,我的幻想甚至更具体也更荒诞。我想:我正在耕耘的这些泥土,会不会被行吟泽畔的屈原踩过？会不会被隐居山林的陶渊明用来种过菊花？这些泥土,曾被流水冲下山岭,又被风吹到空中,在它们循环游历的过程中,会不会曾落到云游天下的李白的肩头？会不会曾飘在颠沛流离的杜甫的脚边？会不会曾拂过把酒问天的苏东坡的须髯？……

荒唐的幻想,却不无可能。因为,我脚下的这片土地,集合了长江沿岸无数高山和平原上的土和沙,这是经过千年万代的积累和沉淀而形成的土地,这是历史。历史中的所有辉煌和黯淡,都积淀在这土地中；历史中所有人物的音容足迹,都融化在这土地中——他们的悲欢和喜怒、他们的歌唱、他们的叹息、他们的追寻和跋涉、他们对未来的憧憬……

记得我曾在面对泥土遐想时,写下过这样的诗句："故乡的泥土,汇集了华夏大地的缤纷七色,把它们珍藏在心里,我就拥有了整个中国……"直到今天,年轻时代的这种遐想仍会使我的感情产生共鸣。

我们每个人,都是土地的儿子。土地是我们的母亲。一个淡忘了自己母亲的人,不思回报母亲的养育之恩的人,不是一个高尚健全的人。一个鄙视自己的母土,忘记了自己的故乡的人,就像背弃了母亲的不孝之子一样,不仅会失落了自己的灵魂,还会被世人鄙视。

人们啊,请记住,你的根,在母土之中。只有把根深扎进生你养你的土地,只有把土地的色彩和气息珍藏在你的心里,你的生命和人生之树才能枝繁叶茂,开花结果……

若每一棵生命之树都在血脉相连的泥土中自由成长,那么,我们的土地就会洋溢一派葳蕤葱茏的繁华景象。

1996年3月18日于四步斋

俯　瞰

有过好几次坐飞机夜航的经验。十年前的那次是在几万里外的南美洲,乘飞机深夜航行,从舷窗俯瞰大地,只见黑茫茫一片,世界仿佛被浓厚的墨汁淹没,眼帘下的黑暗无边无际,深不可测。这时,突然感到一阵莫名的惆怅。在黑暗中,我竭力寻觅着,希望能看到一点展示人烟的灯火。然而那黑暗的航程是那么漫长。我闭上眼睛,竭力在记忆的屏幕上回想关于俯瞰的景象,我的心里,很自然地想起了我的故乡,想起了我生活多年的城市。是的,我想起了上海,想起了我无数次从高处俯瞰她的印象……

下雨的日子,我喜欢从高处俯瞰街景。无人的街道上,路面如同平静的河,晶莹的河面上泛着斑斓天光。而最有诗意的,是俯瞰人群熙攘的道路。晴天时,路上但见人头晃动,人们匆匆忙忙地赶着路,在那些摩肩接踵的人群上方,仿佛蒸腾着焦灼的热气,透过那一个个跳动的黑色头顶,能想见一张张紧张烦躁的面孔,想见这些面孔上焦灼的目光……而到了雨天,情景就不一样了。在每个人的头顶上,张开了一把伞,从高处望下去,人行道成了五彩缤纷的伞的世界,它们就像漂浮在河里的花朵,黑的、蓝的、红的、黄的、花的,一朵朵晃晃悠悠地转动着、飘荡着,轻盈、朦胧、优雅,没有一点焦虑和浮躁。这些伞,是人和自然之间的一道美妙的屏幕。这些圆形的、花一般的屏幕,精致而轻巧,不仅挡住了雨点,也遮盖了人们的匆忙不安的心情。俯瞰着这一片在雨丝中飘动的伞,我也想象过伞下面的那些行人。奇怪的是,此时,我想象中的面孔都是安详而温和的,还浮动着湿润的微笑。我当然知道,这只是我的一厢情愿而已。撑着伞行走的人们,也在想着各种各样的心事,在湿漉漉的伞底下,有人安闲如优雅的睡莲,也有人胸怀忧戚,心如火焚……只是被那些迷人的雨伞一遮,一切都变得温润斑斓,诗意弥漫了。我想,在喧嚣的市声中有那么一个片刻被诗意笼罩,而这诗意又美妙如水中之花,使人浮想联翩,实在不是一件坏事情。

如果站得更高一些,站到某一幢高楼的顶端往下看,情景会更奇妙。这时,行人已经小如蜂蚁,模糊一片,看不出什么名堂了。好看的是在大地上逶迤起伏的屋顶。上海的屋顶形状各异,色彩丰繁。上海西区的那些老房子,没有一个屋顶是一模一样的,它们是一个个形状不同的几何体,以流畅的线条,别出心裁的方式和缤纷的色彩填补着都市的地面。由它们组合成的风景,在地面上是看不见的。俯视这些屋顶的时候,许多熟悉的街区都会变得陌生,变得新鲜。就像一个老朋友,突然戴上了一顶新帽子,换了一套从没穿过的奇装异服,露出一副从未展露过的神情,让你大吃一惊。

从前,看得更多的是石库门的屋顶。很多年前,我曾多次登上当时的上海最高建筑——二十四层的国际饭店顶层,俯瞰上海市区。在记忆中,铺展在我眼帘下的,最多的是石库门房子的屋顶。它们不是一间两间,而是黑压压灰乎乎的一大片接着一大片。说实话,当时,我并没有感到这样的屋顶难看,我觉得这也是一种美。虽然不如那些漂亮的洋楼屋顶色彩丰富、形状多变,但这连绵不断的石库门屋顶雄浑厚重,它们就像起伏绵延的原野和丘陵,更接近大地的本色,而那些晾在屋顶晒台上的彩色衣物,就像是从荒土和岩缝中长出的小草和小花,使人产生亲切感。是的,这些屋顶使我感到亲切,因为,小时候,我曾在这样的屋顶下生活,曾在这样的屋顶下游戏。夏天的夜晚,我甚至躺在这样的屋顶下仰望星空,让我的幻想在深邃的夜空中翱翔。当我从高空俯瞰这些石库门的屋顶时,我很自然地会联想起这些屋顶下面的生活,这些生活的场景不是黑灰色的,它们缤纷斑斓,充满了温情,也交织着人间的甜酸苦辣……

屋顶是不是漂亮,其实无关紧要。屋顶的功能,是挡风遮雨,是保护生活在屋顶下的人。如果不是从高处俯瞰,谁也不会注意屋顶的形状和色彩。不是每个人都会像我这样,对什么都兴致勃勃的。不过,谁也不能否认,屋顶是建筑很重要的组成部分,它们也是人的智慧和想象力的结晶。就像伞,原本也只是挡雨遮阳的工具,但爱美的人们却把它们设计成了艺术品。屋顶,就像无数凝固的彩色雕塑,掩映在绿荫里,散布在大地上,也像无数表情迥异的眼睛,默默地仰望着天空。它们是岁月的沉淀,凝聚着一个又一个时代的智慧,它们是一个城市的脚印,是历史的印记。

前年,一个秋天的黄昏,我登上了刚刚建成的东方明珠电视塔。站在飞速上升的电梯里,想到将以新的高度和视角俯瞰我生活的这个城市,我的心里充满了新鲜和好奇,那种感觉,竟恍若回到了童年时代。那天,我眼帘中出现的景象是新鲜而陌生的,那么多新的屋顶,像雨后的蘑菇在我的脚下此起彼伏,使我目不暇接。在无数新屋顶中,我寻找着我熟悉的那些老屋顶,那些凝结着我童年和青少年时代特殊感情的石库门屋顶。它们还在,只是从高空看,它们显得小了、模糊了,新楼群那些鲜艳的屋顶正在分割它们、蚕食它们,它们无法阻挡被分割和被蚕食的趋势……这样的景象,使我在感到几分失落时,也感到欣慰。当深红色的夕阳从地平线上消失,大地渐渐被夜幕笼罩,我脚下的城市,成了一个灯火的海洋。这时,所有的屋顶都看不见了,无论是老屋顶还是新屋顶,都融化在晶莹闪烁的灯海之中。这时,我的心情变得非常平静。我想,这就是新和旧的交替,这就是一个城市走向未来的脚步。

         1996 年 3 月 31 日

月光如泪

中国的二胡是一种很奇妙的乐器。它的结构,其实和小提琴差不多:琴筒相当于小提琴的琴身,琴杆相当于小提琴的琴颈;二胡两根弦,小提琴四根弦;琴马,弦轴,形状不同,功能相仿;弓的造型虽异,可用的都是马尾。两者发声的原理,也是一样的:弓弦摩擦出声,再经琴身共鸣,奏出千变万化的曲调。所以有西方人说,二胡是"东方的小提琴"。其实,这话有所偏颇。小提琴,据说是由东方弦乐器在西方长期演变而成,到十五世纪末方才开始逐渐定型。二胡,最初并不是汉民族的乐器,而是来自西北民族,所以称"胡琴",意思和胡笳、胡桃、胡椒类似。然而在西方的小提琴成形之前,中国人早就在拉胡琴了。宋人沈括在《梦溪笔谈》中有"马尾胡琴随汉车"这样的诗句。那时是公元十一世纪。而到元代,对胡琴就有更具体的描写,《元史·礼乐志》这样记载:"胡琴,卷颈龙首,二弦用弓捩之,弓之弦以马尾。"这正是现代人看到的二胡。所以,我们也可以说,小提琴,是"西方的二胡"。这当然是说笑而已。

在中国的民间音乐中,二胡拉出的曲子也许最能撩拨听者的心弦。我以为,用二胡拉悲曲远胜于奏欢歌。很久以前,我听过瞎子阿炳用二胡拉《二泉映月》的录音,这是世上最动人的音乐之一。单纯的声音,缓慢悠扬的旋律,带着些许沙哑,在冥冥中曲折地流淌。说它是映照着月光的泉水,并不勉强。然而乐曲绝不是简单地描绘自然,这是从一颗孤独寂寞的心灵中流淌出来的声音,这声音饱含着悲凉和辛酸,是历尽了人间悲苦沧桑后发出的深长叹息。这是用泪水拉出的心曲,听着这样的音乐,我的心灵无法不随之颤抖。我想,阿炳当年创作这首曲子,未必是描绘二泉,而是对自己坎坷凄凉一生的感叹。一把简简单单的二胡,竟能将一个艺术家跌宕的人生和曲折的情绪表达得如此优美动人,实在是奇迹。在感叹音乐的奇妙时,我也为中国有二胡这样美妙的乐器而自豪。后来,我听到小泽征尔指挥庞大的波士顿交响乐团演奏《二泉映月》。阿炳的二胡独奏,变成了许多小提琴的合奏。在交响乐团奏出的丰富的旋律中,我眼前出现的仍是映照着月光的二泉,仍是阿炳孤独的身影。他黑暗的视野中看不到泉水,也看不到月光,然而谁能阻止他向世界敞开一个音乐家的多情的胸怀?谁能改变他倾诉怆凉心境的美妙语言?我看到,站在指挥席上的小泽征尔,深深沉醉在《二泉映月》的旋律中,他的眼睛里闪烁着晶莹的泪光……

十多年前,在旧金山街头,我曾很意外地听到一次二胡独奏。那是在一条人迹稀少的街上,一阵二胡琴声从远处飘来,拉的正是《二泉映月》。在异国他乡,听到如此熟悉的中国乐曲,当然很亲切。可是走近了我才发现,拉二胡的竟是一个沿街行乞的中国人。这是一个中年男人,低着头,阖着双眼,当众孤独地沉浸在自己的琴声里。他拉得非常好,丝毫没有走调,而且,把那种凄楚无奈的情绪表现得淋漓尽致。我远远地看着他,不忍心走到他身边。然而琴声还是一声声叩动了我的心弦。

听过无数次《二泉映月》,在旧金山街头,是我听得最伤感的一次。

1996年7月

与象共舞

在泰国,如果你在公路边的草丛或者树林里遇到一头大象,那是一件很自然的事情。不必惊奇,也不必惊慌,大象对蚂蚁一般的人群已经熟视无睹,它会对着你摇一摇它那对蒲扇般的大耳朵,不慌不忙地继续走它自己的路。那种悠闲沉着的样子,使你联想到做一个人的焦虑和忙乱。

象是泰国的国宝。这个国家最初的发展和兴盛,和象有着密切的关系。大象曾经驮着武士冲锋陷阵、攻城夺垒,曾经以一当十、以一抵百地为泰国人服役做工。被驯服的象群走出丛林的那一天,也许就是当地文明的起源。泰国人对象存有亲切的感情,一点也不奇怪。

在国内看大象,都是在动物园里远观,人和象隔着很远的距离。在泰国,人和象之间失去了距离,很多次,我和象站在一起,象的耳朵拍到了我的肩膀,象的鼻息喷到了我的身上。起初我有些紧张,但看到周围那些平静坦然的泰国人,神经也就松弛了。在很近的距离看大象的脸,我发现,象的表情非常平静。那对眼睛相对它的大脑袋,显得极小,但目光却晶莹而温和。和这样的目光相对,你紧张的心情很自然地会松弛下来。

据说象是一种通人性的动物。在泰国,大象用它们的行动证实了这种说法。在城市里看到的大象,多半是一些会表演节目的动物演员。在人的训练下,它们会踢球,会倒立,会骑车,会用可笑的姿态行礼谢幕。最有意思的是大象为人做按摩。成排的人躺在地上,大象慢慢地从人丛里走过去,它们小心翼翼地在人与人之间寻找着落脚点,每经过一个人,都会伸出粗壮的脚,在他们的身上轻轻地抚弄一番,有时也会用鼻子给人按摩。一次,我看到一头象用鼻子把一位女士的皮鞋脱下来,然后卷着皮鞋悠然而去,把那躺在地上的女士急得哇哇乱叫。脱皮鞋的大象一点也不理会女士的喊叫,用鼻子挥舞着皮鞋,绕着围观的人群转了一圈,才不慌不忙地回到那女士身边,把皮鞋还给了她。那女士又惊又尴尬,只见大象面对着她,行了一个屈膝礼,好像是在道歉。那庞大的身躯,屈膝点头时竟然优雅得像一个彬彬有礼的绅士。

最使我难以忘怀的,是看大象跳舞。那是在芭堤雅的东巴乐园,一群大象为人们做表演。表演的尾声,也是高潮。在欢乐的音乐声中,象群翩翩起舞,观众都拥到了宽阔的场地上,人群和象群混杂在一起舞之蹈之,热烈的气氛感染了在场的每一个人。舞蹈的大象,看起来没有一点笨重的感觉,它们随着音乐的节奏摇头晃脑,踮脚抬腿,前后左右颠动着身子,长长的鼻子在空中挥舞。毫无疑问,它们和人一起,陶醉在音乐中。这时,它们的表情仿佛也是快乐的。我想,如果大象会笑,此刻的表情便是它们的笑颜。

看着这群和人类一起舞蹈的大象,我突然想起了多年前听说过的一个关于象的故事。这故事发生在俄罗斯的一个动物园。一天,一头聪明的大象突然对饲养员开口说话,饲养员不相信自己的耳朵,然而大象竟清晰地用低沉的声音喊出了他的名字……当时看到这报道时,我认为这是无稽之谈。此刻,面对着这些面带微笑、和人群一起忘情舞蹈的大象,我突然相信,那故事也许是真的。

离开泰国前,到一家皮革商店购买纪念品。售货员拿出一只橘黄色的皮包,很热情地介绍说:"这是象皮包,别的地方买不到的!"我摸了摸经过鞣制而变得柔软光滑的大象皮,手指竟像触电一般。在这瞬间,我眼前出现的是大象温和晶莹的目光,还有它们在欢乐的音乐中摇头晃脑跳舞的模样……

人啊人,如果我是大象,对你们,我还有什么话可说!

1996年8月记于曼谷,10月写于上海

会思想的芦苇

最近回到我曾经"插队落户"的故乡,一下船,就看到了在江堤上迎风摇曳的芦苇。久违了,朋友!

芦苇,曾经被人认为是荒凉的象征。然而在我的心目中,这些随处可见的植物,却代表着美丽自由的生命。它们伴随我度过了艰辛的岁月。

从前,芦苇是崇明岛上一种重要的经济作物。芦苇的一身都有经济价值。埋在地下的嫩芦根可解渴充饥,也可入药。芦叶可以包粽子,芦叶和糯米合成的气味,就是粽子的清香。芦花能扎成芦花扫帚,这样的扫帚,城里人至今还在用。用途最广的,是芦苇秆,农民用灵巧的手,将它们编织成苇帘、苇席、芦筐、箩筐、簸箕,盖房子的时候,芦苇可以编苇墙、织屋顶。很多乡民曾经以编织芦苇为生,生生不息的芦苇使故乡人多了一条活路。我在崇明"插队"时,曾经和农民一起研究利用地下的沼气来做饭。打沼气灶,也用得上芦苇。我们先在地上挖洞,再将芦苇集束成捆,一段一段接起来,扎成长数十米的芦把,慢慢地插入洞中,深藏地下的沼气,会沿着芦把的空隙升上地面,积蓄于土灶中,只要划一根火柴,就能在灶口燃起一簇蓝色的火苗,为贫困的生活增添些许温馨。在我的记忆中,这是一件无比奇妙的事情。

在艰苦的"插队"生涯中,芦苇给我的抚慰旁人难以想象。我是一个迷恋自然的人,而芦苇,正是大自然馈赠给人类的美妙礼物。在被人类精心耕作的田野中,几乎很少有野生的植物连片成块,只有芦苇例外。没有人播种栽培,它们自生自长,繁衍生息,哪里有泥土,有流水,它们就在哪里传播绿色,描绘生命的坚忍和多姿多彩。春天和夏天,它们像一群绿衣人,伫立在河畔江边,我喜欢看它们在风中摇动的姿态,喜欢听它们应和江涛的窸窣絮语。和农民一起挑着担子从它们中间走过时,青青的芦叶挥我衣、拂我脸,那是自然对人的亲近。最难忘的是它们开花的景象,酷暑过去,金秋来临,风一天凉似一天,这时,江边的芦苇纷纷开花了,那是一大片皎洁的银色。在风中,芦苇摇动着它们银色的脑袋,在江堤两边发出深沉的喧哗,远远看去,犹如起伏的浪涛,也像浮动的积雪。使我难忘的是夕照中的景象,在绚烂的晚霞里,银色的芦花变成了金红色的一片,仿佛随风蔓延的火苗,在大地和江海的交界地带熊熊燃烧。冬天,没有被收割的芦苇身枯叶焦,在风雪中显得颓败,使大地平添几分萧瑟之气。然而我知道,芦苇还活着,它们不会死。在冰封的土下,有冻不僵的芦根,有割不断的芦笋,只要春风一吹,它们就以粉红的嫩芽、以翠绿的新叶为人类报告春天的消息。冬天的尾巴还在大地上扫动,芦笋却倔强地顶破被严霜覆盖的土地,在凛冽寒风中骄傲地伸展开它们那柔嫩的肢体,宣告冬天的失败,也宣告生命又一次战胜自然强加于它们的严酷。我曾经在日记中写诗,诗中以芦苇自比。帕斯卡说"人是一棵会思想的芦苇。"这比喻使我感到亲切。以芦苇比人,不仅喻示人的渺小和脆弱,其实也可以作另外的理解:人性中的忍耐和坚毅,恰恰如芦苇。在我的诗中,芦苇是有思想的,它们面对荒滩,面对流水,面对南来北往的候鸟,舒展开思想之翼,飞翔在自由的天空中。我当年在乡下所有的悲欢和憧憬,都通过芦苇倾吐了出来。

我曾经担心,随着崇明岛的发展和进步,岛上的芦苇会渐渐消失。然而我的担心大概是多余的,只要泥土和流水还在,只要滩涂上的芦根还在,谁也无法使这些绿色的生命绝迹。我的故乡,也将因为有芦苇的存在而显得生机勃发,永葆它的天生丽质。这次去崇明,我专门到堤岸上去看了芦苇。芦苇还和当年一样,在秋风中摇晃着银色的花朵。那天黄昏,我凝视着被落霞渐渐映红的那一大片芦花,它们在天地之间波浪起伏,像涌动的火光,重又点燃我青春的梦想……

1999 年 1 月 2 日

大师的背影

指挥大师的称号,不是自封的。这是经过无数场考试,经过无数双眼睛的审视、无数对耳朵的谛听,最后终于被认可的。只要他们站到乐队前,轻轻挥动起指挥棒,我们就能发现他们的与众不同。他们的手势,他们的表情、他们的眼神、他们的身体的姿态、他们所展示的一切,都是美妙的节奏,是出神入化的音符,是神奇自然的天籁,是来自天堂的启示。他们的动作,就是音乐;他们的形象,就是音乐的化身。作曲家的灵魂附在他们心中,又通过他们的指尖,传达给乐队的每一个乐手,传达给每一件乐器,传达给每一个听者,传达给音乐厅里的每一寸空气。

大师陶醉在音乐中的时候,我们只能看到他们的背影。他们面向乐队,背对着听众。当音乐消失,乐队停止演奏时,他们才转过身来,让听众看到他们的脸,看到他们脸上由激动而复归平静的微笑,看到他们额头和脸颊上晶莹的汗水。这时,从音乐的梦幻中苏醒过来的人们方才领悟到,为了引导出刚才舞蹈在空气中的音乐,大师付出了怎样的心血和体力。在我的记忆中,有几位大师的背影。

卡拉扬,我最初是在唱片和录音带的封面上看到他的照片。他总以一头银发对着镜头,注视的目标似乎是在地上;有时候又双目微阖,仿佛已经入睡,沉醉在他曲折而庄严的梦境里。在八十年代,卡拉扬大概是中国人最熟悉的指挥大师。八十年代初,我在上海音乐书店买过一套他指挥的贝多芬交响曲录音磁带，在一台单声道的录音机中听了很多遍。现在想起来，那样的音质，根本无法传达交响乐磅礴的气势和神韵，只能听一个大概的轮廓而已。不过，那时听这些录音磁带，我还是会神思飞扬，浮想联翩。除了遐想贝多芬的思想和情绪，也遐想卡拉扬的姿态和表情。在我的想象中，卡拉扬是一个不苟言笑的人，他是一位思想者，他指挥乐队的时候，经常闭上眼睛，沉浸在对音乐的遐想中，他的手势和动作只是他沉思默想的一部分。我永远也无法知道他在指挥时脑子里有些什么念头。他的头发，在沉思中渐渐变白，成为一头积雪，覆盖在他的额前……卡拉扬终于来中国了。他在北京指挥庞大的柏林交响乐团演奏贝多芬的交响乐时，我终于看到了他指挥时真实的表情。除了闭上眼睛沉思默想，他也有睁大眼睛的时候。他指挥《田园交响曲》，当雷电在田野上空炸响时，他将手中的指挥棒从空中猛力劈下，仿佛挑出了辉映天地的耀眼闪电，这时，他目光炯炯，闪电和心中的火花汇集在一起，在他的瞳仁中进射；当风暴平息，温和的阳光悄然从云隙中流出，世界又归于宁静，鸟雀在林荫里唱歌，鱼儿在清流中翔游，这时，他沉浸在遐想中，陶醉在天籁里，他的头颅低垂，眼帘微阖，如一尊思想者的雕塑。只有手中那根指挥棒，仍在轻盈地舞动，为乐队，也为听众指点着暴风雨后天地间的万种风情。

小泽征尔，矮小的身材，飘逸的黑发，站在一百多人的波士顿交响乐团前，像一个孩子面对着海洋。然而他一举起指挥棒，马上就变成了一个果敢的巨人，音乐一出现，他就成了海的魂魄、海的主人。他面前的那片海洋在他的引导下，汹涌澎湃，波涛起伏，翻腾出千奇百怪的花样。他的目光咄咄逼人，手势和目光不断指向不同的乐器，仿佛要把乐手从乐池中逐一抓起，放到浪尖上接受暴风雨的考验。一个亚洲人，指挥一个庞大的西方著名交响乐团，令人折服地演绎着欧美作曲家的作品，在世界音乐史上也是罕见的现象。小泽征尔的一头黑发在乐队前飘动时,音乐就在他的黑头发上飘旋,西方的金色旋律,和东方的黑色头发,奇妙地融合成一体,黑头发引导着金色的旋律。音乐使人与人之间消失了国界、民族和语言的界限。

小泽征尔最使我感动的形象,是他指挥瞎子阿炳的《二泉映月》时的表情。中国的二胡独奏,一个在黑暗中流浪的凄苦的音乐家内心的感叹,一脉晶莹清澈的流泉,变成了西洋管弦乐队的合奏,变成了灯火辉煌中的大合唱,变成了汹涌激荡的波浪。小泽征尔一定了解阿炳,一定能想象瞎子阿炳如何孤独地面对着泉水拉琴。音乐家的心灵,无须解释,无须说明,只要音乐飘起,一切都已沟通,就像泉水沿着石滩蔓延,瞬间就灌满了所有无形的和有形的孔穴裂缝。我看到小泽征尔的眼里闪烁着晶莹的泪花,凄美的《二泉映月》和他的泪花,是一种感人至深的结合。

卡洛斯·克雷伯大概是当今指挥大师中最富有魅力的人。人们永远无法忘记,那一年他在维也纳金色大厅的新年音乐会上指挥斯特劳斯舞曲的身姿,那根小小的指挥棒在他的手中跳起了神奇的舞蹈,他的全身的关节都随着舞曲的节奏舞蹈,然而却不夸张,不张扬,不轻佻。在他的感染下,乐队,听众,几乎都产生了随音乐翩然起舞的欲望。金色大厅每年都有演奏斯特劳斯舞曲的新年音乐会,然而没有哪一年像克雷伯的指挥那样,将音乐厅里的气氛调节得如此优雅而热烈。

克雷伯大概属于现代社会中不多的精神贵族,据说他不太看重钱,对世界各地的演出邀请答应得很少,不合意的乐队和作品,他绝不会迁就。当然,他没有到过中国。克雷伯大概总是力图站在峰巅上诠释他想指挥的作品,而他常常是做到了。我有他的好几张唱片,其中有一张,是他指挥维也纳交响乐团演奏勃拉姆斯的《第四交响曲》,我以为这是演奏勃拉姆斯这部作品的最出色的录音。在勃拉姆斯略带伤感的旋律中，我能想象克雷伯的忧郁严峻的神情。

梅塔是印度人，我见到他时，他是以色列国家交响乐团的首席指挥。在上海那个陈旧的市府礼堂，他指挥以色列交响乐团，为小提琴家帕尔曼协奏。在中国人的眼里，梅塔的形象似乎不属于东方，他是白种人，他的外形和欧美的指挥家没有多少区别。据说，因为指挥演奏瓦格纳的作品，他在以色列遭到很多犹太人的谴责。对梅塔来说，这大概是一件很冤枉的事情，一个指挥家，拒绝瓦格纳，不可思议。因为当年希特勒喜欢瓦格纳，瓦格纳就和纳粹联系在了一起，这对瓦格纳也不公平。瓦格纳会同意希特勒屠杀犹太人吗？不过梅塔还是留在了以色列国家交响乐团。瓦格纳的雄浑辽阔和梅塔刚性的风格倒是有几分吻合。只是他在以色列大概很难有机会指挥瓦格纳了。

那天，是听帕尔曼演奏门德尔松的《E小调小提琴协奏曲》，身材粗壮的梅塔和坐在轮椅上的帕尔曼的合作，大概可称之为天作之合。梅塔的指挥风格属于外向型，动作刚劲有力，和他粗犷的外表非常协调。然而门德尔松的这部协奏曲却绝非粗犷和刚劲所能传达，那是春天的声音，其中有春日最细微的气息，有树林里的微风，阳光下的雨滴，草叶尖上的露珠，有晶莹的细流蜿蜒在花丛之中……梅塔收敛了他的刚劲，轻轻挑起他的指挥棒，小心翼翼地引导着乐队，恰到好处地调节着小提琴背后的声浪。此时他的神情和动作，是雄狮走钢丝，是猛虎舔幼犊。梅塔和帕尔曼两人在音乐中交流眼神的情景，使我心弦颤动。而这种交流，融化在神奇的音乐里，把春天的万种风情铺展在我的面前。

说到梅塔，很自然地想起了德国的指挥家富特文格勒。有人把他称为幽灵，有人索性认为他就是贝多芬的代言人，是贝多芬的灵魂再世。因为，从来没有一个指挥家能像他那样深刻地理解贝多芬，能像他那样将贝多芬的交响曲诠释得如此精妙而震撼人心。在他面前，后世的几乎所有指挥大师都自叹不如。在二十世纪前半叶，他曾经独领风骚。与富特文格勒合作过的乐手这样回忆：他只要往那儿一站，音乐的神性便会涌来，人们几乎本能地要往他的棒下"跑"。阿巴多说："富特文格勒走上台的那瞬，时空像是凝固了，观众和乐队如遭闪电袭击、撼动。"然而在希特勒时代，这位指挥大师被魔鬼缠身，他曾是纳粹的一分子，成为希特勒最赏识的音乐家。战后，富特文格勒被送上审判台，他难以为自己的行为开脱。有人把他比作歌德笔下的浮士德，为了追求世俗的欲望，不惜把灵魂出卖给魔鬼。我看过以富特文格勒为原型拍摄的电影《糜非斯特》，把纳粹时代一个音乐家灵魂的扭曲展现得惊心动魄。

由才华而来的荣耀，以及为保持这荣耀的曲意逢迎，使一个音乐家失去了纯洁和纯粹。

我无法听到富特文格勒指挥的贝多芬交响曲，更无法看到他站在乐队前舞动指挥棒的姿态，也无法想象贝多芬的灵魂曾经怎样附在他的指挥棒上。说他空前绝后，我不相信。因为贝多芬之魂不会消失，只要人类的情感会继续被他留下的音乐震撼，就一定会出现新的大师更出色更传神地诠释贝多芬。而富特文格勒留在我心中的，只能是一个面目不清的背影。

在中国，除了音乐界的人们，有谁知道瓦莱里·捷尔吉耶夫？但他无愧于大师的称号。他以自己的勇气和魄力，也以自己的才华和魅力，使一个衰落的乐团重振雄风。我曾两次听他指挥的音乐会，一场是他指挥马林斯基交响乐团的音乐会，演奏柴可夫斯基的《B小调第六交响曲》和马勒的《D小调第三交响曲》，另一场，是歌剧《叶甫根尼·奥涅金》。这是一个激情洋溢的指挥，高高的个子，瘦削的脸，一双眼睛深陷在眼眶中，目光炯炯逼人，脸上虽然留着短短的络腮胡子，却依然显得年轻英俊。他站在乐队前，只要一开始动作,浑身上下便洋溢着生命的活力,散发出阳刚之气。他的鬈发和胡子、他的深邃的目光、他的动作,都使我联想起诗人普希金。在圣彼得堡的普希金故居,我见过一幅普希金的油画像,画像上诗人的形态和神情,都非常像这位俄罗斯指挥。捷尔吉耶夫站在乐池里指挥歌剧《叶甫根尼·奥涅金》时,我听着音乐和歌声,眼前仿佛出现了幻觉:我看到普希金正背对着我,有声有色地朗诵着自己的诗篇,天地间回响着他深情的吟哦。

大师们使人间的梦幻成真,使遥远的历史失去了空间和距离。

2000年春日

母亲和书

又出了一本新书。第一本要送的,当然是我的母亲。在这个世界上,最关注我的,是她老人家。

母亲的职业是医生。年轻的时候,母亲是个美人,我们兄弟姐妹都没有她年轻时独有的那种美质。儿时,我最喜欢看母亲少女时代的老照片,她穿着旗袍,脸上含着文雅的微笑,比旧社会留下来的年历牌上那些美女漂亮得多,就是三四十年代上海滩那几个最有名的电影明星,也没有母亲美。母亲小时候上的是教会学校,受过很严格的教育。她是一个受到病人称赞的好医生。看到她为病人开处方时随手写出的那些流利的拉丁文,我由衷地钦佩母亲。

在我童年的记忆里,母亲是个严肃的人,她似乎很少对孩子们做出亲昵的举动。而父亲则不一样,他整天微笑着,从来不发脾气,更不要说动手打孩子。因为母亲不苟言笑,有时候也要发火训人,我们都有点怕她。记得母亲打过我一次,那是在我七岁的时候。那天,我在楼下的邻居家里顽皮,打碎了一张清代红木方桌的大理石桌面,邻居上楼来告状,母亲生气了,当着邻居的面用巴掌在我的身上拍了几下,虽然声音很响,但一点也不痛。我从小就自尊心强,母亲打我,而且当着外人的面,我觉得很丢面子。尽管那几下打得不重,我却好几天不愿意和她说话,你可以说我骂我,为什么要打人?后来父亲悄悄地告诉我一个秘密:"你不要记恨你妈妈,那几下,她是打给楼下告状的人看的,她才不会真的打你呢!"我这才原谅了母亲。

我后来发现,母亲其实和父亲一样爱我,只是她比父亲含蓄。上学后,我成了一个书迷,天天捧着一本书,吃饭看,上厕所也看,晚上睡觉常常躺在床上看到半夜。对读书这件事,父亲从来不干涉,我读书时,他有时还会走过来摸摸我的头。而母亲却常常限制我,对我正在读的书,她总是要拿去翻一下,觉得没有问题,才还给我。如果看到我吃饭读书,她一定会拿掉我面前的书。一天吃饭时,我老习惯难改,一边吃饭一边翻一本书。母亲放下碗筷,板着脸伸手抢过我的书,说:"这样下去,以后不许你再看书了。"我问她为什么,她说:"读书是一辈子的事情,你现在这样读法,会把自己的眼睛毁了,将来想读书也没法读。"她以一个医生的看法,对我读书的坏习惯作了分析,她说:"如果你觉得眼睛坏了也无所谓,你就这样读下去吧,将来变成个瞎子,后悔来不及。"我觉得母亲是在小题大做,并不当一回事。

其实,母亲并不反对我读书,她真的是怕我读坏了眼睛。虽然嘴里唠叨,可她还是常常从单位里借书回来给我读。《水浒传》《说岳全传》《万花楼》《隋唐演义》《东周列国志》《格林童话》《钢铁是怎样炼成的》《牛虻》等书,就是她最早借来给我读的。我过八岁生日时,母亲照惯例给我煮了两个鸡蛋,还买了一本书送给我,那是一本薄薄的小书《卓娅和舒拉的故事》。在五十年代,哪个孩子生日能得到母亲送的书呢?

中学毕业后,我经历了不少人生的坎坷,成了一个作家。在我从前的印象中,父亲最在乎我的创作。那时我刚刚开始发表作品,知道哪家报刊上有我的文章,父亲可以走遍全上海的邮局和书报摊买那一期报刊。我有新书出来,父亲总是会问我要。我在书店签名售书,父亲总要跑来看热闹,他把因儿子的成功而生出的喜悦和骄傲全都写在脸上。而母亲,却从来不在我面前议论文学,从来不夸耀我的成功。我甚至不知道母亲是否读我写的书。有一次,父亲在我面前对我的创作问长问短,母亲笑他说:"看你这得意的样子,好像全世界只有你儿子一个人是作家。"

父亲去世后,母亲一下子变得很衰老。为了让母亲从悲伤沉郁的情绪中解脱出来,我们一家三口带着母亲出门旅行,还出国旅游了一次。和母亲在一起,谈话的话题很广,却从不涉及文学,从不谈我的书。我怕谈这话题会使母亲尴尬,她也许会无话可说。

去年,上海文艺出版社出版了我的一套自选集,四厚本,一百数十万字,字印得很小。我想,这样的书,母亲不会去读,便没有想到送给她。一次我去看母亲,她告诉我,前几天,她去书店了。我问她去干什么,母亲笑着说:"我想买一套《赵丽宏自选集》。"我一愣,问道:"你买这书干什么?"母亲回答:"读啊。"看我不相信的脸色,母亲又淡淡地说:"我读过你写的每一本书。"说着,她走到房间角落里,那里有一个被帘子遮着的暗道。母亲拉开帘子,里面是一个书橱。"你看,你写的书,一本也不少,都在这里。"我过去一看,不禁吃了一惊。书橱里,我这二十年中出版的几十本书都在那里,按出版的年份整整齐齐地排列着,一本也不少,有几本,还精心包着书皮。其中的好几本书,我自己也找不到了。我想,这大概是全世界收藏我的著作最完整的地方。

看着母亲的书橱,我感到眼睛发热,好久说不出一句话。她收集我的每一本书,却从不向人炫耀,只是自己一个人读。其实,把我的书读得最仔细的,是母亲。母亲,你了解自己的儿子,而儿子却不懂得你!我感到羞愧。

母亲微笑着凝视我,目光里流露出无限的慈爱和关怀。母亲老了,脸上皱纹密布,年轻时的美貌已经遥远得找不到踪影。然而在我的眼里,母亲却比任何时候都美。世界上,还有什么比母爱更美丽更深沉呢?

2000 年 4 月于四步斋

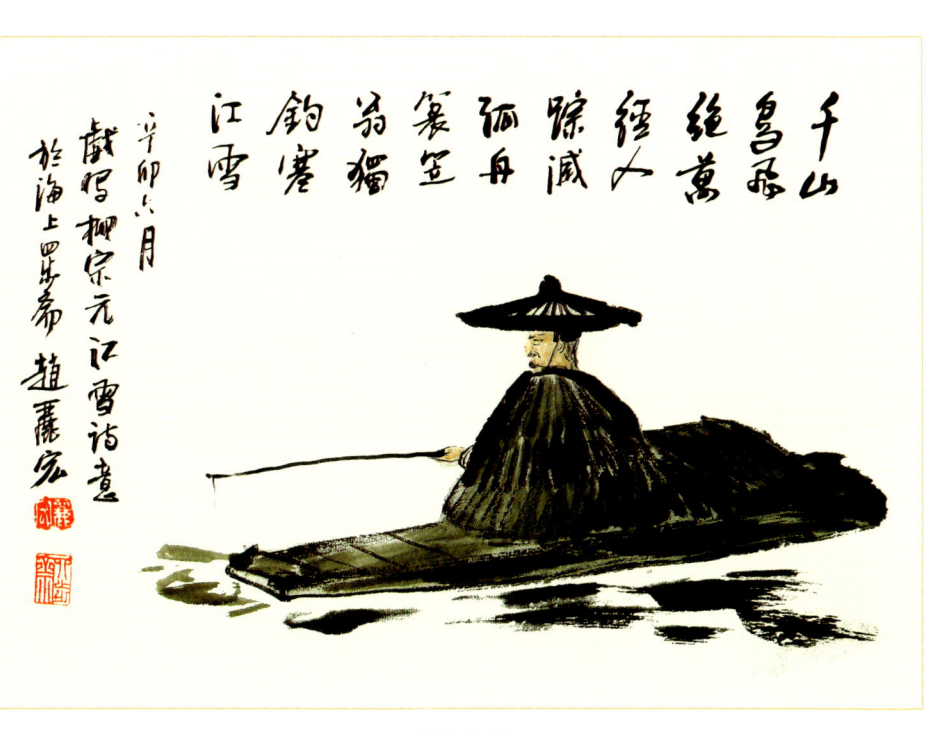

江雪诗意图

丁亥三月陽春時

寧靜

昔年吾曾遊甘肅同治親睹黃龍觀石門頌摩崖誌得成為美妙記憶今臨碑中二字追憶當時之驚嘆之情 趙麗宏書

手卷和尺牍

近日,在上海博物馆,有机会观摩一批馆藏的书画和古瓷,大饱眼福。上博副馆长汪清正先生是造诣很深的古文物鉴赏家,听他讲解评点,增长不少见识。那天看了三件书画作品,其中两件手卷、一幅尺牍。

第一件手卷为王献之的《鸭头丸帖》。这是一件海内外享有盛名的国宝,虽历经千余年却完整无损。《鸭头丸帖》共十五字,是一幅写在丝织绢本上的便条。十五字为:"鸭头丸故不佳明当必集当与君相见。"字似乎信手写来,内容也很平常,但笔力遒劲,布局自然,字字经得起推敲。这是世存的屈指可数的王献之作品之一,尽管字数比他的《鹅群帖》和《地黄汤帖》少得多,但更见其自由洒脱的性情。《鸭头丸帖》只是一尺见方的作品,然而却被装裱成一幅长卷。跟在《鸭头丸帖》后面的,是历代无数收藏家的印鉴和名人的题字。其中有宋徽宗的御印,宋高宗的题跋,董其昌的题词。在董其昌之后,还有很多有名的或者不太有名的文人官吏的题字,长卷太长,无法一一细看。"虎头蛇尾"这样的成语,用来形容这长卷,实在是太合适不过。看这些密密麻麻的题词,给人争先恐后之感。古代的墨客和权势者,都喜欢在大家的书画名作上题字,看属风雅之举,其实是想攀龙附凤。题词者的如意算盘是:名作不朽,自己的名字便也跟着不朽。然而后人在欣赏大师的艺术时,谁能记得住那么多尾随其后的张三李四王五呢?

第二件手卷是宋徽宗的绘画作品,为水墨工笔画。画面分为两组,前一组是花鸟,五只花雀栖息于古树枝头,另一组为四只芦雁,聚集于芦苇丛中。花雀和芦雁被描绘得栩栩如生,禽鸟的翎羽喙足,皆精勾细描,纤毫毕现,花费的工夫一定不会少。以今人的目光看,这样的画算不得出色,但出自皇帝之手,意义就有些不一般。皇帝有耐心画如此精细的画,也确实不易,他要把自己幽锁深宫,全身心沉浸在笔墨之中,而朝廷政事,当然无心过问了。上海博物馆还藏有宋徽宗用他的"瘦金体"书写的《千字文》,也是一笔一画毫不马虎,功夫了得。在中国的皇帝中,宋徽宗没有多少政绩,不仅没有建功立业,最后还当了匈奴的阶下囚,受尽屈辱。但这个没有能力打败入侵者的无能之君,却是个有点独创精神的书画家。在这幅画中,宋徽宗没有题多少字,给人印象深刻的是他的署名,似乎是一个"天"字,其实却是四个字的合而为一,这四个字是"天下一人"。也只有皇帝才敢如此狂妄。此画传入清宫,清朝的皇帝便也来凑热闹。乾隆皇帝在引首处题"神韵天然",每字四寸见方,写得肥腴温厚。写了四个大字,乾隆意犹未尽,又用小笔在画心题诗,题在两组画之间的一片空白处。乾隆的诗写得很平庸,把画中的芦雁和花雀描绘了一番,把宋徽宗的画夸奖了一通,字也写得软绵乏力。这是每字不到一厘米见方的小楷,笔画极细。乾隆大概也想学一学"瘦金体",但笔力不到家,比宋徽宗的字差得远,有点东施笑颦的味道。在画心题字,其实是破坏了一般题跋的规矩。乾隆仗着自己是"御笔",随心所欲,画幅中间这一片空白被他这么一题,画面中原来的通透匀称便被破坏了。也许,面对这位亡国之君的遗作,生逢盛世的乾隆内心有一种优越感,所以才会如此无所顾忌。宋徽宗如果看到后人在他的画上这样乱涂,必定会"龙颜大怒",然而他也回天乏力了。

第三幅是宋代大学者朱熹的一幅书法作品,是他写给友人的一封书信。这是上海博物馆中唯一一件朱熹的书法。朱熹不是大书法家,他的字当然不能和王献之和宋徽宗相比,但比乾隆要高明得多。虽是写日常家信,朱熹却写得很工整,排列也划一,字迹中显露出学者的严谨。问及此尺牍的来历,汪馆长谈了很有意思的故事。六十年代初,听说苏州有戴姓老人,曾当过三任开滦煤矿督办,家中收藏甚丰。上海博物馆派人找到戴氏时,只见他蓬头垢面,正在街头抡蒲扇生煤球炉。跟他进门后,才发现门里藏着一座宝库,朱熹的书法,他家里不止一幅,有手卷,也有大幅作品。上海博物馆想收购他的朱熹书法,以补遗缺,老先生很倔,任你软磨硬缠,说什么也不肯出让。后来南京博物馆听说此事,以高明的手段,设法将老先生的收藏尽数收入馆中。上海博物馆此后几经周折,才收到这幅朱熹书信尺牍。虽然不及南京博物馆收藏的那几幅精品,但总算是补了一个缺门。

           2000 年 7 月 27 日于四步斋

日晷之影

> 影子在日光下移动,
> 轨迹如此飘忽。
> 是日光移动了影子,
> 还是影子移动了日光?
>
> ——题　记

我梦见自己须髯皆白,像一个满腹经伦的哲人,开口便能吐出警世的至理格言。我张开嘴巴,却发不出一点声音。

我走得很累,坐在路边的石头上轻轻地喘息,我的声音却在寂静中发出悠长的回声。

时间啊,你正在前方急匆匆地走,为什么我永远也无法追上你?

时间是不是一种物质?说它不是,可天地间哪一件事物与它无关?说它是,它无形无色无声,谁能描绘它的形状?

说它短促,它只是电光闪烁般的一个瞬间。然而世界上有什么事物比它更长久呢?它无穷无尽,可以一直往上追溯,也可以一直往下延续,天地间永远没有它的尽头。

说时间如流水,不错,水在大地上奔流,没有人能阻挡它奔腾向前。然而水流有干涸的时候,时间却永不停止它的前行。说时间如电光,不错,电光一闪,正是时间的一个脚步。电光闪过之后,世界便又恢复了它的沉寂和黑暗。那么,时间究竟是闪烁的电光,还是沉寂和黑暗?

我们为时间设定了很多标签,秒、分、小时、天、月、旬、年、世纪……对于人类来说,每一个标签都有特定的意义,因为,在这个时刻,发生了对于某些人具有特殊意义的事件,比如某个人诞生,某一场战争爆发,某一个时代开始……然而对于时间来说,这些标签有什么意义呢? 一天、一个月、一年、一个世纪,在世间的长河中都只能是一滴水、一朵浪花、一个瞬间。

再伟大的人物,在时间面前,都会显得渺小无能。叱咤风云的时候,时间是白金,是钻石,灿烂耀眼,光芒四射。然而转瞬之间,一切都已经过去,一切都变成了历史。

根据爱因斯坦的假设,如果能以光的速度奔跑,我就能走进遥远的历史,能走进我们的祖先曾经生活过的世界。于是,我便也能以现代人的观念,改写那些已经写进人类史册的历史,为那些黑暗的年代点燃几盏光明的灯火,为那些狂热的岁月泼一点清醒的凉水。我也能想办法改变那些曾经被扭曲被冤屈的历史人物的命运,取消很多人类的悲剧。我可以阻止屈原投江,解救布鲁诺出狱,我可以使射向普希金的子弹改变方向,也能使希特勒这个罪恶的名字没有机会出现在世界上……

然而我也不得不自问,如果我改变了历史,改变了祖先们的命运,那么,这天地之间还会不会有我此刻所处的世界,还会不会有我这样一个人?

我想,我永远也不可能以光速奔跑,我的同类、我的同时代人、我的后代,大概都不可能这样奔跑。所以我不可能改变历史。而且,我并不想做一个能改变历史的好汉。爱因斯坦也一样,他再聪明伟大,也无法改变已经过去的历史,即使他能以光速奔跑。

在乡下"插队"时,有一次干活休息,我一个人躺在一棵树下,斑驳的阳光透过树叶的缝隙照在我的身上。我的目光被视野中的一条小小的青虫吸引,它正沿着一根细而软的树枝,奇怪地扭动着身体,用极慢的速度往上爬。在阳光的照射下,它的身体变得晶莹透明。可以想象,对它来说,做这样的攀登是何等艰难劳累。小青虫费了很多时间,攀登到了树枝的顶端,再也无路可走。这时,一阵风吹来,树枝摇晃了一下,小青虫被晃落在地。这可怜的小虫子,费了这么多时间和气力,却因为瞬间的微风而功亏一篑。我想,我如果是这条小青虫,此刻将会被懊丧淹没。但小青虫在地上挣扎了一会儿,又慢慢地在地上爬动起来。我想,它大概会吸取教训,再也不会上树了。我在树下睡了一觉,醒来的时候,发现那条小青虫竟然又爬到了原来那根细树枝上,它还是那样吃力地扭动着身体,慢慢地向上爬……这小青虫使我吃惊,我怎么也不明白,是什么力量使它如此顽强地爬动,是什么原因使它如此固执地追寻那条走过的路。它要爬到树枝上去干什么?然而小虫子的执着却震撼了我。这究竟是愚昧还是智慧?

这固执坚忍的小青虫使我想起了希腊神话中的西西弗斯。西西弗斯死后被打入地狱,并被罚苦役:推石上山。西西弗斯花费九牛二虎之力,将一块巨石推到山顶,巨石只是在山顶作瞬间停留,又从原路滚落下山。西西弗斯必须追随巨石下山,重新一步一步将它推上山顶,然后巨石复又滚落,西西弗斯又得开始为之拼命……这种无效无望的艰苦劳作往复不断,永无穷尽。责令西西弗斯推石的诸神以为这是对他最严厉的惩罚。西西弗斯无法抗拒诸神的惩罚,然而推石上山这样一件艰苦而枯燥的工作,却没有摧垮他的意志。推石上山使他痛苦,也使他因忙碌辛劳而强健。有人认为,西西弗斯的形象,正是人类生活的一种简洁生动的象征,地球上的大多数人,其实就是这样活着,日复一日,重复着大致相同的生活。那么,我们生活的世界难道就是一个地狱?当然不是。加缪认为,西西弗斯是快乐而且幸福的,他的命运属于他自己,他推石上山是他的事情。他为把巨石推上山顶所作的搏斗,本身就足以使他的心里感到充实。

西西弗斯多像那条在树枝上爬动的小青虫。将时光和精力全部耗费在无穷的往返中,耗费在意义含混的劳役里,这难道就是人生的缩影?

我当然不愿意成为那条在树枝上爬动的小青虫,也不希望成为永远推着巨石上山的西西弗斯。我只想做一个普通的人,按自己的心愿生活。可是,我常常身不由己。

人是多么奇怪,阴霾弥漫的时候盼望云开日出,盼望阳光普照大地,晴朗的日子里却常常喜欢天空飘来云彩遮住太阳。黑暗笼罩天地的时候,光明是何等珍贵,一颗星星,一堆篝火,一点豆火,都会是生命的激素,是饥渴时的面包和清泉,是死寂中美妙无比的歌声,是希望和信心。如果世界上消失了黑夜,那又会怎么样呢?那时,光明会成为诅咒的对象,诗人们会对着太阳大喊:你滚吧,还我们黑夜,还我们星星和月亮!我们的祖先早已对此深有体验,后羿射日的故事,也许不是凭空杜撰出来的。

造物主给人类一双眼睛,我们用它们看自然,看人生,用它们观察世界上发生的一切事情。我们也用它们表达情感,用它们笑,用它们哭——多么奇妙,我们的眼睛会流出晶莹的液体。

婴儿刚从母体诞生时,谁也无法阻止他们的哇哇啼哭。他们不在乎任何人的看法,放开喉咙,无拘无束,大声地哭,泪水在他们红嫩的小脸上滚动,嘹亮的哭声在天地间回荡。哭,是他们给这个迎接他们到来的世界的唯一回报。

婴儿为什么哭?是因为突然出现的光明使他们受了惊吓,是因为充满空气的世界远比母亲的子宫寒冷,还是因为剪断了连接母体的脐带而疼痛?不知道。然而可以肯定,此时的哭声,没有任何悲伤的成分。诗人写诗,把婴儿的啼哭比作生命的宣言,比作人间最欢乐纯真的歌唱,这大概不能说错。而当婴儿长成孩童,长成大人后,有谁能记得自己刚钻出娘胎时的哭声,有谁能说清楚自己当时怎样哭,为什么而哭?诗人们自己也说不清楚。无助无知的婴儿,哭只是他们的本能。我们每个人当初都曾经为这样的本能大声地、毫不害羞地哭过。没有这样的经历,大概不能成为一个真正的人。

当我们认识了世事,积累了感情,有了爱憎,当我们开始在意自己的形象和表情,哭,就成了问题。哭再不可能是无意识的表情,眼泪和悲哀、忧伤、愤怒、欢乐联系在一起。有说"姑娘的眼泪是金豆子",也有说"男儿有泪不轻弹",流眼泪,成了生命中的严重事件。

人人都经历过这样的严重事件。我想,当我的生活中消失了这样的"严重事件",当我的眼睛失去了流泪的功能,我的生命大概也就走到了尽头。

心灵为什么博大?因为心灵在成长的过程中,经历了无数细微的情节,它们积累、沉淀,像种子在灵魂深处萌芽、生根、长叶,最终会开出花朵。把心灵比作田地,心田犹如宽广的原野,情感和思索的种子在这原野里生生灭灭,青黄相接,花开不败。我们视野中的一切,我们思想中的一切,我们所有的喜怒哀乐,都在这辽阔无边的原野中跋涉驰骋。

生命纵然能生出飞舞的翅膀,却无法飞越命运的屏障,无法飞越死亡。我们只是回旋在受局限的时空里,只是徘徊在曲折的小路上。对于个人,小路很短,尽头随时会出现。对于人类,这曲折的小路将永无穷尽。

活着,就往前走吧。我不知道前面会出现什么,但我渴望知道,于是便加快脚步。在天地之间活相同的时间,走的路却可能完全不同。有人走得很远,看见很多美妙的景色,有的人却只是幽囚于斗室,至死也不明白世界有多么辽远阔大。

我常常回过头来找自己的脚印,却无法发现自己走过的路在哪里。无数交错纵横的脚印早已覆盖了我的足迹。

仰望天空,我永远也不会感到枯燥和厌倦。飞鸟划过,把对自由的向往写在天上。白云飘过,把悠闲的姿态勾勒在天上。乌云翻滚时,瞬息万变的天空浓缩了宇宙和人世的历史,瞬间的幻灭,演示出千万年的动荡曲折。

最神奇的,当然是繁星闪烁的天空。辽阔、深邃、神秘、无垠……这些字眼,都是为夜空设置的。人间的神话,大多起源于这可望及而不可穷尽的星空。仰望夜空时我常常胡思乱想,中国的传说和外国的神话在星光浮动的天上融为一体。

嫦娥为了追求长生而投奔月宫,神女达佛涅为了摆脱宙斯的追求变成了一棵月桂树,嫦娥在月宫里散步时走到了达佛涅的月桂树下,两个同样寂寞的女神,她们会说些什么?

周穆王的八骏马展开翅膀腾云驾雾,迎面而来的,是赫利俄斯驾驭着那四匹喷火快马曳引的太阳车。中国的宝驹和希腊的神马在空中擦肩而过,马蹄和车轮的轰鸣惊天动地……

射日的后羿和太阳神阿波罗在空中相遇,是弓剑相见,还是握手言欢?

有风的时候,我想起风神玻瑙阿斯,他拍动肩头的翅膀,正在天上呼风唤雨,呼啸的大风中,沙飞石走,天摇地撼。而中国传说中的风姨女神,大概也会舞动长袖来凑热闹,长袖过处,清风徐来,百鸟在风中飞散,落花在风中飘舞……我由此而生出奇怪的念头:风,难道也有雌雄之分?

在寂静中,我的耳畔会出现荷马史诗中描绘过的"众神的狂笑"。应和这笑声的,是孙悟空大闹天宫时发出的漫天喧哗……

有时候,晴朗的夜空中看不见星星。夜空漆黑如墨,深不可测。于是想起了遥远的黑洞。

黑洞是什么?它是冥冥之中一只窥探万物的眼睛。它目力所及的一切,都会无情地被它吸入,消亡在它无穷无尽的黑暗里。也许,我和我的同类,都在它的视线之内,我们都在经历被它吸入的过程。这过程缓慢而无形,我们感觉不到痛苦,然而这痛苦的被吸入过程正在有条不紊地进行。

那么,那些死去的人,大概是完成了这样的痛苦。他们离开世界,消失在黑洞中。活着的人们永远也无法知道他们被吸入黑洞一刹那的感觉。

发现了黑洞的霍金坐在轮椅上,他仰望星空的目光像夜空一样深不可测。

宇宙的无边无际,我从小就想不明白,有时越想越糊涂。天外有天,天外的天外的天又是什么?至于宇宙的成因,就更加使我困惑。据说,在极遥远的年代,宇宙产生于一次大爆炸,这威力巨大的爆炸使宇宙在瞬间膨胀了无数亿倍。今天的宇宙,仍在这膨胀的过程中。爱因斯坦的广义相对论为这样的"爆炸"和"膨胀"说提供了依据。

于是坐在轮椅上的霍金说话了:"假如暴胀宇宙论是正确的,宇宙就包含有足够的暗物质,它们似乎与构成恒星和行星的正常物质不同。"

"暗物质",也就是隐形物质,据说它们占了宇宙物质的百分之九十。也就是说,在天地之间,大多数的物质,我都看不见摸不着,它们包围着我,而我却一无所知。多么可怕的事情!

科学家正在很辛苦地寻找"暗物质"存在的依据。这样的探寻,大概是人世间最深奥最神秘的工作。但愿他们会成功。

而我们这样平凡的人,此生大概只能观察、触摸那百分之十的有形物质。然而这就够了,这并不妨碍我的思想远走高飞。

一只不知名的小花雀飞到我书房的窗台上,它灰褐色的羽毛中,镶嵌着几缕耀眼的鲜红。这样可爱的生灵,还好没有归入隐形的一类。花雀抬起头来,正好撞到了我凝视的目光。它瞪着我,并不因为我的窥视而退缩,那对闪闪发亮的小眼睛,似乎凝集了天地间的惊奇和智慧。它似乎准备发问,也准备告诉我远方的见闻。

我向它伸出手去,它却张开翅膀,飞得无影无踪。

为什么,它的目光使我怦然心动?

微风中的芦苇姿态优美,柔曼妩媚,向世界展示生命的万种风情。微风啊,你是生命的化妆品,你用轻柔透明的羽纱制作出不重复的美妙时装,在每一株芦苇身边舞蹈。你把梦和幻想抛撒在空中,青翠的芦叶和银白的芦花在你的舞蹈中羽化成蝴蝶和鸟,展翅飞上清澈的天空。

微风轻漾时,摇曳的芦苇像沉醉在冥想中的诗人。

在一场暴风雨中,我目睹了芦苇被摧毁的过程。也是风,此时完全是另外一副面容,温和文雅不知去向,取而代之的是疯狂和粗暴。撕裂的绿叶在狂风中飞旋,折断的苇秆在泥泞中颤抖……这是一场实力悬殊的战争,是强大的入侵者对无助弱者的蹂躏和屠杀。

　　暴风雨过去后,世界像以前一样平静。狂风又变成了微风,踱着悠闲的慢步徐徐而来。然而被摧毁的芦苇再也无法以优美的姿态迎接微风。微风啊,你是代表离去的暴风雨来检阅它的威力和战果,还是出于愧疚和怜悯,来安抚受伤的生命?

　　芦苇无语。倒伏在地的苇秆上,伸出尚存的绿叶,微风吹动它们,它们变成了手掌,无力地摇动着,仿佛在表示抗议,又像是为了拒绝。

　　可怜的芦苇!它们倒在地上,在微风中舔着伤口,心里绝不会有报仇的念头。生而为芦苇,永不可能成为复仇者。只能逆来顺受地活下去,用奇迹般的再生证明生命的坚忍和顽强。

　　而风,来去无踪,美化着生命,也毁灭着生命。在有人赞美它的时候,也有人在诅咒它们。

　　无须从哲人的词典里选取闪光的词汇为自己壮胆。活在这世上,每一个人都具备了做一个哲人的条件。你在生活的路上挣扎着,你在为生存而搏斗,你在爱,你在恨,你在寻求,你在追求一个目标,你在为你的存在而思索,为你的行动而斟酌,你就可能是一个哲人。不要说你不具备哲人的智慧和深沉,即便你木讷少言,你也可能口吐莲花。

　　行者,必有停留之时。在哪一点上停下来其实并不重要。要紧的是停下来之前走了多少路,走到了什么地方,看见了一些什么。

　　将生命停止在风景美妙的一点上,当然有意思。即便是停止在幽暗之处,停止在人迹罕至的场所,停止在荒凉的原野,也不必遗憾。只要生命能成为一个坐标,为世人提供一点故事,指点一段迷津,你就不会愧对曾经关注你的那些目光。

　　我仰望天空,我知道上苍在俯视我。我头顶的宇宙就是上帝,我无法了解和抵达的一切,都凝聚在上帝的目光中,这目光深邃博大,能包容世间万物。

　　我想,唯一无法被上帝探知的,是我的内心。你知道我在想什么,我在憧憬什么,我在期待什么?上帝,你不知道,我也不会告诉你。如果你以为你已洞察一切,那么你就错了。

　　是的,对于我的内心来说,我自己就是上帝。

1999 年仲夏—2000 年初秋于四步斋

异乡的天籁

夜晚,在离开上海数万里外的南太平洋之岸,看半个残缺的月亮从海面上静静升起。天空是深蓝色的,而天空下面的海水,是墨一般的漆黑,星光和月色洒落在海面上,泛起星星点点的晶莹。远方有一条白色的细线,在黑黢黢的水天之间扭动,这是海上卷起的潮峰,它们集聚了大自然神秘的力量,正缓缓地向岸边涌来。风中,传来隐隐的涛声。一只白色的鸥鸟从我身边飞过,像一道闪电,倏忽消失在黑暗之中。

这是澳大利亚维多利亚州一个名叫凯尔斯的海边小镇。这个小镇,离繁华的墨尔本二百多公里,在地图上未必能找到,镇上只有几家小店和旅馆闪着灯火。离开小镇,穿越一片草坪就是海滩。我一个人站在海滩上,站在星空下,站在望不到边际的夜色里,沉浸于奇妙的遐想。和我一起伫立于海边的,是一棵古老的柏树。斑驳的树皮,曲折的枝干,树冠犹如怒发冲冠,月光把古柏巨大的阴影投在海滩上,如同印象派画家异想天开的巨幅作品。这样的古柏,在中国大多生长在深山古庙,想不到在异域海岸上也能遇到这样一棵古树,这是奇妙的遭遇。树荫中传出不知名的夜鸟的鸣啼,低回婉转,带着几分凄凉。

古树,残月,孤鸦,星光荡漾的海,这样的景象,神秘而陌生,却似曾相识。它们使我联想起唐诗宋词中的一些情境,但又不雷同。这是我以前从未看到过的风景。我就着月光看腕上的手表,是夜里九点。此时,中国是傍晚七点,在我的故乡上海,正是华灯初上的时刻,淮海路上涌动着彩色人流,南京路上回荡着喧闹人声,灯光勾勒出外滩和浦东高楼起伏的轮廓……而这里,完全是另外一种景象。久居都市,被人间的繁华和热闹包围着,很多人已经失去了抬头看看星空的欲望,也忘记了天籁究竟是怎么一回事。此刻,大自然正沉着地向我展示着它本来的面目。

能够沉醉在大自然幽邃阔大的怀抱中,是一种幸运。在天地之间,在浩瀚的海边,我只是一粒微尘,只是这个小镇、这片海滩上的匆匆过客。然而这样的夜晚、这样的情境,却会烙进我的记忆。

在澳洲,很多天然的景象使我陶醉,也使我心灵受到震撼。旅行途中一些不经意间看到的景色,让人难以忘怀。一位澳洲作家曾经这样提醒我:"在澳洲,请你多留意这里的海洋。"在飞机上,我曾经观察过澳洲的海岸线,这里有世界上最曲折逶迤的海岸,海岸边有平缓的沙滩,也有峻峭的岩壁。在阳光下,金黄的沙滩映衬着蓝得发黑的海水,海滩的金黄是天底下最辉煌的颜色,而海水的蓝色则是世界上最深沉的颜色,这样鲜明强烈的对比,在任何一个画家的笔下都没有出现过。我也一次又一次走到海边,看海浪在礁石上飞溅起漫天雪浪,听涛声在天地间轰鸣。面对着激情四溢的海洋,我却感受到一种无法言传的宁静。也有平静的海湾,海水平静得像一块蓝色水晶,白色的游艇在海面滑动,悠然如天上的白云。凝望着平静的海洋,我却想起了风暴中的海,想起了我曾经在文学作品中读到过的最汹涌激荡的海。海的运动,遵循的是自然永恒的法则,没有人能改变它。这是地球上最神秘的力量。在悉尼的邦迪海滩,我看到了海洋永无休止的运动。不管气候是晴朗还是阴晦,不管是有风还是无风,在这片海滩上永远能看到滔天巨浪。潮头如崩溃的雪山,成群结队呼啸而来,前面的刚刚在海滩上溃散,后面的又轰然而起。冲浪者在潮峰上滑翔,展现着人的勇敢和灵巧。如果把大海的运动比作一部壮阔的交响曲,人在其中的活动只是几个轻巧的音符。

在澳洲的海边旅行时,我也常常被突然出现在眼帘中的大树吸引。很多树我都无法叫出它们的名字,它们千姿百态地站在海边,眺望着波涛起伏的海洋,也向过路人展示着生命的魅力。这些大树的形状没有一棵是雷同的,也没有一棵是丑陋的,无论怎样生长,无论是粗壮的还是清瘦的,高大的还是低矮的,所有的树都显得生机勃勃,树上的每一根树枝都像自由的手臂在空中挥舞,在拥抱清新的阳光和海风。即便是那些枯死的老树,我依然能在虬结的树干和峥嵘的枝杈上感受到生命的力量,能从中想象它们当年的茂盛风华。澳洲的树木中,最常见的是桉树,它们有的独立在草原中,有的成片成林,白色的树干在绿叶中闪烁着光芒。在国内,我也看到过不少桉树,印象中它们都清清瘦瘦,像苗条的少女。而澳洲的桉树却完全不一样。在离菲利浦湾不远的公路边,我见过一棵巨大的桉树,树干直径将近两米,四五个人无法将它合抱。树冠覆盖的土地超过一亩,几十个人站在这棵巨大的桉树下,只占据了树荫的一小部分。我曾经走进一片幽深的桉树林,因为树和树挨得太近,白色的树干互相缠绕着,密集的树叶遮住了天光,空气中弥漫着桉树叶的清香。在树上,能看到考拉,也就是树袋熊,这是澳洲人最喜欢的动物。它们悠闲地坐在树杈上,不慌不忙地嚼着桉树叶,并不理会生人的来访。

海边的牧场也是悦目的景观,草原的起伏形成了大地上最柔和的线条,而在草地上吃草的羊群和牛群,仿佛是静止不动地被贴在绿色屏幕上。如果海上有风吹过来,吃草的牛羊应该能听到浪涛拍击海岸的声音,应该能听到树林在风中的低语。但这些草原上的生灵,大概早已习惯了身边的那种安宁,它们已经没有了奔跑的念头。只有野生的袋鼠,箭一般出没在灌木丛中。

一天黄昏,我离开海边一个著名的景点,在暮色中坐车回墨尔本。公路穿越一片丘陵时,车窗外出现了我从未见过的奇妙景象:西方的地平线上,残阳颤动,晚霞如血;东方的天边,金黄的月亮正在上升。道路两边,是广袤无边的草原,羊群、牛群和马群仍站在那里吃草,它们沉静地伫立在自己的位置上,在夕阳和月光的照耀下,入定一般贴在墨绿色的草地上,天色的昏暗丝毫没有引起它们的不安。这是一幅色彩深沉、意境优美的画,一幅世界上最平和幽静的油画。

2001年5月4日记于墨尔本,6月7日写于上海四步斋

当我看着你时

　　毕加索是在世界美术史上创造了很多奇迹的人。他留在世界上的作品成千上万,其数量也许没有任何画家能比。他一生都在创造新的画风,如此大胆探索,求新求变,可谓前无古人,后乏来者。毕加索是世界上第一个生前就有作品被卢浮宫收藏的画家。

　　在埃尔米塔什,毕加索的画也有数十幅之多。如果看了中世纪以来的欧洲油画,再看毕加索的作品,确实会感到这些画是来自两个完全不同的世界,出自两个完全不同的时代。古老的写实传统,在毕加索的油画中碎裂了、颠覆了,荒唐怪诞的形象和画面,折射出画家心里的奇思幻想和动荡不安。毕加索的作品常常使人惊愕,使人不知所措。喜欢毕加索的画,曾经是一种时髦。面对他的画,尽管很多人为之困惑,但谁愿意做《皇帝的新衣》中那个说"什么也没穿"的孩子呢?

　　谁也不会否认毕加索的伟大,不会否认他的生机勃勃的创造能力。但我相信不会所有的人都喜欢他的画。毕加索那些变形的人像,把美女画得面目狰狞、五官不齐,画成非人非鬼的怪物,这当然是画家惊世骇俗的创新,但要说这样的创新令人赏心悦目,那就是假话了。我看过毕加索为自己的第一任妻子画的一幅画,那是俄罗斯芭蕾舞演员奥尔加,她身着一袭黑色长裙,拿着一把扇子坐在沙发上,眼神中含情脉脉,是一个绝色美女。那画的名字是《坐在沙发上的奥尔加》。那时,毕加索早已开始他的创新,但他画的奥尔加完全是自然主义的写实,画布上的奥尔加和生活中的本人一样美貌动人。我想,如果把奥尔加画成面目狰狞的怪物,那位美丽的俄罗斯女人一定不会高兴。在埃尔米塔什收藏的毕加索作品中,也有几幅用传统手法创作的,譬如画于1902年的《索列尔像》和《幽会》,那是很写实的画,表现了高超的写实能力和传统绘画的扎实基础。画这两幅画时,毕加索才二十一岁,还没有成大名,也没有形成自己独特的画风。画中的索列尔先生不知何许人,从他的眼睛中流露出的忧郁和期待,使观者面对着他陷入沉思,而画面上那近乎黑色的背景,营造出深邃神秘的气氛。索列尔先生面前的桌子上放着两只杯子,一只咖啡杯,一只玻璃茶杯,这两只杯子值得注意,它们的描绘方式和传统的绘画不同,寥寥数笔,也不注重形体的精确,却画得很生动。这和整幅画似乎不协调,但此画却因此而显得特别。再看《幽会》,也是很传统的笔触。两个身披长袍的女人,在一个幽暗的所在相会,两人触额相依,似在低声倾诉别情。有人称这幅画为《两姐妹》,大概是为了避免引起歧义,免得让人联想起同性恋。画中的两个女人身体的比例很准确,没有什么变形和夸张,但有一个细节引起我的注意:画面右侧的那个人物,放在胸前的右手出奇的小,小得不成比例。这非常奇怪。一幅写实的画,出现这样的比例失准,似乎不合常理。以毕加索的写实功夫,不应该出这样的差错。这难道是他的故意所为?如果是米开朗基罗和达·芬奇的画中出现这样的比例失调,那必定会被认为是败笔,而在毕加索笔下,这却是正常的。因为,和他后来的变形相比,这只小手实在算不了什么。也许没有人考证过毕加索为什么把这只手画得如此之小,而且永远也无法考证。但他的画中人物日趋变形却人人都能看见。在埃尔米塔什所藏的毕加索作品中,有一幅题为《友谊》的画,画面是两个依偎在一起的女人,那是变了形的人体,但还能分辨出人的脸,脸上也还有具体的表情。这表情,使我联想起《两姐妹》。我觉得这是两幅内容和意境相近的画,但《友谊》和《两姐妹》在风格上已经大相径庭。再看他中年以后的画,譬如著名的《哭泣的女人》《斜倚的女人在阅读》《茶女》等,人物的五官已经在脸盘内外随意跳跃,身体的器官则自由不羁地在画面上到处飞舞,被肢解的人和鬼魅、怪物之间没有了界限。画家如此表现女性,实在有点残酷。这些躁动不安的画,和沉静的《两姐妹》相比较,真有天壤之别了。在画家来说,这是变革,是超越,是对艺术奥秘的探索;对观者来说,则是窥见了一个幻想者荒诞不经的梦境。有这样一个故事:在意大利,毕加索曾为俄罗斯作曲家斯特拉文斯基画过一幅肖像。作曲家离开意大利时,边防军人查他的行李,扣下了毕加索的画,因为他们认为这不是肖像,而是一幅地图。斯特拉文斯基百般解说也没有用,最后只得将画送回罗马,后来通过外交官的外交信袋将画带给了他。军人把毕加索的人像画看成地图,当然是一个笑话,但由此可见这样的画和传统的肖像有多大的差别。

在埃尔米塔什,有一幅毕加索的画题为《持扇的女人》,画于1908年,画面上一个半裸的女人,手持一把折扇,坐在沙发上低头沉思。此画的风格已不是传统的写实,人体虽没有大变形,但笔触和古典的油画完全不一样了,女人的身躯、肢干和脸部表情都被抽象成几何形体,色彩浓烈,引人注目,这也属于毕加索的立体主义的实践。当时,已经有人称毕加索为"疯子",但有意思的是,那些把毕加索称为"疯子"的人,却愿意出巨款收购他的画。看《持扇的女人》时,我很自然地想起了毕加索为奥尔加画的肖像。《坐在沙发上的奥尔加》画于1917年,比《持扇的女人》晚了十年。以我所见,为奥尔加所作的几幅画,是毕加索留存世间的最为写实的一批画。而奥尔加坐到他的画室里时,他已在变形的道上走了十多年,他的立体主义正向着巅峰发展,作品中已很少出现传统的写实笔墨。但他却为奥尔加的肖像选择了一种古典的风格,这件事情很值得玩味。奥尔加是毕加索的妻子,他曾经为她画过很多肖像,没有一幅是用立体主义的手法完成的。我读过毕加索的传记,传记中说奥尔加不懂艺术,一定要毕加索用古典的绘画方式为她画像,而毕加索则对她言听计从。毕加索是一个固执孤傲的人,不会轻易就范于别人的指点,即便是沉溺在恋爱中时,他也不会放弃对艺术的执着追求。他的一生,是不断恋爱的一生,谁也无法统计曾有多少女人进入他的情感生活和性生活。而与此同时,他也在不断地更新自己的绘画面貌。如此耐心地用自然主义的手法画肖像,在毕加索实在是难得。其实,不仅是奥尔加,毕加索在画他所爱恋或敬重的人时,总是避开立体主义,停止他创新求异的步履。譬如他的母亲、他的几个好友,在他的笔下都是自然的形态。那么,在毕加索的心里,到底什么是真正的美,这也许是一个秘密。但很显然,在创作手段上求新求异的结果,未必是达到了艺术家理想的美妙境地。我相信,那些面目狰狞、肢体错乱的绘画,很可能是激情和仇恨交织的产物,而柔情和浪漫的糅合,应该产生令人身心愉悦的效果。

"当我看着你时,已经再也看不到你。"当年,毕加索谈他的人像画时曾经这样说过。这是一句充满玄机、似是而非的话。我想,这句话中,第一个"你",是画中人,而第二个"你",应该是被描绘的对象。如果是这样,那很符合毕加索作品的欣赏逻辑。

1911年,美术评论家米多顿·墨利写了一篇关于毕加索的文章,发表在伦敦《新时代》杂志上,文中有这样的话:"我极为坦率地表示决不假装理解或是赏识毕加索。我对他敬畏有加……我站立一旁,深感懂得太多而不敢妄加责难;同时又感到懂得太少而不敢随意赞美。因为假如不是说空话,赞美是需要理解的。"墨利的这段话,大半个世纪以来一直引起很多人的共鸣,因为不是所有人都是无原则地追求时髦、盲目地追新求异,不是所有人都会去赞美自己并不理解的东西。记得在八十年代中期,曾经有一个颇具规模的毕加索画展在上海展出,面对着毕加索那些立体主义的油画,人们的目光中有惊叹,也有困惑。而我脑子里回旋着墨利的那段评论,我觉得他说出了我的感受。

　　有人说,毕加索是命中注定要成功的画家,不管他怎样玩花样,伴随着他的总是荣誉和成功。在浏览毕加索生前的成功时,我很自然地想起了梵·高。梵·高和毕加索一样勤奋,一生都在创造、在探索,但他活着的时候却和成功没有一点缘分,和他做伴的只有孤寂、落寞和贫困。命运对于不同的艺术家,竟会是如此不公平。

2001 年 10 月 23 日于四步斋

失路入烟村

中国的现代作家,能称得上书法家的,首推鲁迅先生,他的书法风格厚重高古,有魏晋之风。茅盾先生的字也独具风格,他的书法清秀峻拔,发展了宋徽宗的"瘦金体"。除了这两位,还有郭沫若、沈从文和台静农等人。郭沫若是才子,他的书法从前备受推崇,地位极高,他写得也多,到处可以看见他的题词墨迹。但看得眼熟了,觉得"郭体"似乎没有鲁迅书法苍老的风骨,也少一点茅盾书法的峻秀,所以也有人说他的字盛名难副。沈从文曾经像隐士一样被很多人忘记,解放后他几乎不再写文学作品,但字却越写越好。他没有把自己看成书法家,只是喜欢用毛笔写字。他常常在一些古旧的宣纸上抄古诗,自得其乐。现在很多人都知道了沈从文的书法,他的字文雅内敛,不张狂,不浮躁,一如这位文学大师的为人。

我是从老诗人曹辛之那里了解沈从文书法的。曹辛之是沈从文的好友,七十年代初,他们两家住得不远,常常来往。沈从文新写了字总喜欢拿到曹辛之家里给他看,也常把自己写得满意的字送给曹辛之。沈从文去世后,曹辛之发现自己竟有了数十张沈从文的字。曹辛之是中国书籍装帧界的泰斗,也是很有造诣的书画家,他曾亲手把沈从文写在一批清宫御用彩色蜡笺上的章草裱成长卷。听说我喜欢沈从文的字,他把那个长卷借给我带回上海,让我欣赏了大半年。第二年我去北京把沈从文的书法长卷还给曹辛之时,他欣然一笑,说:"我以为你不想还我了呢！"说罢，拿出家里所有的沈从文书法，让我仔细欣赏，并且一定要我从中挑选一幅。曹辛之认为沈从文的大字草书写得好，而我却更喜欢沈从文写的章草小字。我选了沈从文用小字抄录李商隐诗歌的一幅作品。这是十多年前的事情了，曹辛之先生也已经作古多年。看到那幅沈从文的书法，使我常常怀念这两位值得尊敬的文坛前辈。

　　现在，我的书房里挂着两幅书法，一幅是书法家周慧珺写的老子《道德经》片断，另一幅便是沈从文抄录的《玉谿生诗》。沈从文的书法就挂在我的书桌上方的墙上，从电脑的屏幕上抬起头来，视线便落在沈从文的字上。那是一张一米多长的横批，写的是每字两厘米见方的小字，抄了李商隐长长短短共八首诗，有五绝七绝，更多的是五言古诗。八首诗，加上边款，有五百余字。因为就在眼前天天看见，所以便看得格外仔细。沈从文抄李商隐的这些诗是在1976年春天，他在署名和边款上这样写："试一手《千金帖》千字文法，书李商隐诗，笔呆求宕，反拘束书法内，不能达诗中佳处，只是当不俗气而已。沈从文习字。时七六年春寒未解冻日。"八首诗多选自《玉谿生诗选》，它们是《赠宇文中丞》《晓起》《杏花》《灯》《清河》《袜》《追代卢家人嘲堂内》《代应》。我查阅了《玉谿生诗选》，八首诗是无序地从诗集中选录的。这些诗，都不是李商隐的名作，沈从文选这些诗抄录，是否有什么含义在其中呢？

　　第一首七绝《赠宇文中丞》："欲构中天正急材，自缘烟水恋平台。人间只有稽延祖，最望山公启事来。"这首诗耐人寻味。1976年春天，"文革"尚未结束，那是"春寒未解冻之日"。沈从文的日子并不好过，他们夫妇和女儿蜗居在小羊宜宾胡同的一间小屋里，大小便还要走到街上的公共厕所里去。小小的房间里只有一张桌子，一家人吃饭、工作都要用这张桌子，沈从文要写字，必须等桌子空闲之后。就是在这样简陋的环境里，沈从文完成了巨著《中国古代服饰研究》的编著。抄写"最望山公启事来"这类诗句时,生活在窘迫艰辛中的沈从文似乎有所期盼。第二首《晓起》:"拟杯当晓起,呵镜可微寒。隔箔山樱熟,骞帷挂烛残。昼长为报晓,梦好更寻难。影响输双蝶,偏过旧畹兰。"李商隐在诗中描绘的情景,是否使沈从文联想起自己在动乱年代的生活?而第四首《灯》,也颇符合沈从文当时的生态和心态:"皎洁终无倦,煎熬亦自求。花时随酒远,雨夜背窗休。冷暗黄茅驿,喧明紫桂楼。锦囊名画掩,玉局败棋收。何处无佳梦,谁人不隐忧。影随帘押转,光信簟纹流。客自胜番岳,侬今定莫愁。固应留半焰,回照下帷羞。"这样的意境,使我联想起沈从文后半世的生活情状和人生追求。处浑浊而洁身自好,难免经受种种煎熬,在孤寂中如果能变成一盏幽灯,即便只剩下半簇火焰,也能烛照一方,驱散周围的黑暗。对一个坚守着理想的文人来说,有什么比喻能比一盏皎洁的幽灯更妥帖呢?第三首《杏花》:"上国昔相值,亭亭如欲言。异乡今暂赏,脉脉岂无恩?援少风多力,墙高月有痕。为含无限意,遂到不胜繁。仙子玉京路,主人金谷园。几时辞碧落,谁伴过黄昏?镜拂铅华腻,炉藏桂烬温。终应催竹叶,先拟咏桃根。莫学啼成血,从教梦寄魂。吴王采香径,失路入烟村。"在李商隐的诗歌中,这样的作品并不算出色。使我难忘的是最后那两句,吴王采花,迷失在花团锦簇的园林中,虽是迷路,却迷得有诗意。这也让人很自然地想起沈从文的下半生,他放弃了心爱的文学,把才华和精力投入到对古代服饰的研究上,当然,还有书法上。说是"失路",其实是找到了一条充满智慧和情趣的通幽之径。第五首《清河》:"舟小回仍数,楼危凭亦频。燕来从及社,蝶舞太侵晨。绛雪除烦后,霜梅取味新。年华无一事,只是自伤春。"第六首《袜》:"尝闻宓妃袜,渡红欲生尘。好借嫦娥著,清秋踏月轮。"第七首《追代卢家人嘲堂内》:"道却横波字,人前莫漫羞。只应同楚水,长短入淮流。"第八首《代应》:"本来银汉是红墙,隔得卢家白玉堂。谁与王昌报消息,尽知三十六鸳鸯。"这几首诗也许是无意识的选择,诗中的只字片言可能引起了沈从文的共鸣,使他触景伤情,顾影自怜,或是回忆起一段往事或是念及某位友人。我知道,这其实是无法妄加揣测的,任何联想都只能是一厢情愿的猜测而已。不过,可以感觉的是,这些诗的意境,大多带着几分惆怅,带着几许失落,带着几丝隐忧,也蕴含着一些朦胧的期待。李商隐当年写这些诗时,不会是无忧无虑,更不会志得意满。这样的意境,引起身处逆境的沈从文的共鸣,实在是很自然的事情。

不过,看沈从文的这幅字,更多时候使我感受到的,是中国文字的优雅和奇妙。我常常想象沈从文当年写这幅字时的情景,在那间狭窄的小屋里,他俯身于那张兼作餐桌的旧桌子,挥舞饱蘸浓墨的毛笔,在宣纸上写出一行行娟秀清丽的字。而窗外,北京春日的沙尘暴正在呼啸肆虐,沉浸在笔墨之乐中的沈先生大概是浑然不知的吧。

前几年,我去新加坡参加国际作家节,遇见来自美国的白先勇,我们谈起了沈从文。白先勇认为沈从文是一个真正的智者,能够走过那么动荡多变的险恶岁月,却保持着一个知识分子的独立和尊严,在中国的文人中有几个人能做到这样?我说到沈从文的书法时,白先勇很兴奋,他认为中国作家中沈从文的字写得最好。1980年秋天沈从文去美国讲学时,在加州大学圣巴巴拉校区教书的白先勇接待了他,两人谈得很投机。临走时,沈从文为白先勇书写了四张大条幅,内容是诸葛亮的《前出师表》。白先勇告诉我,自那以后,沈从文写的四屏条一直挂在他的客厅里,成为他家里最引人注目、也最令人神往的风景。在白先勇后来赠我的一套自选集中,我看到了他坐在那四屏条前拍的一张照片。果然,那几幅字写得洒脱奔放,自由不羁,和我在曹辛之先生家里见到的那些字大不相同。沈从文写《前出师表》,是在抄录我书房里那幅《玉谿生诗》的四年之后,对一个七十八岁的人来说,也许是"老夫聊发少年狂"了。我想,这应该是沈从文当时心情的自然流露。

2002 年 4 月 19 日于四步斋

绣眼和芙蓉

曾经养过两只鸟,一只绣眼,一只芙蓉。

绣眼体形很小,通体翠绿的羽毛,嫩黄的胸脯,红色的小嘴,黑色的眼睛被一圈白色包围着,像戴着一副秀气的眼镜,绣眼之名便由此而得。它的动作极其灵敏,虽在小小的笼子里,上下飞跃时快如闪电。它的鸣叫声并不大,但却奇特,就像从树林中远远传来群鸟的齐鸣,回旋起伏,变化万端,妙不可言。绣眼是中国江南的鸣鸟,据说无法人工哺育,一般都是从野地捕来笼养。它们无奈地进入人类的鸟笼,是真正的囚徒。它的动听的鸣叫,也许是对自由的呼唤吧。

那只芙蓉是橘黄色的,毛色很鲜艳,头顶隆起一簇红色的绒毛,黑眼睛,黄嘴,黄爪,模样很清秀。据说它的故乡是德国,养在中国人的竹笼中,它们已经习惯。芙蓉的鸣叫婉转多变,如银铃在风中颤动,也如美声女高音,清泠百啭。晴朗的早晨,它的鸣唱就像一丝丝一缕缕阳光在空气中飘动。芙蓉比绣眼温顺得多,有时笼子放在家里,忘记了关笼门,它会跳出来,在屋里溜达一圈,最后竟又回到了笼子里。自由,对于它来说似乎已经没有多少吸引力。

两只鸟笼并排挂在阳台上。绣眼和芙蓉相互能看见,却无法站在一起。它们用不同的鸣叫打着招呼,两种声音,韵律不同,调门也不一样,很难融合成一体,只能各唱各的曲调。它们似乎达成了默契,一只鸣唱时,另一只便静静地站在那里倾听。

据说世上的鸣鸟都有极强的模仿能力,这两只鸟天天听着和自己的歌声不一样的鸣唱,结果会怎么样呢?开始几个月,没有什么异样,绣眼和芙蓉每天都唱着自己的歌,有时它们也合唱,只是无法协调成两重奏。半年之后,绣眼开始褪毛,它的鸣唱也戛然而止。那些日子,阳台上只剩下芙蓉独唱时的飘旋起伏。有一天,我突然发现,芙蓉的叫声似乎有了变化,它一改从前那种清亮高亢的音调,声音变得轻幽飘忽起来,那旋律,分明有点像绣眼的鸣啼。莫非是芙蓉模仿绣眼的歌声来引导它重新开口?然而褪毛的绣眼不为所动,依然保持着沉默。于是芙蓉锲而不舍地独自鸣唱着,而且叫得越来越像绣眼的声音。绣眼不仅停止了鸣叫,也停止了那闪电般的上下飞跃,只是瞪大了眼睛默默聆听芙蓉的歌唱,仿佛在回忆,在思考。它是在回想自己的歌声,还是在回忆那遥远的自由日子?

想不到,先获得自由的竟是芙蓉。一天,妻子在为芙蓉加食后忘记了关笼门,发现时已在一个多小时以后,那笼子已经空了。妻子下楼找遍了楼下的花坛,不见芙蓉的踪影。在鸟笼里长大的它,连飞翔的能力都没有,它大概是无法在野外生存的。

没有了芙蓉,绣眼显得更孤单了,它依然在笼中一声不吭。面对着挂在对面的那只空笼子,它常常一动不动地伫立在横杆上,似乎是在思念消失了踪影的老朋友。

一天下午,我从外面回来,妻子兴冲冲地对我说:"快,你快到阳台上去看看!"还没有走近阳台,已经听见外面传来很热闹的鸟叫声。那是绣眼的鸣唱,但比它原先的叫声要响亮得多,也丰富得多。我感到惊奇,绣眼重新开口,竟会有如此大的变化。走近阳台一看,我几乎不相信自己的眼睛:鸟笼内外,有两只绣眼。鸟笼里的绣眼在飞舞鸣叫,鸟笼外,也有一只绣眼,围着鸟笼飞舞,不时停落在鸟笼上。那只自由的野绣眼,翠绿色的羽毛要鲜亮得多,相比之下，笼里的绣眼显得黯淡，不过此刻它一改前些日子的颓丧，变得异常活泼。两只绣眼，面对面上下飞窜，鸣叫声激动而急切，仿佛在哀哀地互相倾诉，在快乐地互相询问。妻子告诉我，那只野绣眼上午就飞来了，在鸟笼外已盘桓了大半日，一直不肯飞走。而笼里的绣眼，在那野绣眼飞来不久就开始重新鸣叫。笼里笼外的两只绣眼，边唱边舞，亲密无间地分食着食缸里的小米，兴奋了大半天。

　　那两只绣眼此刻的情状，使我生动地体会到"欢呼雀跃"是怎样一种景象。妻子建议把笼门打开，她说那野绣眼说不定会自动进笼，这样我们可以把它养在芙蓉待过的空笼子里。有一对绣眼，可以热闹一些了。可我不忍心打断两只绣眼如此美妙的交流。我不知道，在我伸出手去开鸟笼门时，会出现怎样的局面。是野绣眼进笼，还是笼里的绣眼飞走？我想了一下，无论出现哪种结局，都值得一试。于是我小心翼翼地伸出手去，但还没有碰到鸟笼，就惊飞了笼外那只野绣眼。我打开笼门，再退回到屋里。笼里那只绣眼对着打开的笼门凝视了片刻，一蹦两跳，就飞出了鸟笼。它在阳台的铁栏杆上站了几秒钟，然后拍拍翅膀，飞向楼下的花坛，转眼就消失得无影无踪。

　　从远处的绿荫中，隐隐约约传来欢快的鸟鸣。

2002年9月3日于四步斋

童年的河

童年的记忆,隐藏在脑海的最深层。一个老人,到了弥留之际,出现在眼前的也许还是童年的往事、童年的朋友。

童年的经历,会影响一个人的性格。在形成性格的过程中,童年的一些特殊经历潜移默化地起着作用。想一想童年的往事吧,它们曾经怎样有声有色地丰富过你幼小的生命,滋润过你稚嫩的感情。

有一条河流,陪伴着我的童年。这条河的名字是苏州河,它在江南的土地上蜿蜒流淌,哺育了中国最大的城市。从前,它曾经叫吴淞江,上海人把它称作母亲河。

小时候,我的家离苏州河不远,我常常到苏州河桥上看风景。天上的云彩落到河里,随着水波的漾动斑斓如梦幻。最有趣的,当然是河里的木船了。我喜欢倚靠在苏州河的桥栏上看从桥洞里穿过的木船。一艘木船,往往就是一家人。摇船的,总是船上的女人和小孩。男人站在船边,手持一根长长的竹篙,不慌不忙点拨着河水。有时水流很急,木船穿过桥洞时,船上的人便有点忙碌。男人站在船头,奋力将竹篙点在桥墩上,改变着船行的方向。他们一面手忙脚乱地与河水搏斗,一面互相大声喊着,喊些什么我听不清楚,但那种紧张的气氛却让人难忘,我也由此认识到船民的艰辛。后来看到宋人画的《清明上河图》,图中也有木船过桥洞的画面,和我在苏州河桥上看到的景象很有几分相似。现在回想起来,我那时没有机会和船上的人说过一句话,只是远远地看着他们,想象着他们的生活。我常常把自己想象成一个生活在船上的孩子,船上有一条狗,温顺地蹲在我的脚边。我也和父母一起,奋力地摇橹,驾驭着木船在急流中穿过桥洞。

记忆中的苏州河常常有清澈的时候。涨潮时,河水并不太浑浊,黄中泛出一点淡绿,还能看到鱼儿在河里游动。那时苏州河里常常有孩子游泳。胆子大的从高高的水泥桥栏上跳到河里,胆子小一点的,沿着河岸的铁梯走到河里。孩子们在河里游泳的景象多么美妙,小小的脑袋在起伏的水面上浮动,像一些黑色的花朵,正在快乐地开放。他们常常放开喉咙喊叫,急促的声音带着一些惊奇,也带着一些紧张,在水面上跳动回旋。这是世界上最快乐的声音。我先是羡慕那些在河里游泳的孩子,他们游泳的姿态、他们在水面发出的欢声,令我很想成为他们中的一员。

有一天,在苏州河边上,我见到了可怕的景象。一个孩子,在河里淹死了,被人拉到岸上,躺在栏杆边的地上。这是一个瘦弱的孩子,上身赤裸,下身穿着一条破烂的裤衩。看样子,这孩子是在河里游泳溺水而死。他侧着身子躺在地上,脸色蜡黄。他曾经在河里快乐地游着,快乐地喊叫着,他曾经是我羡慕的对象。但是他小小的生命已经结束,在这条日夜流动着的活泼的苏州河水里,他走完了自己短短的人生之路。这是我第一次这么近距离地看一个死去的人,但是这溺水的孩子并没有使我对死亡和河流感到恐惧。几年后,我也常常跳进苏州河里游泳,在和流水的搏斗中体会生命的快乐。我从高高的桥头跳入河中,顺流畅游,一直游到苏州河和黄浦江交汇的水面。那时,同龄的孩子没有几个有这样的胆量,他们捧着我的衣服,在岸上跟着我,为我加油。在他们的眼里,我是一个勇敢的人。其实,在波浪汹涌地向我压过来时,我也曾产生过昔者莊周夢為蝴蝶栩栩然蝴蝶也不知周之夢為蝴蝶與蝴蝶之夢為周與莊周此夢乃人類文學作品中最奇妙夢境之一是人化為蝶亦是蝶化作人其中蘊藏的哲學玄奧和人生禪味兩千年來為人津津樂道

錄自舊作欲飛 甲午首月趙麗宏書

恐惧,也曾想起那个溺水而亡的少年,我在想:我会不会像他一样被淹死呢?不过这只是瞬间的念头,在清凉的河流中游泳的快乐胜过了死亡的恐惧。

我上的第一所小学就在苏州河边上。在我们上音乐课的顶层教室里,站在窗前能俯瞰苏州河的流水。学校的后门,就开在苏州河岸边。离学校后门不远的河岸边,有一个垃圾码头。说是码头,其实就是一个大铁皮翻斗,平时铁皮翻斗被天天从它身上滑下的垃圾磨得雪亮。这铁皮翻斗,使我想起古时城门前的吊桥。平时翻斗是升起的,运送垃圾时,翻斗放下,成为一个传送滑道,卡车上的垃圾直接从翻斗上滑到停泊在岸边的木船船舱中。这垃圾码头,也曾是我们的游戏场所。我们常常攀上铁皮翻斗,站在翻斗边沿,探出脑袋,俯视河水从翻斗下哗哗地流过。对于孩子们来说,这是很有冒险色彩的奇妙经历。

一天早晨,经过垃圾码头时,发现码头边围着很多人,而那个曾给我们带来快乐的吊桥,翻进了河里——系住翻斗的两根钢索断了一根。这是一场悲剧留下的痕迹。就在前一天傍晚,一群和我差不多大的孩子攀到翻斗上玩。他们正欢天喜地地在翻斗上蹦跳,系翻斗的钢绳突然断了,翻斗下坠,翻斗上的孩子全部都被倒进了苏州河。欢声笑语一下子变成了救命的呼喊。那时苏州河边人不多,是河上的船民赶过来救起了落水的孩子们。但是,死神已经守候在这座曾给孩子们带来欢乐的吊桥边上,据说淹死了好几个孩子。几天后,还看到孩子的父母在苏州河边哭泣。而那个肇事的铁皮翻斗,被铁栅栏围了起来。这场悲剧,似乎向人们预示着生活中的乐极生悲和人生的无常。苏州河依然如昔日一般流淌,但从此我们再不敢去垃圾码头玩。

苏州河边的邮政大楼顶上,有一组石头雕像。那是几个坐着的外国人像,站在地上看不见他们的表情,远远地看去,也只能看出个大概的轮廓,但他们优雅的身体姿态给我留下了深刻的印象。小时候在苏州河里游泳的时候,有一次躺在水面上仰望那些雕像,居然看清了雕像们的脸。那是一些神秘的表情,安静、悠闲。他们在天上俯瞰人间,目光中含着淡淡的期待,也隐藏着深深的哀怨。"文革"初期,那一组雕像不见了,据说是被人打碎了。那座有着绿色圆顶的大楼,从此就变得单调,抬头仰望时,常常有一种失落的感觉。

　　前几年,那个古老的绿色圆顶下面,又出现了一组雕像。是不是当年的那组雕像,我不知道,不过仰望他们时,再没有出现童年时看他们的那种感觉。

2003 年 1 月 14 日于四步斋

音乐散步

近来,每天晚上在延安路高架边的花园里散步。夜晚花园里少人,尤其是天寒之时,约会的恋人也不在这里停留。而散步,这里是好地方。沿着林中曲径疾步行走,踏遍了花园中的每一个角落,认识了路边的每一株花木,还有灌木丛中的一群野猫。行走时,尽管可以让思绪随夜风飞扬,但一圈一圈地走,总有些寂寞,于是想到让音乐做我的散步伴侣。方法很简单,带一台随身听,每次散步,听一盘 CD。踏进夜色迷蒙的花园,音乐就在耳畔响起。音乐是何等奇妙,它们永不重复,每次聆听,都会有变化,因为,听者的心情不一样,周围的环境也可能不同。它们时而激越,时而温柔,时而如涛声轰鸣,时而如微风和煦,时而如壮士的高声呐喊,时而如情人的委婉倾诉……

音乐伴我行走,身体和灵魂都被神奇的旋律笼罩,那是全身心的沉浸。

一

2003 年 4 月 6 日。晴。听巴赫的无伴奏大提琴组曲。演奏者是俄罗斯大提琴家罗斯特洛波维奇(Mstislav Rostropovich)。由 EMI 公司录制于 1995 年。一把大提琴,孤独地在黑暗中鸣响一个多小时,如同一个沉思者优美而饱含忧伤的吟唱,不时拨动我的心弦。对巴赫来说,写这样的曲子时,心情大概和写交响曲和协奏曲完全不一样。这是静夜里一个人的冥想。他想起了什么?是从小就困扰着他的那些百思而不得其解的疑问?是迷离飘忽而无望的爱情?是梦中听见远去的故人在低声叹息?是走出教堂后看见人间的炊烟在天上飘舞?是幽密山林中没有结果的追寻?是孤身一人在湖波中游泳,湖水冰凉,必须奋力击水,才能游向远方朦胧的湖岸?……他是否想起这些,我不知道,也许是,也许都不是。

罗斯特洛波维奇我见过一次,也听过他的一场演出,虽然过去好几年,至今记忆犹新,仿佛就在眼前。那晚他拉的是海顿和德沃夏克的大提琴协奏曲,站在他身旁指挥的是小泽征尔。拉完了节目单上的曲子,在无法停息的掌声中,他加演了巴赫的无伴奏大提琴曲,是这盘 CD 中的一段。此刻听他的琴声,眼前自然出现他拉琴的形象,出现他那双灵活的手,出现那把在四根弦上滑行蹦跳的弓……

走出花园时,抬头但见新月如钩,挂在晃动的树梢上,悬在灯火通明的大楼腰间。这是神秘而又奇妙的景象。

二

4 月 7 日,有薄云。昨天听大提琴,今天听小号。那是日本一家唱片公司翻录苏联的一张唱片,演奏者是俄罗斯天才的小号手多克谢特沙(Timofei Dokshitser),由莫斯科室内管弦乐团伴奏。两首小号协奏曲,都是降 E 大调小号协奏曲,一首是海顿的,另一首是胡梅尔的,是我熟悉的曲子,从前曾无数次听过。海顿的这首小号协奏曲,是小号曲中的经典之作,表达的是一种优雅平和的情绪,但也有激愤和忧郁掺杂其间,就像一个绅士漫步山林,本想保持着他的优雅风度,却被脚下的崎岖所扰,引出心中的愤懑。这是真实的人生和艺术家生涯的状态。穿着宫廷服装的海顿,其实心态和宫廷外的平头百姓一样。这曲子中,有婉转的倾吐,有低回的沉思,也有高亢的呼喊。大概世界上所有小号演奏家都吹过这曲子,我收藏的就有三种不同的版本。而胡梅尔的曲子,似乎更为开阔明朗,激情也更甚于海顿。胡梅尔和海顿是同时代人,都是十八世纪重要的作曲家。但胡梅尔生前身后的名声都远不如海顿,存世的作品也少得多。这两首小号协奏曲,创作的年代相隔不远,海顿在前(1796),胡梅尔在后(1803),但它们的命运却大相径庭。海顿的曲子自问世以后便被无数人演奏着,成为两个世纪以来最有名的小号协奏曲。而胡梅尔的这支协奏曲,却默默地在他的曲谱稿中沉睡了一百五十余年。1958年,美国小号演奏家阿曼多·奇塔拉(Armando Ghitala)首演了这支协奏曲,当时的反响,如同石破天惊,所有人都惊异,如此美妙的作品,为什么会沉寂这么久?我没有听过奇塔拉的演奏,他已经在两年前去世。我想,作为一个音乐家,他发现了胡梅尔的这部遗作,并向世人展现了它的非同凡响,就凭这一点,他就应该名垂千古。而在他的艺术生涯中,最重要的事件,就是首演胡梅尔的小号协奏曲。因为奇塔拉,这首曲子不胫而走,成为小号手们最喜欢的作品。它的旋律,也成为人类最熟悉的美妙旋律之一。也许,在古典作曲家写的小号曲中,这两首降E大调协奏曲是两座比肩的高峰。

我不知道用什么来形容多克谢特沙的演奏,他那把小号的音质,是其他小号手所没有的,他的风格,既有将军的狂野和锐气,也有文人的清灵和细腻。在他的号声中,仿佛有一伟汉顶天立地,昂然独立,俯瞰天下,正用他骄傲而独特的声音指点江山。那两首协奏曲有几段无伴奏的小号独白,飘忽在高音区的号声晶莹而圣洁,如一把钻石在阳光下飞撒而过……

今晚有雾,夜空中看不见星星,那一弯新月也显得朦胧不清。但听着多克谢特沙的小号,犹如看见一道道耀眼的剑光从眼前划过,劈碎了黑暗和云雾。

2003 年 4 月 6—7 日

在柏林散步

　　早晨醒得早,起身出门散步。沿着宾馆对面的花园无目的地行走。花园尽头,是一个十字路口,见一片被围起来的废墟,荒草丛生,似乎有点煞风景。回宾馆后听人介绍,才知这片废墟当年就是纳粹党卫军冲锋队总部,纳粹的头领带着他们的随从常常在这里进出。对生活在柏林的犹太人来说,这就是地狱之门。盟军和苏联红军攻打柏林时,这里当然是主要的轰炸目标,炸弹将这一片楼房夷为平地。二战结束后,被摧毁的柏林很快开始重建,德国人在废墟上重新建造起一座新的柏林,但纳粹冲锋队遗址却一直被废弃着。我想,这是一种姿态,也是一种警示。这样疯狂地镇压人民的武装机构,不应该再恢复。这废墟触目惊心地横陈在闹市中,也可以提醒人们这里曾发生过什么,提醒人们德国在二战中曾犯下的深重罪孽,提醒人们再不要重蹈覆辙。我很自然地想起二战后德国总理勃兰特访问波兰时的一幕,在被纳粹杀害的犹太人纪念碑前,他含着眼泪下跪。全世界都记住了德国总理的这个情不自禁的动作。一个敢于直面历史、勇于反思、记取教训的民族,是可以获得谅解并赢得尊敬的。同样在二十世纪对人类犯下战争罪孽的日本,他们的很多政客对历史的看法便大不一样。在日本,这样的姿态和提醒,似乎少见。

　　上午继续在城中漫步。离我们的宾馆不远,就是当年的柏林墙。隔离东西方的高墙早已倒塌,但遗迹还在。当年围墙的唯一通道，是一个壁垒森严的检查站，两面都有全副武装的军人把守。检查站的岗楼还在，楼边竖立着一块高大的广告牌。我们从东柏林一侧看，广告牌上是一个苏联军人的大照片。如从西柏林一侧看，则是一个美国军人的大照片，照片上的军人表情肃穆，目光中含着几分忧郁。那目光给人的联想是复杂的，它们折射出一段漫长的不堪回首的历史，它们和人为的分隔和敌对连在一起，和无谓的流血和死亡连在一起。柏林墙被推倒已经十多年了，在柏林城里，那道围墙的痕迹依然清晰地被留在地上，每个自由经过这里的人都可以看到地上那道用石头铺出的墙基。我们的汽车在当年的检查站旁边停下来，我发现，那里有一家商店，店门外的墙壁上，镶嵌着一块块柏林墙的残片，残片上是彩色的绘画局部，依稀可辨流泪的眼睛、扭曲的肢体，让人产生沉重的联想。

离柏林墙检查站不远，便是当年纳粹党卫军总部，那是一幢古希腊式的石头大厦，竟然没有被盟军的炸弹轰塌。大厦门口，有两尊石头雕像，雕的是谁已经无法辨认，当年的炮弹炸飞了雕像的上半身，我能见到的只是两个黑色的不规则残体。应该承认，这是一幢颇有气派的建筑，如果不是党卫军用来当总部，它应该也是柏林引以为自豪的建筑。然而它却成了凶暴残忍的象征。当然，建筑无辜，是入住此地的纳粹党徒们有罪。很显然，这也是没有被修复的一栋建筑，其用意，大概和我们宾馆对面的那片废墟是一样的吧。被岁月熏成黑黄色的墙面上，能看到累累弹痕，惊心动魄的历史，静静地凝固在这些沉默的弹痕里。

在纳粹党卫军总部对面，是古老的普鲁士议会大厦。这座大厦当年也曾毁于轰炸，但战后又修复如初。早就听说德国人修复被毁建筑的功夫惊人，在柏林，眼见为实了。普鲁士议会大厦前，有一座高大的青铜坐像，那人眉眼间颇觉熟悉，仔细一看，竟是歌德。青铜的歌德在这里大概也坐了一百多年了,街对面那座大厦里发生的事情,都曾活动在他的视野中。崇尚自由讴歌人性的歌德,目睹自己的国度发生如此荒唐野蛮的故事,该作何感想呢?

看到了著名的勃兰登堡门。当年,它属于东柏林。由于它紧贴柏林墙,一般人难以走近它。在很多人心目中,它已经和柏林墙连成一体,也是咫尺天涯的隔绝象征。柏林墙的墙基,很触目地横过勃兰登堡门前面的大街,每一个穿过街道的人都会看到它踩到它越过它,此刻,它只是地上的一道痕迹了。勃兰登堡门前的广场上,有不少游览拍照的人,阳光下,门顶上那组青铜雕塑闪闪发亮。柏林墙被推倒的那一天,欢庆的德国年轻人爬到了门顶上,雕塑的马腿和人像的手足都被扭歪了,事后费了很大的功夫才将它们修复。穿过勃兰登堡门往东,就是当年的东柏林,正对勃兰登堡门的是著名的菩提树大街。我们眼帘中那些方正高大的建筑,基本上都是二战后建造的,1945年前的老柏林,已经旧迹难寻了。

不过,在柏林还是到处能看到旧时建筑,少数是残存的,大部分是重修的,如那幢堪称巍峨的国会大厦。当年希特勒利用那场不知所终的国会大厦纵火案,清洗了德国共产党,国会大厦也因此名扬天下。在我的记忆中,与此有关的是苏联电影《攻克柏林》,有在这座大厦中殊死博杀的场面。两个苏联红军战士将胜利之旗插上大厦圆形穹顶的镜头,令人难以忘怀。其实,这幢大厦当年也被战火严重损伤,那个巨大的绿色圆顶,几乎整个被炮火掀去。战后,大厦被修复,但那个圆顶,却只留下镂空的骨架。这是战争的纪念,也可以让德国人睹物思史,反思那段耻辱的历史。在国会大厦前的草坪上散步时,发现很奇怪的现象:在这个宽阔的草坪上走动拍照的,竟然大多是中国人。如果不看周围的建筑,真让人误以为是回到了中国。

洪堡大学也在菩提树大街边。车经过时我走进校门看了一下。洪堡大学是世界著名的大学,许多了不起的文学家、哲学家和科学家曾就教或就读于此,其中有诗人海涅、哲学家黑格尔和费尔巴哈、科学家爱因斯坦,马克思和恩格斯也曾在这里读书。曾先后有三十多个诺贝尔奖金获得者在这里上学或任教。因为是星期天,静悄悄的校园里看不见人影。两棵高大的银杏树将金黄色的落叶撒了一地,落叶缤纷的草地上,有一尊大理石雕像,是一位沉思的老人,我不认识被雕者是谁。看了雕像上的文字,方知是诺贝尔文学奖获得者特奥多尔·蒙姆森(Theodor Mommsen),这是德国历史学家,曾在洪堡大学讲授古代史,也曾任该校校长。因为他的《罗马史》写得文采斐然,获得1902年的诺贝尔文学奖。此刻,这位睿智的老人独自沉思在他曾经工作过的校园里,凝视着遍地黄叶……

2003 年 11 月

时间断想

一

天地之间,只有一样东西永远无法阻挡,它就是时间。

时间迎面而来,无声无息。它和你擦身而过,不容你叹息,你希望抓住的现在就已成了过去。你纵有铜墙铁壁,纵有万马千军,纵有比珠穆朗玛峰更高的堤坝,纵有比太平洋更浩渺的阔海深渊,却不可能阻挡它一步,更不可能使它空中延缓半步。

转瞬之间,你正在经历的现实就变成了历史,变成了时间留在世界上的脚印。

二

我们所能见的一切,都凝集着过去的时间,都是时间的脚印。

前些日子,我在欧洲旅行。在庞贝,面对着千百年前覆灭于火山喷发的古城,我感慨在神秘的自然面前人类是多么脆弱渺小。庞贝的毁灭,只是瞬间的事件,火山轰然喷发,岩浆和火山灰埋葬了人间的繁华。当年的天崩地裂,已经听不见一丝回声。然而一切都还留在那里,石街廊坊,残垣断柱,颓败的宫殿,作坊和浴场,过去的千年岁月,都凝集在这些被雕琢过的石头中。而那些保持着临死时挣扎状的火山灰人体雕塑,似乎正在向后人描述时间的无情。

天边的火山是沉静的,当年的喷发已经改变了它的外形。即便是伟力无比的自然,在时间面前,也无可奈何地放弃了它的威仪。

时间把过去的一切,都凿刻成了雕塑。

三

在罗马,我走进有两千四百年历史的万神殿大厅,抬头看阳光从镂空的穹顶上洒下来,辐射在空旷的大殿里。两千多年来,阳光每天都以相同的方式照亮幽暗的厅堂,然而在相同的景象中,时间却一年又一年地流逝,使这座宏伟神殿从年轻逐渐走向古老。

在厅堂一角,埋葬着画家拉斐尔,在这个古老厅堂的居住者中,他显得如此年轻。而站在这样的古殿中,我觉得自己就像一个刚到这个世界的婴孩。

哲人的诗句可以将时间描绘成流水,而流水也有停滞的时候。时间更像是光,在黑暗中一闪而过。我的目光,和辐射在古殿里的阳光相交,和殿堂中古代雕塑神像们的目光相遇,我感觉时间在这样的交汇中似乎有了片刻的停留。这当然是幻想,过去的时间永不再回来。我们可以欣赏时间的雕塑,却无法和逝去的时间重逢。

四

还是回到中国,回到我的生活中来。时间如同空气,无时不在,无处不在,我们的世界永远是现在进行时。

正在进行的时间,也就是不断地和我们擦肩而过的时间,也许是最珍贵的,也是最有魅力的。它可以使梦想变成现实,也可以使现实变成梦想。

在我的周围,我每时每刻都听见时间有条不紊的脚步声。从正在修建的道路和桥梁上,从正在一层层升高的楼房里,从马路上少男少女活泼的身影中,从街心花园正在打太极拳的老人微笑的表情里,甚至从路边花草在阳光下舒展的枝叶间,我目睹着时间正在实施它改变世界的计划。

婴儿的啼哭,孩童的欢笑,情侣的拥吻,中年人鬓边的白发,老年人额头的皱纹,都是时间的旋律。幼芽的萌发,花蕾的绽放,落叶的飘动,早晨烂漫的云霞,黄昏迷人的夕照,都是时间的呼吸。

面对时间,有惊喜,也有无奈。成功者在时间的浪峰上喜庆时,失落无助的人正在时间的脚步声中叹息……

珍惜时间,就是爱生活,爱生命,爱人。

五

在迎接新春到来的时候,我遥想着未来。

最神奇、最不可捉摸的,应该是未来的时间。没有人能确切地描绘它的形态,但可以感觉它步步紧逼的态势。也许,只有未来的时间是可以被设计、可以被规划的。因为,我们可以对时间即将赐予的机会做一点准备,也就是对未来的生活做一点准备,准备对付可能来临的考验,准备迎接可能遭遇的挑战,准备为新的旅程铺路、搭桥、点灯……

有所期待的人生,总是美好的。

我想对未来的时间说:你来吧,我们等着!

六

　　此刻,新年的钟声已经随风悠悠飘来。我感觉到时间如风,吹来春天的气息。风声呼呼,是庆贺,是催促,是提醒。

　　时间在流逝,世界也在随之前进。我们每一个人,都在时间中前行。人类永远不可能长生不老,因为时间不会停留。但是我想,生命是可以延长的,只要我们不荒废从我们身边经过的每一年、每一月、每一天、每一分……

2003 年 12 月 30 日深夜于四步斋

昆曲之魅力

很多年前,读明人袁宏道的散文《虎丘》,其中有对昆曲的描绘,令人心驰神往。那是四百年前的情景了,在苏州虎丘,千人聚会,为的就是唱昆曲,听昆曲,赛昆曲。那时,昆曲不是象牙塔里的艺术,文人雅士迷恋,一般的老百姓也喜欢哼几句。昆曲爱好者在虎丘赛唱,犹如山民在山林间斗歌,开始时千百人相互应和,"布席之初,唱者千百,声如聚蚊",何等的气势。来自各地的昆曲爱好者争相吟唱,"分曹部署,竞以歌喉相斗,雅俗既陈,妍媸自别"。但是唱到后来,就只剩下了真正的行家。"未几而摇头顿足者,得数十人而已。"而袁宏道对那些行家演唱昆曲的描绘,实在是美妙绝伦:"一箫,一寸管,一人缓板而歌,竹肉相发,清声亮彻,听者魂销。"这样的昆曲比赛,一直持续到深夜。到最后,只剩下唱得最好的,千百人只听一人演唱:"一夫登场,四座屏息,音若细发,响彻云际,每度一字,几尽一刻,飞鸟为之徘徊,壮士听而下泪矣。"读到这里,我常常想,那唱到最后的"一夫",究竟唱的什么曲,为什么如此感人。在阔大的虎丘,千百人在月色下听一个人唱,万籁俱寂,鸦雀无声,只有目光里闪动着感动的微光,那是何等的美妙。遗憾的是不能回到四百年前去探究个明白。

昆曲被称为"百戏之祖""百戏之师",在中国盛行了二百多年,从明代万历一直到清代嘉庆。昆曲的兴盛,也推动了文学创作,中国文学史中那些戏剧名作,大多是为昆曲而作,譬如汤显祖的《牡丹亭》、洪昇的《长生殿》、孔尚任的《桃花扇》。袁宏道在《虎丘》一文中描述的盛况,正是昆曲鼎盛时期的生动写照。昆曲后来逐渐被京剧取代,历史上记载的"花雅之争",以"花"(京剧)盛"雅"(昆曲)衰告终,其中大概又有很多原因。一个重要的原因,是昆曲的宫廷化、小众化,虽高雅却脱离了大众。京剧是新生的剧种,传达了民间的声音,所以赢得了老百姓的欢迎,这和昆曲当年的兴盛同出一理。然而昆曲在和京剧的竞争中,也影响了京剧,京昆互相融合,出现了全新的气象。后人常将京剧和昆曲合称为"京昆"。从前的京剧界,如只能唱皮簧不能吟昆曲,那会是一种耻辱。而近代的京剧大师们没有一个轻视忽略过昆曲,如梅兰芳、程砚秋、周信芳、荀慧生,都精通昆曲,能演唱很多昆曲的名段,在昆曲的韵律中,他们的艺术得以升华。

　　昆曲已经有了六百年的历史,在中国戏曲舞台上的主角地位虽然被京剧取代,但生命力并没有消失。二百多年来,昆曲一直没有退出舞台,一代又一代昆曲传人们坚守着昆曲的舞台,竭尽全力演绎发展昆曲艺术,古老的昆曲薪火相传,如扎根岩缝的苍松,虽孤寂艰辛却枝干峥嵘,风姿不衰。我对昆曲的了解,是从电影开始的,那是二十世纪六十年代,先后看过几部拍昆曲的电影,一部是梅兰芳、俞振飞和言慧珠合演的《游园惊梦》,一部是俞振飞、言慧珠和梁谷音合演的《墙头马上》,还有就是使昆曲起死回生的《十五贯》。那时我还是少年,看电影只对情节感兴趣,昆曲演绎故事节奏缓慢,应当不合我的胃口,但那几位艺术大师的表演还是给我留下了极深的印象,那些悠扬曲折的音乐、古雅华丽的唱词,还有舞蹈般飘逸的身段动作,都使我难以忘怀。此曲只应中国有,这是最能表现中国古典美的艺术。二十世纪八十年代中期,我有机会看上海昆剧团演出《长生殿》《卖油郎独占花魁女》等传统昆剧,还看了一些著名的昆剧折子戏,如《游园惊梦》《拷红》。在喧嚣的

不見李生伴狂真
可哀世人皆欲殺吾意
獨憐才敏挂詩千首飄
零酒一樽匡山讀書處
頭白好歸來

杜甫詩不見
壬辰夏趙麓宏

前溪獨立後溪行
識朱衣自不驚借問
人間甚寂寞伯牙
弦絕已無聲

壬辰五月
趙麗宏

现代生活中,古老的昆曲能使人沉静,使人感觉到做一个中国人的优雅,以及我们身后博大幽远的文化艺术背景。

二十世纪的最后一年,我去新加坡参加国际作家节,遇到白先勇,我和他一同出席《联合早报》组织的演讲会,谈中华文化和汉语写作的前景。白先勇钟情昆曲,谈到中国文化,他便大谈昆曲。他本来以为经过"文化大革命",传统的艺术在中国大陆大概被消灭得差不多了,他曾经为此深感悲哀。八十年代中他回大陆,有机会看上海昆剧团演出全本《长生殿》,这使他感到意外,也使他深受感动。演出结束后,他激动地站起来,一个人不停地鼓了十几分钟掌,拍红了手掌。白先勇告诉我,看了这场《长生殿》,他才知道,中国传统的文化和艺术在大陆并没有被消灭,他由此看到了中华民族文化艺术在中国复兴的希望。真正的美好艺术,是谁也消灭不了的。

在上海,有一批昆曲的传人,他们吟唱传统昆曲,也编演昆剧新戏。他们辛勤耕耘,不计名利,有了他们的努力,古老的昆曲在这座现代的都市中才有了一席之地,昆曲的美妙旋律在年轻的人群中才有了回声。我曾经出席过一次关于昆曲的座谈会,会上曾有人提出激烈的观点:昆曲的可贵在于其古老,现代舞台上昆曲必须是原汁原味的老戏,新编戏不会有出路。我也认为保存昆曲传统剧目非常重要,要让现代人了解我们的这件国宝的本来面容。但任何艺术在不同的时代都会有所发展和变化,这才会有新的生命力,昆曲也一样。这两年,我曾多次看上海昆剧团演出的新编昆剧,前几年看过黄蜀芹导演的《琵琶行》,在上海老城厢的三山会馆演出,韵味十足。近两年,上海昆剧团又推出一部新编力作《班昭》,演的是两千年前的人物和故事,却拨动了无数现代人的心弦。新编昆剧《班昭》的出现,在昆曲的发展演变史中也许会记下重要一笔。《班昭》的成功,一是成功地塑造了历史人物。中国知识分子坚忍执着、淡泊名利、为理想献身的精神,集中地表现在班昭和她的师兄马续身上,引人共鸣。二是展现了昆曲的魅力。剧中设计了不少有分量的唱段,大多运用了传统的昆曲唱腔。昆曲融合文学、音乐和舞蹈于舞台的特点,得到了较充分的展现。三是演员的出色表演。担任主演的张静娴和蔡正仁,都是国内优秀的昆曲艺术家,他们是用心在表演,在舞台上,他们的演唱已和剧中角色融为一体。尤其是演班昭的张静娴,从十四岁的少女一直演到七八十岁的老妇,集花旦、闺门旦和老旦于一身,剧中人物的喜怒哀乐,被她表演得形神毕肖、入木三分。而蔡正仁,则令人信服地演活了马续的憨厚执着和忠诚淡泊。剧中的其他角色,也都得到了较成功的塑造。

我曾经三次和《班昭》剧组一起去大学看他们演出,这出戏在大学演出的盛况使我惊喜。我发现,年轻人对昆曲并不排斥,《班昭》的演出过程中,他们被剧中人物的故事感动,也在昆曲的旋律中沉醉。演出结束后,大学生和昆剧团的艺术家们有非常和谐的交流。年轻人对昆曲的兴趣,被艺术家们的表演撩动,剧场里的气氛虽然没有流行歌星演唱会那样狂热,却也热烈感人。我对大学生们说:如果不热爱属于我们民族的艺术,不珍视传统的文化,也就是我们所说的国粹,那就枉为中国知识分子。而昆曲,就是最有代表性的艺术国粹,是我们的国宝。将它列入世界文化遗产,当之无愧。

我母亲八十多岁了,以前没有看过昆曲,最近我请她看《班昭》,我想她可能会看不下去,会打瞌睡。想不到,她从头看到尾,看得津津有味,不仅被剧情打动,也喜欢里面的唱段,喜欢张静娴的表演。我把我母亲的感受告诉张静娴,她非常高兴。我想,现代观众对昆曲的喜爱,对为这门古老艺术献身的艺术家们来说,应该是最大的安慰吧。

2004 年 6 月

天上花,湖里梦

夜晚,没有风,湖水平静得像一面巨大的镜子,映照着没有星月的夜空。湖天之间,近处的树林,远处的楼房,以它们起伏跌宕的曲线勾勒出地平线神秘的轮廓。夜空和湖泊,是两个轴对称的浩瀚空间。

湖畔集聚着数不清的人。人们默默地注视着宁静的湖面,期待着奇迹的出现。音乐响起,仿佛是从湖水里飘旋而出,在空旷的湖天之间回荡。紧随着音乐,湖天交界处突然蹿出一道道暗红色的光点,犹如活泼的蝌蚪,从湖水深处向深邃的夜空腾游,也像犀利的鸣镝,从空中呼啸着飞入湖底。只不过瞬间的工夫,这些蝌蚪和鸣镝便轰然炸裂,变成一朵朵巨大的彩色花朵,在夜空中缓缓绽开。原本幽暗寂静的天和湖,霎时被照得亮如白昼。由晶莹耀眼的火星和彩焰构成的花朵,应和着优美的音乐,伴随着接连不断的爆炸声,在空中一轮又一轮竞相开放。焰火消失后,天上留下了一团团白色的烟雾,这些烟雾,也是花卉的形状,它们随风飘动变幻,继续着焰火在夜空里演出的奇妙童话。而天上发生的所有一切,一无遗漏,都同时倒映在湖里……

如果你的想象力不贫乏,那么,在这些千变万化的焰火里,可以联想起大地上所有的奇花异卉,可以联想起一年四季中大自然的美妙风景。当然也会联想起和焰火有关的往事,回忆起和焰火有关的一些难忘瞬间。在中国,和焰火联系在一起的,都是喜庆的节日之夜,国庆、春节,还有那些欢庆胜利的时刻。在我儿时的记忆中,国庆之夜,是烟花的世界。每年国庆节的夜晚,挤在汹涌的人流中,走向南京路,走向人民广场。天黑下来之后,站在街道和广场上的人群都抬头仰望着天空,期盼激动人心的时刻到来。这样的期盼总不会落空,当那些暗红色的蝌蚪飞上天空,欢快的爆裂声在空中炸响,满天的礼花,用缤纷炫目的光芒照亮每一双眼睛,也将彩色的记忆留在每一个人心里。而春节的焰火,则是另外一种景象,那是老百姓的自娱自乐,是孩子们欢天喜地的缘由。街头巷尾,屋顶阳台,到处有人在放烟花。那烟花,没有国庆的焰火蹿得那么高,也没有国庆的礼花那么辉煌,但热闹的气氛,却是国庆的礼花不能比拟的。如果把国庆的礼花比作花园里国色天香的牡丹,那么,春节的烟花就像大自然中漫山遍野的野花。

天上的烟花像什么?在听到有人这样发问时,除了那些美好的回忆,我的脑海中竟出现了一些和此时气氛毫不相干的景象。那是战争中的夜景:枪弹和炮弹在夜空中划出耀眼的弧线,随之而来的,是爆炸,是火光,是惊悸的呼喊和痛苦的呻吟……

经历过战争时代的人,都有这类恐怖的记忆。父亲在世时,曾经对我说过他的见闻。年轻时,他看见过日本飞机轰炸上海。飞机在天空中隆隆飞过,炸弹从天而降,如飞蝗,如黑鸦,成群成片。接下来就是世界末日般的景象,大地摇撼,火光四起,城市仿佛在地震中颤抖,浓烟起处,很多楼房轰然倒塌。完成魔鬼使命的日军机群很快消失,空中依然白云蓝天,但人间已是惨象遍地。生命的毁灭发生在炸弹落地的瞬间,无数人在爆炸中丧生,火焰里血肉横飞,遇难者少有完整尸身,到处可以看到死者的鲜血和肢体,连树枝和电线上也挂着血淋淋的内脏……多少个亲和的家庭,在爆炸声中毁灭,来不及留下流连人世的只字片言。曾有人目睹这样的景象：一个在街上奔跑的行人，被飞来的弹片削飞了脑袋，无头的身躯仍在路上疾奔，在人们的惊呼中，行者才倒地而亡……更凄惨的景象，是失去亲人的哀痛。人们至今仍记得，在被炸毁的火车站的站台上，一个未谙世事的孩子，坐在死去的母亲身边，惊惶无措地放声大哭，他的人生，就要从惨绝人寰的爆炸、从亲睹母亲在自己的注视下死去的噩梦中开始。一个记者拍下了那个孩子坐在母亲尸体边痛哭的照片，第二天在报上发表，震惊了整个世界。那张照片，展示了战争的残酷，控诉了侵略者的罪行，也保存了那段惨痛的记忆。那个孩子后来的人生，没有人知道。今天，如果他还活着，也已经是年近八旬的老人。也许，那段可怕的经历，是追逐他一生的梦魇。

那个孩子的身边，也是烟和火……

前几天，看电影《东京审判》，遇到电影演员秦怡。看完电影，我们坐在一起谈观感，秦怡回忆起抗战年代的往事。当时她在重庆，亲身经历了日本的大轰炸。当侵略者的轰炸机在天空盘旋时，无数人在爆炸中丧生，无数家庭在火光中破碎毁灭。秦怡说起1941年6月5日的重庆隧道大惨案，为躲避日军空袭，两千多人在隧道中窒息而死。秦怡说起那些在黑暗隧道中苦苦挣扎，最后气绝死去的人的惨状。那些在隧道里死去的人，都是以站立的姿势挤成一堆，水泥的墙上被他们抓出了印痕……这是人世间最痛苦的死亡。秦怡说着，眼睛里泪光闪烁……

秦怡的回忆，使我想起一位重庆老人的悲伤叙述。在日军对重庆的轰炸中，她家有六个亲人丧生。我的电脑中，记录着她那些让人心惊的言语：

"那天是1939年农历八月十四，刚好是我外公一周年忌日。天气很热，全家人刚吃过中午饭，正在耍。当时一屋子的人有说有笑,特别热闹。突然,防空警报响了,外婆、老汉儿(父亲)、二姐、大姐两岁半的女儿、舅爷、舅娘、舅娘的女儿,加上我八个人,和另外三个帮工一起躲进附近的防空洞。当时舅娘还有身孕。

"一会儿,警报解除了,我们从防空洞里出来了。谁知敌机突然又回来了,但我们已经来不及再躲起来了。只听见天空中一阵'嗡嗡'的声音,一颗炸弹在我家的坝子里爆炸了,房子炸塌了,我们一家人都被埋在了废墟里……我趴在废墟中的两根木桩之间大哭大喊,只见四周树枝上挂着亲人们的衣服碎片,地上是他们的断脚断手断头……

"大姐女儿身上的衣服也不知道哪里去了,从前面看身上一点伤都没有,但背上有一个拳头大小的洞,肠子从里面流出来一大堆。舅娘被掏出来时脑壳却没有了,脖子断得齐齐整整,直到下葬时也没有找到她的头。

"那次轰炸后附近几个镇的棺材铺都卖缺了。

"过后不久,我和妈妈到菜地摘菜,摘着摘着,突然闻到一股刺鼻的恶臭,呛得我几乎晕过去。这时,我摸到了一个黏糊糊的东西,拿起来一看,妈呀,竟是一个断头,还有头发!上面长满蛆,脑髓已经被野狗吃掉了,但眼睛还瞪着,死不瞑目啊……"

这样的噩梦,和眼下舒展在湖天之间的美妙焰火没有任何关系。然而,我却无法驱散对火光中发生的遥远苦痛的联想。

炮火和焰火,都是火药的爆炸产生的光芒,两者的目的和效果却是天差地别。炮火,是为进攻,为征服,为反抗,为破坏,为杀戮,是人间最可怕最惨烈的景象,是战争、灾难和死亡的象征;焰火,是为庆祝,为团圆,为展示和平的欢乐,为表现人间的繁华和喜悦。同样是火花,同样是爆炸,两者所展示的,却是人类生活中完全不同的两个极端。

在满天满湖绚烂的焰火中,我默默地为人类的和平祈祷。但愿有这样一天,人间本来用来准备战争的火药,都被改做了烟花,在一个全人类共庆的夜晚,让象征和平团圆的火焰之花开满地球的上空,万紫千红,此起彼伏。有什么花朵能比这样的烟花更美丽呢?它的神奇幸福的光芒,将照亮世界的每一个角落,照亮不同肤色的面孔,也将照亮人类走向繁华安康的未来之路……

附记:某夜,在城郊湖畔参加一个盛大的国际烟花晚会,火花璀璨中,浮想联翩,遂成此文。

2006 年 9 月 4 日于四步斋

米开朗基罗的天空

梵蒂冈是国中之国,城中之国。它其实只是古都罗马城中小小的一方土地,然而它却令全世界瞩目。零点四平方公里,大概是全世界最小的国家,然而这里却拥有地球上最伟大的教堂,拥有世界上最了不起的博物馆。

圣彼得大教堂花了一百多年才完成它雄伟的工程,米开朗基罗设计的金色穹顶成为罗马城中一颗耀眼的恒星。大教堂一年到头开敞着大门,人人都可以免费走进去。天主教徒们进去拜谒耶稣圣母,聆听天国福音,让灵魂接收洗礼;艺术爱好者们进去参观文艺复兴时期的伟大艺术;漫无目的的旅游者进来看热闹,看欧洲人如何在五百年前建造起如此宏伟的建筑。不过,不管你心怀着何种目的来到这里,灵魂都会受到震撼。你会被教堂中神圣安宁的气氛震撼,会被那些静静地凝视着你的雕塑和壁画震撼。

米开朗基罗的成名之作《圣母的哀伤》,就陈列在离大门口不远的一侧。美丽的圣母抱着死去的耶稣,满脸悲伤,那种庄严和逼真,那种优雅和凝重,让每一个观者为之凝神屏息,不敢发出声音,唯恐惊扰了沉浸在悲伤中的圣母马利亚。这尊雕塑是人类艺术史上最伟大的作品之一,米开朗基罗创作这件作品时,只有二十五岁。当时,人们面对这座雕像,惊讶得失去了言语,没有人相信它出自一个二十岁出头的年轻人之手。米开朗基罗一怒之下,半夜里悄悄溜进教堂,在圣母胸前的绶带上刻下了自己的名字。据说这是米开朗基罗唯一刻下自己名字的雕塑。这位旷世奇才,当然有资格在他的作品中刻下名字,即便是刻在圣母的身上。教堂大厅中间有贝尔尼尼设计的一个铜质亭子,四根布满螺旋形花纹的高大铜柱,托起一个雕刻着无数人物和花饰的巨大穹顶。这是教皇的讲坛,更是艺术家的陈列坛。

我曾两次走进圣彼得大教堂。第一次离开时正是黄昏时分,教堂的金色圆顶在夕照中闪烁着金红色的光芒,钟楼上铜钟齐鸣,钟声传遍了整个罗马城。第二次去圣彼得大教堂是圣诞节后的第二天,走出教堂大门时,天已经落黑,罗马正在下雨,雨雾弥漫中,教堂前的大广场上一片彩色的雨伞,如无数沾露的蘑菇,在灯光和水光中晃动。依然是钟声回荡,钟声仿佛化成了细密的雨丝,从天上落下来,融化在人间的万家灯火中……

对热爱艺术的人们来说,圣彼得大教堂右侧的西斯廷教堂也许更有吸引力。这是世界上最迷人的博物馆,文艺复兴时期欧洲的无数经典名作,都被收藏在这个博物馆里。我曾经在这里待了半天,感觉是沉浮在艺术的汪洋中。现代人,面对古代天才们的伟大创作,感觉到自己的肤浅和浮躁。站在西斯廷教堂大厅中央,抬头看天花板上的壁画,那是场面浩瀚的《创世记》。天堂人间,凡人天使,空中的树,地上的云,梦想中的神殿,传说中的巨人,在巍峨的穹隆间翩跹起舞……米开朗基罗在这里幽闭数年,一个人站在空中挥笔冥思,把天堂搬到了人间,把凡人和天使融合为一体。上帝创造人的传说,在这里被简化成一只手指的轻轻点拨,上帝的手指和凡人的手指,在云天接触的瞬间,便诞生了伟大的奇迹。画家的奇思妙想和神来之笔,使所有的文字失色。

我站在西斯廷教堂大厅的中间,抬头仰望那铺天盖地的《创世记》,感觉到人的渺小,也感觉到人的伟大。在天堂和神灵前,人是何等微不足道,然而这天堂和神灵,都是人类的想象和创造。你可以想象,如果你怀着虔敬的心,对天空伸出你的手指,会有来自天空的手指,轻轻地触碰,点开你的心灵之窗……

环顾四周,无数人和我一样抬头仰望、沉思,在米开朗基罗描绘的天空之下。

2007 年 2 月 20 日于四步斋

沉船威尼斯

从空中看威尼斯,它是蓝色大海中一条彩色的大鱼。威尼斯的形状确实像一条鱼,本岛是它的身体,环列四周的小岛组成了它的鳍和尾。这条鱼,在亚得里亚海中游了亿万年,繁华了千百年,成为人类文明史中的一颗明珠。

在海上看威尼斯,它是从海面上升起的一片童话般的土地。那些精美的楼房、城堡、教堂、桥,以及那些在城边浮动的船,如同海市蜃楼,在海天间飘忽摇曳。人类的创造,还有什么能比这样的景象更让人产生奇思妙想呢。

踏上威尼斯的土地,我才真正了解了这座海上之城的美妙。

沿着海边的大道走向圣马可广场,沿途风景目不暇接。沿海的是各色各样的码头,两头高翘的"贡多拉"停泊在码头上,如一群古代黑衣舞者,在海边随阵阵浪波舞动,正以沉静优雅的姿态招徕游人。面海的石头房子,每一幢都有传奇故事。经过一家古老的旅馆,我看到门口墙上有铭刻文字的铜牌,仔细一读,原来莎士比亚曾在这里住过。也许,莎翁《威尼斯商人》创作的灵感和素材,就是成形于此。再走不远,经过一座石桥,桥头两侧都是出售当地纪念品的小摊,彩色的威尼斯面具、布娃娃、皮包、皮带,游客在小摊前和商贩们讨价还价,这分明就是《威尼斯商人》中的场景。如果离开海滨选一条小巷进城,你会进入一个曲折的迷宫,街道两边那些彩色的店铺,让人眼花缭乱。

临海的圣马可广场,是威尼斯最有气派的地方。

很多年前,在圣彼得堡的冬宫博物馆,我看到过意大利画家卡纳尔的油画《威尼斯招待法国公使》。画面描绘的是十八世纪威尼斯的一次外交盛事。法国公使乘船来到威尼斯,当地的主教、王公贵族、有名的绅士淑女,在港口的广场上列队欢迎。虽然只能远远地看到一大片人头攒动,但可以想见,那些达官贵人们是怎样应酬着寒暄着,讲着不着边际的客套话,那些华丽的袍服和长裙是怎样互相摩擦着发出窸窣之声。在面向海湾的那幢大楼里,也聚集着无数宾客,他们站在二楼的阳台上,兴致勃勃观望着广场上的人群。在盛装的人群中无法找到那位法国公使,但可以看到法国公使停泊在港湾里的巨大的船队。而站在路边桥头上看热闹的,是当地的平头百姓,那些灰暗驳杂的服饰和广场中央那一大片鲜艳华贵的颜色形成鲜明对照。

两百多年过去,当年油画中的圣马可广场和今天的广场没有大的区别,大教堂还在,钟楼还在,海边的立柱还在,那些精致繁复的回廊还在,教堂墙上的金碧辉煌的马赛克壁画簇新如昔。只是物是人非,广场上走动的是现代的人群。广场的石头地面上,密密麻麻停满了鸽子,它们悠闲地在那里散步。依我所见,这里的鸽群,也许是这个星球上数量最多的鸽群。地上的鸽子们偶尔展翅飞起,空中便响彻一片"扑扑扑"的翅膀拍击声,周围的空气也随之振动。这里的鸽子不怕人,你走过去,它们也不逃,还会飞落在你的肩头甚至头顶。在鸽子们的记忆中,从世界各地来圣马可广场的人们,为的就是给它们喂食,和它们拍照。当年法国公使来访问时,大概没有这么多鸽子相迎吧。

在威尼斯,最有情趣的事情,是坐"贡多拉"在水巷穿行。一个长相英俊的威尼斯小伙子手持长篙站在船尾,长篙轻轻点动,"贡多拉"便在漾动的水面上开始滑行。狭窄的河道曲曲折折,随时都会通向神秘的所在,两岸的石头房子迎面压过来,岸畔人家的台阶浸在水中,阳台和窗台触手可碰。低头看水中,两岸楼房倒映在晃动的水面上,迷离一片,如印象派音乐的韵律。前面不时有小桥当头压过来,船上人哎呀一声惊叫,回头看时,那桥,那桥上的行人,桥畔的楼廊和街灯,都自然奇妙如画中美景。从水巷出来,穿过石桥,进入海域,天地豁然开朗。周围的岛屿上,耸立着形态各异的教堂和楼房,像是一群沉默的卫士,在四面八方守卫着威尼斯。

威尼斯是欧洲人创造的奇迹。千百年的经营,把这个海岛建成一个绚烂多姿的海上世界。大海造就了威尼斯,很显然,大海最终也会终结威尼斯。我看到的威尼斯,是一个被海水浸泡的城市,是一个逐渐被淹没的城市。我永远无法忘记一年前重访威尼斯时见到的景象。那天,海水漫过城市的地基,圣马可广场成了一片汪洋。广场四周的商铺浸没在水中,人们只能在临时搭起的栈桥上行走。鸽子们失去了栖息之地,在空中惶惶不安地盘旋……

告别威尼斯时,在船上回望那逐渐隐没在水天波光中的古城,突然生出一个念头:威尼斯,像一艘正在沉没的奢华古船……

2007 年 3 月

在我的书房怀想上海

我在上海生活五十多年,见证了这个城市经历过的几个时代。苏东坡诗云:"不识庐山真面目,只缘身在此山中。"这话很有道理。要一个上海人介绍或者评说上海,有点困难,难免偏颇或者以偏概全。生活在这个大都市中,如一片落叶飘荡于森林,如一粒沙尘浮游于海滩,渺茫之中,有时不知自己身在何处。

有人说上海没有古老的历史,这是相对西安、北京和南京这样古老的城市而言。上海当然也有自己的历史,如果深入了解,可以感受它的曲折幽邃和波澜起伏。我常常以自己的书房为坐标,怀想曾经发生在上海的种种故事。时空交错,不同时代的人物纷至沓来,把我拽入很多现代人早已陌生的空间。

我住在上海最热闹的淮海路,一个世纪前,这里是上海的法租界,是国中之国,城中之城。中国人的尴尬和耻辱,和那段历史联系在一起。不过,在这里生活行动的,却大多是中国人。很多人物和事件在中国近代和现代的历史中光芒闪烁。

和我的住宅几乎只是一墙之隔,有一座绛红色楼房,一座融合欧洲古典和中国近代建筑风格的小楼,孙中山曾经在这座楼房里策划他的建国方略。离我的住宅不到两百米的渔阳里,是一条窄窄的石库门弄堂,陈独秀曾经在一盏昏暗的白炽灯下编辑《新青年》。离我的住宅仅三个街区,中国共产党第一次全国代表大会在那里召开。从我家往西北方向走三四个街区,曾经是犹太人沙逊为自己建造的私家花园。沙逊来上海前是个籍籍无名的穷光蛋,却在这个冒险家的乐园大展身手,成为一代巨贾。从我的书房往东北方向四五公里,曾经有一个犹太难民据点,二战期间,数万犹太人从德国纳粹的魔爪下逃脱,上海张开怀抱接纳了他们,使他们远离了死亡的阴影。从我书房往东南一公里,有大韩民国临时政府旧址,那栋石库门小楼里,曾是流亡的韩国抗日爱国志士们的集聚之地。这是一个很有意思的现象,身处水火之中的上海,却慷慨地接纳了来自四面八方的异乡游子。

淮海路与我的书房近在咫尺,站在走廊尽头的窗户向南望去,可以看到街边的梧桐树,可以隐约看见路上来往的行人和车辆。很自然地会想起近百年来曾在这条路上走过的各路文人。百年岁月凝缩在这条路上,仿佛能看见他们的身影从梧桐的浓荫中飘然而过。徐志摩曾陪着泰戈尔在这里散步,泰戈尔第二次来上海,就住在离这儿不远的徐志摩家中。易卜生曾坐车经过这条路,透过车窗,他看到的是一片闪烁的霓虹。罗素访问上海时,也在这条路上东张西望,被街上西方和东方交汇的风韵吸引。年轻的智利诗人聂鲁达和他的一个朋友也曾在这条路上闲逛,他们在归途中遇到了几个强盗,也遇到了更多善良热心的正人君子。数十年后他回忆那个夜晚的经历时,这样说:"上海朝我们这两个来自远方的乡巴佬,张开了夜的大嘴。"

我也常常想象当年在附近曾有过的作家聚会,鲁迅、茅盾、郁达夫、沈从文、巴金、叶圣陶、郑振铎,在喧闹中寻得一个僻静之地,一起谈论他们对中国前途的憧憬。康有为有时也会来这条路上转一转,他和徐悲鸿、张大千的会见,就发生在不远处的某个空间。张爱玲一定是这条路上的常客,这里的时尚风景和七彩人物,曾流动到她的笔下,成为那个时代的飘逸文字。

有人说,上海是一个阴柔的城市,上海的美,是女性之美。我对这样的说法并无同感。在我居住的同一街区，有京剧大师梅兰芳住过的小楼。梅兰芳演的是京剧花旦，但在我的印象中，他却是个铁骨铮铮的男子汉。抗战八年，梅兰芳就隐居在那栋小楼中，蓄须明志，誓死不为侵略者唱一句。从我的书房往东北走五公里，在山阴路的一条弄堂里，有鲁迅先生的故居。鲁迅在这里度过了生命的最后九年，这九年中，他写出了多少有阳刚之美的犀利文字。从我的书房往东北方向不到两公里，是昔日的游乐场大世界。当年日本侵略军占领上海武装游行，经过大世界门口时，一个青年男子口中高喊"中国万岁"，从楼顶跳下来，以身殉国。日军震愕，队伍大乱。这位壮士，名叫杨剑萍，是大世界的霓虹灯修理工。如今的上海人，有谁还记得他？从大世界再往北，在苏州河对岸，那个曾经被八百壮士坚守的四行仓库还在。再往北，是当年淞沪抗战中国军队和日本侵略军血战的沙场。再往北，是面向东海的吴淞炮台，清朝名将陈化成率领将士在那里抗击入侵英军，誓死不降……

我的书房离黄浦江有点距离。黄浦江在陆家嘴拐了个弯，使上海市区的地图上出现一个临江的直角，这样，从我的书房往东或者往南，都可以走到江畔。往东走，能走到外滩，沿着外滩一路看去，数不尽的沧桑和辉煌。外滩，如同历史留给人类的建筑纪念碑，展现了二十个世纪的优雅和智慧；而江对岸，浦东陆家嘴新崛起的现代高楼和巨塔，正俯瞰着对岸曲折斑斓的历史。往南走到江畔，可以看到建设中的世博会工地，代表着昔日辉煌的造船厂和钢铁厂，将成为接纳天下的博览会会址。这里的江两岸，会出现令世界惊奇的全新景象。一个城市的变迁，缓缓陈列在一条大江的两岸，风云涌动，波澜起伏，犹如一个背景宽广的大舞台，呈示在世人的视野中。

上海的第一条地铁，就在离我书房不到六十米的地底下。有时,坐在电脑前阖眼小息时,似乎能听见地铁在地下呼啸而过的隐隐声响。在上海坐地铁,感觉也是奇妙的。列车在地下静静地奔驰,地面的拥挤和喧闹,仿佛被隔离在另外一个世界。如果对地铁途经的地面熟悉的话,联想就会很有意思,你会想,现在,我头顶上是哪条百年老街,是哪栋大厦,是苏州河,或者是黄浦江……列车穿行在黑暗和光明之间,黑暗和光明不断地交替出现,这使人联想起这个城市曲折的历史:黑暗—光明—黑暗—光明……令人欣喜的是,前行的列车最终总会停靠在一个光明的出口处。

不久前,我陪一位来自海外的朋友登上浦东金茂大厦的楼顶,此地距地面四百余米,俯瞰上海,给我的感觉,只能用惊心动魄这样的词汇来形容。地面上的楼房,像一片浩渺无边的森林,在大地上没有节制地蔓延生长,逶迤起伏的地平线勾勒出人的智慧,也辐射着人的欲望……我想在这高楼丛林中找到我书房的所在地,然而无迹可寻。密密麻麻的高楼,像一群着装奇异的外星人,站在人类的地盘上比赛着他们的伟岸和阔气。而我熟悉的那些千姿百态的老房子,那些曲折而亲切的小街,那些升腾着人间烟火气息的石库门弄堂,那些和悠远往事相联的建筑,已经被高楼的海洋淹没……

历史当然不会随之被湮灭。在记忆里,在遐想中,在形形色色的文字里,历史如同一条活的江河,正静静地流动。走出书房,在每一条街巷、每一栋楼宇、每一块砖石中,我都能寻找到历史的足迹。以一片落叶感受森林之幽深,以一粒沙尘感知潮汐之汹涌,我看到的是新和旧的交融和交替。我生活的这个城市,就是在这样的交融和交替中成长着。

2007 年 5 月 18 日于四步斋

印象·幻影

　　早晨的阳光,从树荫中流射到窗帘上,光点斑驳,如无数眼睛,活泼、闪动、充满窥探的好奇,从四面八方飞落在我的眼前。我想凝视它们,它们却瞬间便模糊、黯淡,失去了踪影。我感觉晕眩,欲昏昏睡去,它们又瞬间出现,在原来亮过的飘动的窗帘上,精灵般重聚,用和先前不同的形态,忽明忽暗。活泼的年轻的眼睛,突然变成了老年人垂暮的目光,心怀叵测,怀疑着,惊惶着,犹疑着,使我无法正视。

　　你们是谁!

　　我睁大眼睛,视野里一片斑斓天光。那些不确定的光点不见了,光线变得散漫飘浮,仿佛可以将一切融化。眼睛们,已经隐匿其中,一定仍在窥探着,兴致勃勃,然而我已看不到。只见窗帘在风中飘动,如白色瀑布,从幽冥的云间垂挂下来,安静、徐缓、优雅。这是遥远的景象,与我间隔着万水千山。闭上眼睛,天光从我耳畔掠过,无数光箭擦着我的脸颊、我的鬓发、我的每根汗毛,飞向我身后。来不及回头看它们,我知道,远方那道瀑布正在逼近。雪光飞溅,水声轰鸣,我即将变成一滴水珠、一缕云气,融入那迎面而来的大瀑布。

　　据说,梦境有彩色的,也有黑白的。有的人,永远做黑白的梦。我很多次在梦醒后回忆自己的梦是否有颜色,有时一片混沌,色彩难辨,有时却很清晰地想起梦中所见的色彩。

曾经梦见海,应该是深沉的蔚蓝,却只见黑白:海浪翻涌,一浪高过一浪,浓黑如墨;浪尖上水花晶莹耀眼,是雪亮的白色。在浪涛的轰鸣声中忽然听见尖厉的鸟鸣,却无法见到鸟的身影。自己仿佛是那黑色浪涛中的一分子,黑头黑脸地上上下下,在水底时昏黑一片,升到浪峰时又变成晶莹的雪白。我留恋那光明的白色,却只能在一个瞬间维持它的存在,还没容我喘息,复又进入那无穷无尽的黑。而鸟鸣总在持续,时远时近,时而如欢乐的歌唱,时而像悲伤的叹息,有时又像一个音域极高的女声,优美而深情。那声音如天上的光芒,照亮了黑色的海,浪尖上那些晶莹耀眼的雪花,就是这歌声的反照。我在这黑白交错中转动着翻腾着,虽然晕眩,有一个念头却愈加强烈:

那只鸣唱的鸟呢?它在哪里?它长得什么模样?

我追随着那神秘的声音,睁大了眼睛寻找它。在一片浓重的黑暗消失时,婉转不绝的鸟鸣突然也消失,世界静穆,变成一片灰色。灰色是黑白的交融,海水似乎变成了空气,在宇宙中蒸发,消散,升腾。我难道也会随之飞翔?鸟鸣突然又出现,是一阵急促的呼叫。海浪重新把我包裹,冰凉而炽热。这时,我看见了那只鸟。那是一点血红,由远而近,由小而大,漾动在黑白之间。我仰望着它,竟然和它俯瞰的目光相遇,那是红宝石般的目光。

它是彩色的。

为什么我不喜欢戴帽子?哪怕寒风呼啸,冰天雪地,我也不戴帽子。与其被一顶帽子箍紧脑门,我宁愿让凛冽的风吹乱头发。彩色的帽子,形形色色的帽子,如绽开在人海中的花,不安地漂浮、晃动,它们连接着什么样的枝叶,它们为何而开?

童年时一次帽子店里的经历,竟然记了一辈子。

那时父亲还年轻,有时会带我逛街。一次走进一家帽子店,父亲在选购帽子,我却被商店橱窗里的景象吸引。橱窗里,大大小小的帽子,戴在一些模特脑袋上。模特的表情清一色地淡漠、呆板,眉眼间浮泛出虚假的微笑。有一个戴着黑色呢帽的脑袋,似乎与众不同,帽子下是一张怪异的脸,男女莫辨,一大一小两只不对称的黑色眼睛,目光有些逼人,上翘的嘴微张着,好像要开口说话。我走到哪里,他好像都追着我盯着我。我走到他面前,他以不变的表情凝视我,似乎在问:喜欢我的帽子吗?黑色的呢帽,是一团乌云,凝固在那张心怀叵测的脸上。假的脸,为什么像真的一样丑陋?

几天后的一个深夜,我竟然在梦中和那个脑袋重逢。我从外面回家,家门却打不开。身后传来一声干咳,回头一看,不禁毛骨悚然:帽子店里见过的那个脑袋,就在不远处的地上待着,戴着那顶黑色呢帽,睁着一大一小的眼睛,诡异地朝我微笑。他和我对峙了片刻,突然跳起来,像一个篮球,蹦跳着滚过来。我拼命撞开家门,家里一片漆黑,本来小小的屋子,变得无比幽深。我拼命喊,喉咙里却发不出声音;拼命跑,脚底却像灌了铅,沉重得无法迈动一步。而身后,传来扑通扑通的声音,是那个脑袋正跳着向我逼近……

这是个没有结局的梦。在那个脑袋追上我之前,我已被惊醒。睁开眼睛,只见父亲正站在床前,温和慈祥地俯视我。

沉默的泥土,潜藏着童心的秘密。

我埋下的那粒小小的牵牛花种子,正在泥土下悄悄发生变化。每天早晨,浇水,然后观察。沉默的泥土,湿润的泥土,庄严的泥土,虽然只是在一个红陶花盆里,在我眼里,这就是田地,就是原野,就是大自然。种子发芽,如蝴蝶咬破茧蛹,也像小鸟啄破蛋壳。两瓣晶莹透明的幼芽从泥土的缝隙里钻出来,迎风颤动,像两只摇动的小手,也像一对翅膀,招展欲飞。我分明听见了细嫩而惊喜的欢呼,犹如新生婴儿在快乐地啼哭。那孕育哺养烘托了它们的泥土,就是温暖的母腹。

幼苗天天有变化。两瓣嫩叶长大的同时,又有新的幼芽在它们之间诞生,先是芝麻大一点,一两天后就长成绿色的手掌和翅膀。有时,我甚至可以看见那些柔软的细茎迎风而长,不断向上攀升。它们向往天空。我为它们搭起支架,用一根细细的棉纱绳连接花盆和天棚。这根纱绳,成为阶梯,和枝叶藤蔓合而为一,缠绕着升向天空。一粒小小的种子,竟然萌生繁衍成一片绿荫……

如果种子的梦想是天空,那么,目标很遥远。它们开过花,像一支支粉红色的喇叭,对着天空开放。花开时,那些小喇叭在风中摇曳,吹奏着无声的音乐。我听见过它们的音乐,那是生灵的欢悦,也是因遗憾而生的哀叹。

凄美的是秋风中的衰亡。绿叶萎黄了、干枯了,一片片被风打落,在空中飘旋如蝴蝶。没有任何力量可以阻止这衰落。

我发现了它们传种的秘密。在花朵脱落的地方,结出小小的果实,果实由丰润而干瘪,最后枯黄。这是它们的子囊。一个有阳光的中午,我听见"啪"的一声,极轻微的声音,是子囊在阳光下爆裂,黑色的种子,无声地散落在泥土里……

生命成长、消亡、轮回的过程,是天地间最平凡最奇妙的事件。

假如没有那道光束,世界在我的印象中就是幽暗和纯净的。曾躺在一间没有窗户的房间里,周围的空间,似乎无穷无尽,没有边际,世界就在这幽暗中延伸,一直延伸到我难以想象的遥远。睁开眼睛和闭上眼睛,感觉是一样的。我的身心,也是一片无形的幽暗,静静地飘荡融合在这辽阔无边的空间中。

在昏黑之中,可以自由地大口呼吸,感觉并不闭塞。吸进来的空气,似有旷野的清新、草的气息、树叶的味道、人群奔跑时扬起的尘埃……然而这只是想象。我无法看见空气,也许永远看不见。

这时,突然出现一道光,从屋顶的某个部位射入,如一柄神奇的宝剑,飒然劈下。那是墙上一个小小的洞孔,在天上运行的太阳此刻恰好直对着它,阳光便直射进来。幽暗中的这道光,成为连接屋顶和地面的一座桥,它的长度,标出了屋子的高,也映照出相隔不远的四壁。这实在是低矮狭窄的一个小小空间,想象中的阔大顿时消失。光柱竟然并不虚空,如同一根透明雪亮的水晶柱,无数浮游物在里面飘动,如烟雾萦绕。这是屋子里的灰尘。想象中的纯净也荡然无存。

光柱消失后,屋里又恢复了幽暗。然而,那个阔大纯净的空间再也不会回来。哪怕闭上眼睛,也能感到,墙壁和天花板从四面八方向我压过来,灰尘在我周围飘浮……

沿着长长的一堵高墙走。墙迎面而来。往前看,是无尽的墙,往上看,不见天,和墙相连的,也是类似墙的实体。无法确定是在屋里还是在屋外。沿墙走,找门。

这墙上竟无门,不知走了多久,除了墙,还是墙。然而还是得走,不相信这世界的所有,就是灰色水泥和砖石的累积。

终于看见了一扇门,狭窄而矮小,粗糙如铅。推门,却不觉沉重,未用力,门已自动开启。低头,侧身,进入。墙原来很薄,如纸。

门在背后关阖,轰然有声。那是发生在厚墙和大门之间沉闷的响声。

因不知是在墙里还是墙外,进门,仍无法判断我是进入还是走出。眼前还是墙,只是有了不规则的四壁。四壁之上,却犹如夜空,有群星闪烁。星光背后,无穷的幽暗。

还有更大的不同:墙上,到处是门。方的门,圆的门,古老的门,现代的门,中式的木门,西洋的铁门,形形色色,看得我眼花。我必须选择一扇门进入。门里,或者是更封闭的世界,或者是自由。

一扇暗红色的门,门楣上雕刻着古老的符号、马车、武士、云纹、龙,门上有铜环,衔于奇兽之口。奇兽面目狰狞,怒目圆睁,龇牙咧嘴,似在问:你敢进来吗?

一扇金黄色的门,门上镶嵌着五彩的宝石,光芒四射,让人难以直视。门上有把手,光洁莹亮,看得出,有无数手曾经抚摸转动过它。

一扇石门,粗看似无,仔细看,才发现细小紧密的门缝。想透过门缝窥探门外,却只有陈腐的冷气嗖嗖扑面。

发现了一扇木门,小而简朴,由几块木板拼合而成,像我当年在乡下常见的农家屋门。伸手抚摸那门,摸到了木板上天然的花纹,这是树的年轮,是生命成长的屐痕。我抚摸着木门上的花纹,眼前仿佛出现了活生生的树,青枝交错,绿叶婆娑,花朵在枝叶间绽放,鸟翅美妙地掠过……

我用力推开那木门,门外的景象,竟然完全如同我的幻想。门外是树林,是自由的天籁。我大步走出去,轻盈如风。回头看,墙和门竟已无迹可寻,只有绿树蔓延。抬头看,天光正从枝叶间灿烂射入。

2008年春日于四步斋

万神殿的秘密

沿着罗马老城区蜿蜒曲折的街道,去拜访古老的万神殿。这是一座距今两千多年的建筑,历经如此漫长的岁月竟然能耸立至今,实在是奇迹。

脚下踩着的是石板路,路边是样式质朴的石头楼房。这些楼房,历史都在千年以上,建造这些楼房时,中国正是盛唐,长安城里也在大兴土木。长安城里当年唐朝人居住过的古宅,现在大概无迹可寻。而罗马城里,这样的千年古建筑随处可见,而且,里面还住着过日子的现代人。为什么有这样的结果?很重要的一个原因,是建筑材质的不同:中国古代砖木结构的建筑,大多无法承受千百年风雨的侵袭,而那些用花岗岩和大理石垒砌而成的古罗马建筑,却在风雨中巍然不动。

一条小路走到尽头,眼前豁然开朗,到了万神殿所在的罗通多广场。广场中心有一座方尖碑,那是古埃及人的杰作。埃及曾是罗马帝国的属地,现在欧洲能看到的方尖碑,都是从埃及漂洋过海运来的。简朴的方尖碑,被奢华精美的罗马雕塑底座衬托,守望着距离咫尺的万神殿。这个广场,是万神殿的前庭。

万神殿果然气势不凡,八根大立柱,支撑起一个拱形门楣,巍峨庄严,是典型的古希腊风格,使人想起雅典卫城上的帕特农神庙的正门,也是八根立柱,也是拱形门楣,只是万神殿比帕特农神庙要完整得多。帕特农神庙只剩下一个骨架残垣,而万神殿却保持着建成时的模样,两千年的风雨沧桑,没有改变它的形状。不过万神殿和帕特农神庙还是大不相同的,帕特农神庙是一个巨大的矩形建筑,而万神殿的主体却是一个圆形建筑,是古希腊和古罗马建筑风格的一种融合。

上台阶,穿过被拱形门楣笼罩的门廊,经过那两扇大铜门,就进入了万神殿。这是一个巨大的圆形厅堂,地面的直径和厅堂的高度几乎相等。大殿墙上无窗,然而厅堂内日光灿烂,将四壁的景象映照得一片通明。光线何处而来?举头仰望,看见了光源:巨大的穹顶原来是镂空的,穹顶中央是一个圆孔,天光穿孔而入,照亮了厅堂。这可以说是古代建筑中的一个奇迹,直径将近五十米的圆形大厅中,没有一根柱子。圆形穹顶从建筑中腰开始向上收拢,到顶部漏出直径九米的圆孔,整个大殿,仿佛是一个开天窗的巨大球体。这样的建筑设计,必须经过精密的力学和数学的计算,可以想象两千年前古罗马科技的发达。大殿的地面,是彩色的大理石镶嵌成的图案,光滑如镜。大殿中央的地面上,可以看到一些排列规则的小孔,它们是排水孔,下雨时,从天窗漏入的雨水,就从这里排走。

这座精美独特的恢宏建筑,最初是一个神庙,里面供奉着宇宙众神,神像环列四壁,被空中射入的天光均匀而柔和地映照着,让人瞻仰膜拜。公元609年,拜占庭皇帝福卡将这座神庙送给当时的教皇博尼法乔四世,教皇把它改为教堂,用以供奉殉难的圣母。神殿变成了教堂,这也是这座建筑得以保存至今的重要原因。而古罗马的历代皇帝,在这里找到了安眠之地。我沿着大厅走了一圈,看到的是我不认识的皇帝们的陵墓和他们的雕像。那些雕像,以严肃漠然的表情凝视着我,使我感到遥远和隔膜。然而我来这里,是想寻访一位伟大的艺术家,他选择这里作为他的长眠之地。他是文艺复兴时期的伟大画家拉菲尔。拉菲尔生前为教堂创作了大量壁画,在梵蒂冈的西斯廷教堂中,他的油画至今光彩耀目,和米开朗基罗的作品比肩而立。据说拉菲尔临终时,向当时的教皇提出一个请求,希望死后能秘密埋葬在万神殿。教皇答应了他的要求。拉菲尔去世后,人们看不到他公开的墓地,他被悄悄埋葬在万神殿的一角,没有墓碑,没有人知道。但是后来人们还是发现了拉菲尔隐蔽的灵寝。灵寝低矮临壁,贴地而建,没有标识,如无人提示,绝不可能找到。拉菲尔灵寝上方,是一尊表情沉静的圣母像,出自拉菲尔的弟子洛伦泽托之手。圣母守护着的这位伟大的画家,他曾画活了《圣经》中的无数人物,使传说中的圣者和天使,成为可亲可近的凡人。

　　站在拉菲尔的墓前,我心中有一个疑问:拉菲尔为什么要选择万神殿作为他的长眠之地?是因为感慨作为一个艺术家,活着的时候地位卑微,所以梦想死后和那些天神和君王比肩?还是因为感慨万神殿的完美绝伦,是想默默葬身于此,对古代的建筑设计师、艺术家和工匠们表达他的尊敬?抑或他认为人世喧闹,只有在这神圣之地方能获一方静土安身?没有人给我答案。天光从万神殿的天窗泻入,照亮了拉菲尔墓上的圣母,圣母沉静的目光凝视着每一个寻访者。

　　万神殿在罗马是一个供人们免费参观的地方,人们可以随意出入这座古老伟大的建筑,在那圆形的穹顶下,仰望日光,遥想悠远的岁月。岁月匆忙,人生短促,不朽不灭的,是人类的智慧和艺术。

2008年9月24日于四步斋

遥望泰姬陵

去印度,当然要去看泰姬陵。

泰姬陵坐落在阿格拉。从新德里坐车去阿格拉,不到两百公里路程,花了将近四个小时。沿途没有特别的风景,经过一些小镇,可以看到衣着鲜艳的印度人在路边摆摊、闲逛、大声喧哗。孩子在车窗前举手晃动着不知名的食品向车上的人兜售。女人头顶着水罐行走在树荫下,优美如东方歌舞团的舞蹈。不时可以看到自由散漫地卧在路边或者悠闲漫步的牛。也有大象,步履稳健地在路上行走,它们是印度人温顺的坐骑。

阿格拉是印度最重要的旅游城市,拥有两处世界文化遗产:泰姬陵和红堡。进入阿格拉时,情景令我吃惊:这竟然是一个破旧脏乱的城市,汽车经过市区,只见歪斜的商铺,喧闹的人群,马车、羊群混杂在一起,更有黑色或者黄色的牛三两结队,昂然从集市中走过,旁若无人。陪同的印度青年对我说,阿格拉城里很乱,晚上他也不敢去那里。然而伟大的泰姬陵就在这城市侧畔,现代的嘈杂粗陋,衬托着古时的精美恢宏。

泰姬陵用白色大理石建成,巍峨而精美,如蓝天下的一朵白色蘑菇云,又如一座凌然的雪山,在午后的阳光下闪烁着圣洁的光芒。这是一个印度国王为纪念其去世的爱妻而建造的一座陵寝,一座伊斯兰风格的巨大建筑,被认为是人类的建筑奇迹之一。在很多人眼里,它是永恒爱情的象征。印度五世国王的爱姬病重弥留时,悲痛的国王许诺,将在她离开人世后为她建一座举世无双的最美的陵墓。爱姬病逝,国王便开始以自己的权威实践对亡妻的诺言,举全国之力大兴土木开工建陵。当时的印度国力雄厚,然而建这座陵墓,绝非平常之事。国王令下,全国动员,设计、采办、运料、施工,工程浩繁,犹如秦始皇造长城。这位国王在位时,建造泰姬陵就成了他生活中的头等大事。巨大的施工现场,每天有五千个工人在劳作,工程延续了整整二十年,无数人为之流汗流血,甚至丧命。当泰姬陵完工时,见到它的人都惊呆了,天地间耸立起的这座纯白色的巨大建筑,端庄、宏伟、神秘,集圣洁和华丽于一身,它的美震撼了所有人。泰姬陵用数以万吨的白色印度大理石建穹顶主体,用来自世界各国的彩色大理石镶嵌墙上的花饰和可兰经文。陵寝周围的巨大方形平台和阶梯,也用白色大理石铺就。瞻仰陵寝的人们赤脚走上台阶经过平台,仿佛是一步一步进入一座纯洁的白玉之山。陵寝的方形平台四角建有四座立柱形高塔,塔顶也有圆形穹顶,和巍峨的陵寝主楼和谐相称为一体。陵寝平台两侧有两幢对称的红色建筑,右侧为清真寺,左侧为昔日宾馆。在这两幢红色建筑的衬托下,更显出主体陵寝耀眼的洁白。国王实践了他的诺言,为亡妻建造了一座独一无二的伟大陵寝。这恐怕是有史以来人世间成本和代价最巨大的爱情纪念。

我参观泰姬陵时,向陪同的印度朋友提了一个问题:泰姬陵的设计者是谁?在介绍泰姬陵的资料上,没有看到有关设计者的文字。印度朋友告诉我,设计者是一位名叫默罕默德的波斯建筑师,他不仅设计了泰姬陵,还亲自参与了整个建筑过程。泰姬陵建成后,他得到的奖赏,是被国王砍去右手,为的是不再让他有机会设计相同的建筑。而默罕默德,面对着自己设计的这个美丽建筑,坦然受刑,觉得死而无憾。作为建筑师,能有机会把美妙的梦想变成现实,是莫大的幸福。泰姬陵建成之后,历史记载中再没有出现过有关这位伟大建筑师的只字片言,很多人认为,是国王杀害了他。

失去右手的设计师,并没有失去设计的能力,国王担心他再为别人设计相同的建筑,这样,就会破坏他对亡妻的承诺。尊贵的帝王之诺和一个平民的生命,孰轻孰重,那是不用动脑筋的。一个伟大的设计师,竟成为自己设计的陵寝的殉葬品。

我无法证实这个故事,但我相信这不会是好事者的杜撰。如今的参观者,都称道国王和泰姬的爱情,以为这宏伟的建筑便是人间情爱的象征。有谁还记得这位默罕默德,记得这位用生命设计了泰姬陵的天才建筑师?泰姬陵上,没有他的名字,人们津津乐道着帝王和妃子的爱情,却忘记了这位伟大的建筑师。我想,在泰姬陵前,应该为默罕默德塑一座雕像,让他挥动着那只没有手掌的右臂,向每一个来看这世界奇迹的游人讲述他的故事。

关于建造了泰姬陵的这位国王,史书上有详尽记载。他为亡妻建成陵寝之后不久,他的儿子便篡权夺位,把他赶下了台。建泰姬陵,几乎耗尽国库,饥荒蔓延,民怨沸腾,这也为儿子篡位提供了理由。被废黜的老国王成了囚徒,被关在离泰姬陵几公里外的红堡中。他向新国王提出一个要求,希望从自己囚室的窗户里能远眺泰姬陵,儿子满足了他。我去红堡参观时,印度朋友把我带到当年囚禁老国王的那个房间。说是囚室,其实是豪华宫殿中宽敞的一间房,墙上的窗户,正对着泰姬陵的方向。幽囚此地的老国王,遥望着亡妻的陵墓,会有什么感想呢?泰姬陵离这里不远,但却已遥隔天涯,可望而不可即。对他来说,建造陵寝、遥望陵寝的时光,比他和泰姬共同度过的岁月,不知要漫长多少倍。

红堡是昔日皇宫,宫殿外墙多用赭红砂石砌成,远望一片红色,故得名。我登上红堡时,正是日暮时分,残阳如血,染红了地平线上默默矗立的泰姬陵。从囚室窗户里看出去,泰姬陵犹如盛开在天边的一朵巨大花朵,也如大地上蹲伏着的一头红色巨兽,更像是天外来客,遥远而神秘。在我的冥想之中,遥远的地平线上,永远徘徊着两个幽灵:一个是陵寝主人的丈夫,那位在红堡囚室中郁郁终老的国王,他只能孤独地遥望着泰姬陵;一个是被砍掉右手的伟大建筑师默罕默德,他或许会追随着来自世界各地的参观者,倾听他们对自己作品的评论,在连绵不绝的惊叹声中,他或许会欣慰一笑。

2006 年 12 月记于印度,2009 年 1 月写于上海

城中天籁

在城里住久了,有时感觉自己是笼中之鸟,天地如此狭窄,视线总是被冰冷的水泥墙阻断,耳畔的声音不外车笛和人声。走在街上,成为汹涌人流中的一滴水,成为喧嚣市声中的一个音符,脑海中那些清净的念头,一时失去了依存的所在。

我在城中寻找天籁。她像一个顽皮的孩童,在水泥的森林里和我捉迷藏。我听见她在喧嚣中发出幽远的微声:只要你用心寻找,静心倾听,我无处不在。我就在你周围无微不至地悄然成长着、蔓延着,你相信吗?

想起了陶渊明的诗句:"结庐在人境,而无车马喧。问君何能尔?心远地自偏。"在人海中"结庐",又要躲避车马喧嚣,可能吗?诗人自答:"心远地自偏。"只要精神上远离了人间喧嚣倾轧,周围的环境自会变得清静。这首诗,接下来就是无人不晓的名句:"采菊东篱下,悠然见南山。"我的住宅周围没有篱笆,也无菊可采,抬头所见,只有不远处的水泥颜色和邻人的窗户。

我书房门外走廊的东窗外,一缕绿荫在风中飘动。

我身居闹市,住在四层公寓的三楼,这是大半个世纪前建造的老房子。这里的四栋公寓从前曾被人称为"绿房子",因为,这四栋楼房的墙面,被绿色的爬山虎覆盖,除了窗户,外墙上遍布绿色的藤蔓和枝叶。在灰色的水泥建筑群中,这几栋爬满青藤的小楼,就像一片青翠的树林凌空而起,让人感觉大自然还在这个人声喧嚣的都市里静静地成长。我当年选择搬来这里,很重要的原因就是因为这些爬山虎。

搬进这套公寓时是初冬,墙面上的爬山虎早已褪尽绿色,只剩下无叶的藤蔓,蚯蚓般密布墙面。住在这里的第一个冬天,我一直心存担忧:这些枯萎的藤蔓,会不会从此不再泛青?我看不见自己窗外的墙面,只能观察对面房子墙上的藤蔓。整个冬天,这些藤蔓没有任何变化,在凌厉的寒风中,它们看上去已经没有了生命的迹象。

寒冬过去,风开始转暖,然而墙上的爬山虎藤蔓依然不见动静。每天早晨,我站在走廊里,用望远镜观察东窗对面墙上的藤蔓,希望能看到生命复苏的景象。终于,那些看似干枯的藤蔓开始发生变化,一些暗红色的芽苞,仿佛是一夜间长成,起初只是米粒大小,密密麻麻,每日见大,不到一个星期,芽苞便纷纷绽开,吐出淡绿色的嫩叶。僵卧了一冬的藤蔓,在春风里活过来,新生的绿色茎须在墙上爬动,它们不动声色地向上攀援,小小的嫩叶日夜长大,犹如无数绿色的小手掌,在风中挥舞摇动,永不知疲倦。春天的脚步,就这样轰轰烈烈地在水泥墙面上奔逐行走。没有多少日子,墙上已是一片青绿。而我家里的那几扇东窗,也成了名副其实的绿窗。窗框上,不时有绿得近乎透明的卷须和嫩叶探头探脑,日子久了,竟长成轻盈的窗帘,随风飘动。透过这绿帘望去,窗外的绿色层层叠叠、影影绰绰、变幻不定,心里的烦躁和不安仿佛都被悄然过滤。在我眼里,窗外那一片绿色,是青山,是碧水,是森林,是草原,是无边无际的田野。此时,很自然地想起陶渊明的诗,改几个字,正好表达我喜悦的心情:"觅春东窗下,悠然见青山。"

有绿叶生长,必定有生灵来访。在爬山虎的枝叶间,时常可以看到蝴蝶翩跹,能听到蜜蜂的嗡嗡欢鸣。蜻蜓晶莹的翅膀在叶梢闪烁,还有不知名的小甲虫,背着黑红相间的甲壳,不慌不忙在晃书卷多情似故人，晨昏忧乐每相亲。眼前直下三千字，胸次全无一点尘。活水源流随处满，东风花柳逐时新。

明人于谦诗句 辛卯春 赵丽宏

少年讀書如隙中窺月中年讀書如庭中望月老年讀書如臺上玩月皆以閱歷之深淺為所得之深淺耳

清人張潮論讀書 辛卯春趙麗宏書

动的茎须上散步。也有壁虎悄悄出没,那银灰色的腹部在绿叶间一闪而过,犹如神秘的闪电。对这些自由生灵们来说,这墙上的绿荫,就是它们辽阔浩瀚的原野山林。

爬山虎其实和森林里的落叶乔木一样,一年四季经历着生命盛衰的轮回,也让我见识着生命的坚忍。爬山虎的叶柄处有脚爪,是这些小小的脚爪抓住了墙面,使藤蔓得以攀援而上,用表情丰富的生命色彩彻底改变了僵硬冰冷的水泥墙。爬山虎的枝叶到底有多少色彩,我一时还说不清楚。春天的嫩红浅绿,夏日的青翠墨绿,让人赏心悦目。爬山虎也开花,初夏时分,浓绿的枝叶间出现点点金黄,有点像桂花。它们的香气,我闻不到,蝴蝶和蜜蜂们却闻到了,所以它们结伴而来,在藤蔓间上上下下忙个不停。爬山虎的花开花落,没有一点张扬,都是在不知不觉之中。花开之后也结果,那是隐藏在绿叶间的小小浆果,呈奇异的蓝黑色。这些浆果,竟引来飞鸟啄食。麻雀、绣眼、白头翁、灰喜鹊,拍着翅膀从我窗前飞过,停栖在爬山虎的枝叶间,觅食那些小小的浆果。彩色的羽翼和欢快的鸣叫,掠过葳蕤的绿叶柔曼的藤须,在我的窗外融合成生命的交响诗。

秋风起时,爬山虎的枝叶由绿色变成橙红色,又渐渐转为金黄,这真是大自然奇妙的表演。秋日黄昏,金红的落霞映照着窗外的红叶,使我想起色彩斑斓的秋山秋林,也想起古人咏秋的诗句,尽管景象不同,但却有相似意境:"树树皆秋色,山山唯落晖","山明水净夜来霜,数树深红出浅黄"。

一天,一位对植物很有研究的朋友来看我。他看着窗外的绿荫,赞叹了一番,突然回头问我:"你知道爬山虎还有什么名字吗?"我茫然。朋友笑笑,自答道:"它还有很多名字呢,常青藤、红丝草、爬墙虎、红葛、地锦、捆石龙、飞天蜈蚣、小虫儿卧草……"他滔滔不绝说出一长串名字,让我目瞪口呆,却也心生共鸣。这些名字,一定都是细心观察过爬山虎生长的人创造的。朋友细数了爬山虎的好处,说它们是理想的垂直绿化,既能美化环境,调节空气,又能降低室温。它们还能吸收噪音,吸附飞扬的尘土。爬山虎对建筑物,没有任何伤害,只起保护作用。潮湿的天气里,它们能吸去墙上的水分,干燥的时候,它们能为墙面保持湿度。朋友叹道:"你的住所,能被这些常青藤覆盖,是福气啊。"

我从前曾在家里种过一些绿叶植物,譬如橡皮树、绿萝、龟背竹,却总是好景不长。也许是我浇水过了头,它们渐渐显出萎靡之态,先是根烂,然后枝叶开始枯黄。目睹着这些绿色的生命一日日衰弱,走向死亡,却无力挽救它们,实在是一件苦恼的事情。而窗外的爬山虎,无须我照顾,却长得蓬勃茁壮。热风冷雨,炎阳雷电,都无法破坏它们的自由成长。

爬山虎在我的窗外生长了五个春秋,我以为它们会一直蔓延在我的视野,让我感受大自然无所不在的神奇,也曾想把我的"四步斋"改名为"青藤斋"。谁知这竟成为我的一个梦想。

那是一个盛夏的午后,风和日丽。我无意中发现,挂在我窗外的绿色藤蔓,似乎有点干枯,藤蔓上的绿叶萎头萎脑,失去了平日的光泽。窗子对面楼墙上那一大片绿色,也显得比平时黯淡。这是什么原因?我研究了半天,无法弄明白。第二天早晨,窗外的爬山虎依然没有恢复应有的生机。经过一天烈日的晒烤,到傍晚时,满墙的绿叶都呈萎缩之态。会不会是病虫之患?我仔细查看那些萎缩的叶片,没有发现被虫蛀咬的痕迹。第三天早晨起来,希望看到窗外有生命的奇迹出现,拉开窗帘,竟是满眼惨败之象。那些挂在窗台上的藤蔓,已经没有一点湿润的绿意,就像晾在风中的咸菜干。而墙面上的绿叶,都已经枯黄。这些生命力如此旺盛的植物,究竟遭遇了什么灾难?

我走出书房,到楼下查看,在墙沿的花坛里,看到了触目惊心的景象:碗口粗的爬山虎藤,竟被人用刀斧在根部齐齐切断!四栋公寓楼下的爬山虎藤,遭遇了相同的厄运。这样的行为,无异于一场残忍的谋杀。生长了几十年的青藤,可以抵挡大自然的风雨雷电,却无法抵挡人类的刀斧。后来我才知道,砍伐者的理由很简单:老公寓的外墙要粉刷,爬山虎妨碍施工。他们认为,新的粉墙,要比爬满青藤的绿墙美观。未经宣判,这些美妙的生命,便惨遭杀戮。

断了根的爬山虎还在墙上挣扎喘息。绿叶靠着藤中的汁液,在烈日下又坚持了几天,一周后,满墙绿叶都变成了枯叶。不久,枯叶落尽,只留下绝望的藤蔓,蚯蚓般密布在墙面,如同神秘的文字,也像是抗议的符号。这些坚忍的藤蔓,至死都不愿意离弃水泥墙,直到粉墙的施工者用刀铲将它们铲除。

"绿房子"从此消失。这四栋公寓楼,改头换面,消失了灵气和个性,成了奶黄色的新建筑,混迹于周围的楼群中。也许是因为居民们的抗议,有人在楼下的花坛里补种了几株紫藤。也是柔韧的藤蔓,也是摇曳的绿叶和嫩须,一天天,沿着水泥墙向上攀爬……

紫藤,你们能代替死去的爬山虎吗?

2010 年 10 月 6 日于四步斋

乌鸦和麻雀

很多年前,曾在故宫看到大群乌鸦,还以此为题写过诗。那是日暮时分,夕阳的余晖在古老皇宫的金黄色屋脊上闪耀。故宫里已经没有游人,听不见人声。天上传来乌鸦的鸣叫,开始只是一声两声,孤独而嘹亮,随之有黑色的翅膀划过彩色的屋檐,消失在屋脊背后。而它们引出的,却是一大群乌鸦,几乎是瞬间的工夫,无数乌鸦从四面八方飞来,密密麻麻停满了故宫高高低低大大小小的屋顶,乌鸦的鸣叫把寂静的故宫弄得一片喧闹。这是令人心惊的景象,仿佛是古老宫殿中的幽灵们在这里聚会,黑压压闪动在天地之间。

前几年冬天到北京,坐出租车经过长安街。也是黄昏时,夕照血红,天色尚明。呼啸的寒风中,路边的树木早已一派萧瑟,只剩下没有树叶的枝丫。无意中朝车窗外一瞥,发现奇异的景观:路边的大树上,枝丫竟然并不枯秃,无数黑色的物体密匝匝缠满树枝,不是树叶,也不是果实,所有的行道树上,都是如此。这是什么?车在行驶,看不真切。司机发现我在张望,问我看什么。我问他:树上是什么?司机不动声色,吐了两个字:乌鸦。

我吃了一惊,这是乌鸦吗?长安街两边的大树,每棵树上都停栖着这么多乌鸦,整条大街上,聚集着多少乌鸦?它们白天在哪里活动,此刻又为什么会在这里聚集?更使我纳闷的是,我坐在车上,竟然听不到一声乌鸦的鸣叫。这些爱聒噪的黑色大鸟,为什么变得如此沉静?与它们近在咫尺的长安街上,奔流的车水马龙正轰鸣作响,但它们似乎视而不见,只是用脚爪抓住在风中摇动的树枝,安静地做自己的梦……

突然想起了乌鸦反哺的传说。在大自然中,这是罕见的现象。这些懂得向父母报恩的黑色大鸟,其实并不可怕。在这么热闹的长街上栖息,能不能看作是它们亲近人类的表示呢?

现在,如果走进空寂的故宫,金黄色的古老皇宫屋脊上,还有它们的形声和踪迹吗?

在上海,难得看到乌鸦。以前城里绿地少,难觅鸟雀踪影。现在树种得多了,水泥的森林中不时能看到新出现的树林。飞鸟也随之多起来,斑鸠、白头翁、柳莺、绣眼、黄雀,不知它们从什么地方飞过来。偶尔还能看到灰喜鹊,在绿荫中呼扇着硕大的翅膀,优雅地从人们的头顶飞过。有时竟然还能听见布谷鸟的鸣叫,一声声,幽远而嘹亮,穿越陈杂的楼屋,在我耳畔回旋。

而在城市里,最常见的鸟类,当然要数麻雀。对我来说,没有一种鸟比麻雀更亲近了。它们每天都活跃在我的视野中,有时在窗外的树上扑腾,有时就飞到我的窗台上溜达,这使我有机会近距离看它们。麻雀头大脖子短,褐色羽毛,形象并不美,但很可爱。只要活着,它们似乎没有一分钟停止活动,永远成群结队地在那里蹦蹦跳跳。

幼年时看过人类围剿麻雀的景象。那时,中国人把麻雀列为害鸟,全民共诛之。成千上万人对着天空呐喊,敲锣打鼓,可怜的麻雀在人们的讨伐声中惊惶乱飞,无处歇脚,最后精疲力竭,如中弹般从天空纷纷坠落,有些麻雀就撞死在墙头。我也曾敲打着面盆参与过围剿麻雀的战争,开始觉得好玩,但目睹麻雀们的死亡过程后,幼小的心里充满了同情。还好,闹剧很快结束,麻雀们得到平反,它们在人类的世界中又重获生存的权利。少年时,我有过一次养麻雀的经历。将一只刚孵化出来不久的小麻雀,从一个小小的粉红色肉球,喂养成一只羽毛丰满的麻雀,这是一个不简单的过程。为了给小麻雀寻找食物,我曾无数次爬到树上捉皮虫。喂食时,小麻雀仰着脑袋大张着黄口,发出急切的呼叫,我这才懂得了什么叫做"嗷嗷待哺"。在麻雀还没有真正学会飞翔时,我和它有过最美妙的相处。我将它扔到天上,它会拍打着翅膀飞回到我的手掌上。现在回想起来,那真是不可思议的景象。然而等它完全掌握了飞行的本领,就再也不甘心被我豢养。一次,我将它扔上天空,它展翅远去,消失在天空中,再也没有回来。那时,我也懂得了,对于这些成群结队在人类周围飞翔活动的小鸟来说,自由比什么都重要。

上小学时,有一次正上课,有两只麻雀飞落到教室的窗台上,发出极其欢快的鸣叫。全班同学都被那兴奋婉转的鸣叫声吸引,大家从来没有听到麻雀这样叫过。窗台上的景象,也是以前没见过的,只见那两只麻雀拍打着翅膀交缠在一起,一会儿磨着嘴,一会儿互相攀骑,像是在打架,又像是在亲热。给我们讲课的是一个年轻的女教师,她也停止了讲课,看着窗外那两只麻雀,不知为什么,竟然脸色涨得通红。那两只麻雀把窗台当成了舞台和床,在几十双眼睛的注视下,它们不停地欢叫着舞蹈着,仿佛要没完没了纠缠下去。最后,是女教师走过来打开窗户,赶走了那两只麻雀。它们飞走后,就停落在旁边的屋顶上,从教室里虽然看不到它们,但它们的欢声依然随风飞扬,飘进每个人的耳朵。这一课老师讲的什么内容,已经没有一丝印象,而那两只麻雀春心荡漾的鸣叫和欢状,却清晰如昨。

前些年,搬了新家,在书房装空调时,外墙留下一个洞,装修结束时,忘了将那洞填补掉。反正那洞和房间并不相通,便没有填没它。没想到这墙洞居然成为麻雀的家。每天早晚,可以看见它们飞进飞出,在洞口欢呼雀跃,有时还会飞上窗台,俨然成为我的邻居。在书房写作时,窗外麻雀们的啁啾是我耳中美妙的音乐。那时,家里养着一只芙蓉一只绣眼,笼子就挂在阳台上。每天早晨给鸟喂食时,便有麻雀飞来。芙蓉和绣眼吃食,总会把小米弄到阳台上,这些溅落的小米,就成为麻雀的早餐。

来阳台做客的麻雀中,有一只麻雀蹦跳的动作很奇怪,节奏似乎比别的麻雀慢一点,离开时也总是最后一个起飞。仔细观察后才发现,这只麻雀,竟然只有一只脚。每天早晨,这只独脚麻雀一定会来,它在阳台上蹒跚觅食,虽然动作有点迟钝,但样子仍然活泼快乐。我不知道,它的独脚,是先天残缺,还是事故形成。拖着一只脚飞翔蹦跳觅食,是一件艰难的事情。麻雀的社会里没有残疾慈善组织照顾它,为了生存,它必须比别的麻雀付出更多的精力。我养的芙蓉和绣眼先后飞走了,阳台上挂着空笼子。而那只独脚麻雀依然每天飞来。我在阳台上撒一些小米喂它,看它用一只脚在阳台上来回蹦跳啄食,心里充满了怜悯。独脚麻雀的孤身拜访,持续的日子很短,大约四五天之后,它便消失了踪迹,阳台上的小米再无法吸引它过来。它是找到了更好的觅食地点,所以放弃了我的阳台,还是遭遇灾祸,再也无法飞翔? 我永远也无法知道。

还好,书房外阳台上的那个墙洞,依然是麻雀们的巢穴;我的耳畔,还是常常能听见麻雀欢快的啁啾。麻雀的鸣叫,已经成为我生活环境的一部分。它们的声音,远比城市里的人喊车啸要美妙得多。

2010 年秋日

美人鱼和白崖

去丹麦的前一天,我在荷兰的古城代尔夫特散步。这是一个小小的市镇,在欧洲却很有名,因为这里是画家维米尔的故乡。维米尔生活的时代是十七世纪,他一生居住在这里,从未远足。但他却成为荷兰历史上最伟大的画家之一。三百多年前的教堂,依然屹立在古城的中央,教堂的钟楼高耸云天,钟声响起时,全城都回荡着优美而又古意盎然的金属之音。钟声在古城上空久久飘漾,如晶莹的金属之雨,洒落在每一条小巷,飘入每一扇窗户,仿佛要把人拽回到遥远的古代。

在古老的钟声中,我想起了安徒生。明天,就要去丹麦,要去拜访他的故乡。路边出现一家书店,我走进去,心里生出一个念头:在这里,能否找到安徒生的书?书店门面不大,走进去才发现店堂不小。在书店的童书展柜中,我看到安徒生童话堆放了整整一排书架,各种不同的版本,文字版的、绘图版的,荷兰文、丹麦文、英文、法文、德文、瑞典文。我不懂这些文字,但书封皮上的图画,让人一眼就辨别出安徒生名作中的形象:《丑小鸭》《海的女儿》《卖火柴的小女孩》《皇帝的新衣》……一个金发碧眼的小姑娘,正和她母亲一起,站在书柜前翻阅这些书。

钟声还在空中回荡。还没有到丹麦,我已经听见了安徒生的声音。

在 大 街 上

　　到哥本哈根，第一个停留的地方，是安徒生大街。这是哥本哈根最宽阔的一条大街。街上车流不断，路畔有彩色的老房子，也有高大的现代建筑。人行道上，行人大多目不斜视，步履匆匆。呈现在我眼前的，是现代的生活，和安徒生的时代似乎没有多少联系。安徒生第一次到哥本哈根的时候，才十四岁。一个来自偏僻小城的少年，面对首都的繁华和热闹的人群，一定手足无措。他是来哥本哈根寻找生活的，他还不知道自己的人生轨迹是何种模样。那时，他大概还没有想过自己要当一个作家。据说他热爱音乐，希望成为一个歌剧演员。安徒生天生好嗓子，唱歌时也懂得用心用情，在皇家剧院试唱时，颇受那里管事人的赏识，因此剧院也成了他经常光临的场所。然而好景不长，一次伤风感冒后，他的嗓子哑了，原来唱歌时发出的清亮圆润的声音，永远离他而去。

　　失去了好嗓音，对少年安徒生是一个大苦恼，是一场灾难，他再也无法圆自己当歌唱家的美梦。但少年安徒生的这场灾难，却也是文明人类的幸运，一个伟大的童话作家，因此而有了诞生的可能。试想，如果少年安徒生在歌剧舞台上如鱼得水，赢得赞美和掌声，一步步走向成功，哥本哈根可能会出现一个年轻的歌唱家，他可能会星光灿烂，显赫一时，让和他同时代的人们有机会听到他的歌声。不过毫无疑问，他的歌声和他的名声，将随着岁月的流逝，很快被人们遗忘。好在他失去了好嗓音，因而不得不放弃了做歌唱家的梦。他开始专注于写作，写诗、写小说、写戏剧，也写童话。最后，他发现自己最擅长，也是最能借以表达灵魂中的憧憬和梦想、倾诉内心爱之渴望的文体，是童话。

舞台上少了一个少年歌者,对当时的音乐爱好者来说,其实只是一个小小的损失,安徒生退场,一定还会有别的少年歌手来顶替他,也许比他唱得更好。然而对于丹麦和全世界的孩子们,却因此后福无穷。安徒生即将创造的文学形象,将走进千家万户,给孩子们带来欢乐,带来梦想。他把人间的挚爱和奇幻的异想,像翅膀一样插到每一个读者的心头,让读者和他的童话一起飞,飞向无限遥远美好的所在。他的童话,将叩开孩子们蒙昧的心门,将他们引入阔大奇美的世界,多少人生的境界,将因为他的文字而发生美丽的改变。

安徒生的童话,每一篇都不长,却深深地打动了读者,让人垂泪,让人惊愕,让人失笑,也让人思索。他的童话中,有最清澈纯真的童心,也有历尽沧桑后发出的叹息。安徒生的童话,读者并不仅仅是孩子,成年人读这些童话,会读出更深沉的况味。一篇《皇帝的新衣》,有多么奇特的想象力,又有多么幽邃的主题。皇帝的虚荣和愚昧、骗子的聪明和狡诈、童心的纯真和无畏,交织成奇特的故事,人性的弱点和世态的复杂,在短短的故事中被展示得如此生动。这些涵义深刻的童话,可以从幼童一直读到老年。作为一个人类历史上影响最大的童话作家,安徒生一生只写了一百六十八篇童话。也许,这样的创作数量,比世界上大多数童话作家的创作数量都要少。他从三十岁开始写童话,连续不断写了四十三年,平均每年创作不到四篇。我认识一些当代的童话作家,年龄并不大,已经创作了千百篇童话,数量已经远远超过了安徒生,但没有多少孩子知道他们。这样的比较也许没有意义,世界的童话史中,只有一个安徒生,他是无可替代的。

安徒生大街很长,在临近哥本哈根市政厅的人行道上,终于看到一尊安徒生的铜像。

铜铸的安徒生穿着燕尾服,戴着他那顶标志性的礼帽,在一把椅子上正襟危坐。他面目沉静,凝视着他身边车流滚滚的大街。这是一个拘谨严肃的沉思者形象,他的表情中,似乎有几分忧戚。他的目光投向大街的对面,对面是一个古老的儿童游乐场。安徒生在世时,这个儿童游乐场就已经在这个地方。据说,他经常来这里看孩子们玩耍,孩子们活泼的身影和欢乐的嬉闹声,曾给他带来创作的灵感。

我在哥本哈根坐车或者散步时,望着周围的景色,心里常常生出这样的念头:当年,安徒生是不是在这样的景色中寻找到创作的灵感?我发现,这里的房屋,尽管比英国、法国和意大利的建筑看上去要简朴一些,然而色彩却异常鲜艳。每栋房子的颜色都不一样。站在河边的码头上看两岸的建筑,它们高低起伏,鳞次栉比,五颜六色挤挨在一起,缤纷夺目,就像孩子们的玩具积木,有童话的风格。我不知道是安徒生的童话影响了这里的建筑风格,还是这样的彩色房子给了安徒生创作的灵感。也许,两者兼具。丹麦朋友告诉我,安徒生曾经在河边的这些彩色房子中居住过,那时,每天傍晚,在河边的林荫路上都能看到他瘦长的身影。

哥本哈根是安徒生走向文学、走向童话、走向世界的码头。如今,哥本哈根因安徒生而生辉,安徒生照亮了哥本哈根,照亮了丹麦,这座古老城市的所有光芒,都凝集在这位童话作家的身上。

美 人 鱼

清晨,海边没有人影,美人鱼雕像静静地坐在海边。

安徒生创造的美人鱼,是人类童话故事中最美丽动人的形象之一。哥本哈根海边的这座铜像,凝集着安徒生灵魂的寄托。她是美和爱的象征,也已成为丹麦的象征。前几年上海举办世博会,哥本哈根的美人鱼漂洋过海,去了一趟中国。丹麦馆中的美人鱼是上海世博会中最受人欢迎的风景。人们站在美人鱼身边拍照时,感觉就是在丹麦留影,也是和安徒生童话合影。

雕塑的美人鱼,如果不是下身的鱼尾,其实就是生活中的一个可爱的小姑娘。她身体柔美的曲线,她凝视水面的娴静表情,和她背后浅蓝色的大海融合成一体。

这是全人类都熟悉的形象,安徒生创造的这个为爱情甘愿承受苦痛,甚至牺牲生命的美丽女子,感动了无数读者。在安徒生童话中,《海的女儿》是一篇深挚而凄美的作品,读得让人心酸、心痛。其实这也是一篇带有精神自传意味的作品。

在女人面前,安徒生自卑而羞怯。在几种安徒生的传记中,我都读到过他苦涩的初恋和失败的求爱。童年时,他曾经喜欢班上唯一的女生,一个叫莎拉的小姑娘。他把莎拉想象成美丽的公主,偷偷地观察她,用自己的幻想美化她,渴望着接近她。这个被安徒生想象成公主的小姑娘,也是贫苦人家的孩子,她的梦想是长大了当一个农场的女管事。安徒生告诉莎拉,公主不应该当什么农场管事,他发誓长大了要把她接到自己的城堡里。听了安徒生的这些话,惊愕的小莎拉就像遇到了外星人……这样的初恋,结局是什么呢?安徒生几乎被周围所有孩子讥讽,甚至遭到富家子弟的打骂。更让他伤心的是,他不仅没有擒获莎拉的芳心,竟也遭到莎拉的嘲笑,小姑娘认为安徒生是个想入非非的小疯子。

安徒生经历过数度爱情的失意,被拒绝或者被误解,不止一次打击过他,伤害过他。在哥本哈根求学时,他曾经深爱过寄宿房东的女儿,但他始终不敢表白,只是默默地关注她、欣赏她、思念她。直到分手,他都未曾透露心中的秘密,最后只让它成为生命记忆中的美和痛。

少年时代我曾经非常喜欢苏俄作家巴乌斯托夫斯基的《金蔷薇》,其中有一篇写安徒生的故事《夜行的驿车》,是这本书中最动人的篇章。在夜行驿车上,黑暗笼罩着车厢,平时羞涩谦卑的安徒生一反在白日阳光下的羞怯,一路滔滔不绝,和四个同车的女性对话。他以自己的灵动幽默的言语、深邃智慧的见解,还有诗人的浪漫,预言她们的爱情和未来的生活。女人们在黑暗中看不清安徒生的脸,但都被他的谈吐吸引,甚至爱上了他。故事中的一位美丽的贵妇,很明确地向安徒生表白了自己对他的欣赏和爱慕,而安徒生却拒绝了这从天而降的爱情,默默地退回到黑暗中,回到他没有女人陪伴的孤单生活。这种孤单将终生伴随他。《金蔷薇》中的故事情节,也许是巴乌斯托夫斯基的文学虚构,但这种虚构,是有安徒生的人生印迹作为依据的。

在《海的女儿》中,安徒生以自己为原型创作了小美人鱼:她深爱着王子,却只能默默地观望,无声地思念。为了追求爱,她宁肯牺牲性命。在那篇童话中,美人鱼的死亡和重生,交织在一起,那是一个让人期待又叫人心碎的时刻。安徒生在他的童话中这样结尾:"太阳从海里升起来了。阳光柔和地、温暖地照在冰冷的泡沫上,小人鱼并没有感到灭亡。她看到光明的太阳,同时在她上面飞舞着无数透明的、美丽的生物。透过它们,她可以看到船上的白帆和天空的彩云。它们的声音是和谐的音乐……"

人间的真情和美好,有时只能远观而难以接近,只能在心里默默地欣赏、品味、期待,也许永远也无法融入现实的生活。

安徒生逝世前不久,曾对一位年轻的作家说:"我为我的童话付出了巨大的代价,我要说,是大得过分了的代价。为了这些童话,我断送了自己的幸福,我错过了时机,当时我应当让想象让位给现实,不管这想象多么有力,多么灿烂光辉。"安徒生的这段话,也是出现在巴乌斯托夫斯基的《夜行的驿车》中的,是否真实,无法断知。说安徒生是因写童话而错过了爱情,牺牲自己原本可以得到的幸福,其实并不符合逻辑。安徒生成名后,倾慕他的人不计其数,作为一个成功的男人,他的机会非常多。如果恋爱、成家、生儿育女,未必会断送自己的写作才华。安徒生终身未娶,还是性格所致。

生活中没有恋爱,就在童话中创造迷人的精灵,赞美善良美丽的女性。所以才有了《海的女儿》,有了这永远静静地坐在海边的美人鱼。

美人鱼所在的海边,对面是一个工厂,恰在美人鱼头顶的位置上,有三个大烟囱。在晴朗的蓝天下,三个大烟囱正冒着淡淡的白烟,就像有人站在美人鱼背后悠闲地抽着雪茄,仰对天空吞云吐雾。对于这样一个美妙的雕塑,这三根烟囱是有点煞风景的陪衬和背景。也许,这也是一个暗喻:在这个世界上,永远不会有无瑕和完美。

他是个美男子

雨后,石头的路面上水光闪烁,犹如一条波光粼粼的小河,在彩色的小屋间蜿蜒。

这是欧登塞的一条僻静的小街。安徒生就出生在这条小街上,他的家,在小街深处的一个拐角上。几个建筑工人在装修故居,墙面被破开,屋内的景象站在街上就能看见,黄色的墙壁,红色的屋顶,白色的窗户,让人联想到童话的绚烂多彩。安徒生童年住的房子,是否会有这样鲜艳的色彩,让人怀疑。据说安徒生是出生在一张由棺材板搭成的床铺上,他从娘胎中一露面,就开始大声啼哭,声音之大,让所有听见的人都觉得惊奇。在场的一个神父,笑着安慰安徒生的父母,他说:别担心,婴儿的哭声越响,长大后歌声就越优美。神父怎么也想不到,这个大声啼哭的孩子,长大后会唱出那么美妙的歌。

我站在小街上,想象安徒生童年生活的情景。一群穿着鲜艳的孩子从我身边走过，一个个金发碧眼，叽叽喳喳地说着我听不懂的话。两个年轻的姑娘带着这些孩子，她们也是来寻找安徒生的。

毫无疑问，童年安徒生曾经在这里生活。他的喜欢读书的鞋匠父亲，他的含辛茹苦的洗衣妇母亲，他儿时的玩伴，他熟悉的邻居，都曾在这条街上来来往往。这是一个流传着女巫和鬼神故事的小镇，人们喜欢在黑夜来临时，在幽暗的灯火中传播那些惊悚的故事。安徒生对这些故事深信不疑，他常常在心里回味这些故事，并且用自己的想象丰富这些故事，让故事生出翅膀，长出尾巴。离安徒生故居不远的地方，可以看到一片树林。小安徒生曾经面对着黑黢黢的树林，幻想着在树林里作怪的妖魔，幻想着这些妖魔正从黑暗中张牙舞爪地向他扑过来。有时候，他被自己脑子里出现的念头吓坏了，一路狂奔着逃回家去。

我走在这条小路上，想象着那个被自己的幻想惊吓到的孩子，是如何喊叫着在铺着石板的路上跌跌撞撞地奔跑，就像一匹惶然失措的小马驹，不禁哑然失笑。

安徒生的想象力非同寻常，这想象力从他孩提时代已经显露。很多后来创作的童话，就起始于童年时的幻想。他在自己的故事中曾经这样描绘：一个古老的魔箱，盖子会飞起来，里面藏着的东西便随之飞舞。箱子里藏着什么呢？有神秘的思想和温柔的感情，还藏着天地间所有的魅力——大地上的花朵、颜色和声音，芬芳的微风，海洋的涌动，森林的喧哗，爱情的苦痛，儿童的欢笑……

安徒生的魔盒，就是在欧登塞的小街和人群中开始有了最初的雏形。

1819年9月6日，十四岁的安徒生第一次离开故乡去哥本哈根。一个瘦瘦高高的男孩，手里提着一个包袱，包袱中有他心爱的书和木偶。他的口袋里，装着三十个银毫子。马蹄敲打着石板路,安徒生坐在马车上,眼里含着泪水。小城的教堂、街道和房屋后面的树林在他的眼帘中渐渐变得模糊。回首故乡,还未成年的安徒生,对故乡满怀着依恋和感激。但他对自己远走高飞的计划一点不犹豫,他相信自己的才华会被世界认识,他在那天的日记中写下这样的句子:"有一天,当我变得伟大的时候,我一定要歌颂欧登塞。"他在日记中大胆地遐想着:"有一天,我将成为这个高贵城市的一个奇迹,为什么不可能呢?那时候,在历史和地理书中,在欧登塞的名字下,将会出现这样一行字:一个名叫安徒生的丹麦诗人,在这里出生!"

十四岁的安徒生,将自己的未来身份定位为诗人。那时,他还没有写童话。安徒生年轻时代写过很多诗歌,成为当时丹麦诗坛的一颗新星。但他最终以童话扬名世界。他的童话,每一篇都饱含诗意,从本质上说,安徒生终生都是一个诗人。

安徒生十四岁时的预言,早已成为现实,"安徒生"这个名字辉煌的程度,远远超出他的预期。安徒生是欧登塞的骄傲,这个原本寂寂无名的小镇,因为安徒生而成为世界名城。到丹麦来的人,谁不想到这里来看一下。

和安徒生故居连在一起的,是安徒生博物馆。这是让全世界孩子向往的一个博物馆,也是让所有的作家都自叹不如的博物馆。

在安徒生博物馆中,有一个陈列安徒生作品的图书馆,四壁的大书橱里,放满了被翻译成各种语言的安徒生童话。安徒生创作的故事,经过翻译,传播到世界的每一个角落,从欧洲、亚洲、到美洲、非洲,国家无论大小,只要那里有文字、有书、有孩子,就有安徒生童话。他的书,到底有多少译本,有多少种类,已经无法统计。在这些书柜中,我看到来自中国各地出版社的很多种安徒生童话的中文译本,从二十世纪三十年代的老译本,一直到最近几年的新译本。我读过多种安徒生童话的有关资料,

书卷多情似故交,晨昏忧乐每相亲。眼前直下三千字,胸次全无一点尘。邀人读书诗意,令人读之似生亲近。甲午首夏 赵麟宏画并书

双猫莲蓬

静心多思乃哲人之道也 戊子九月 赵丽宏

有说安徒生童话在全世界被翻译成两百多种语言,也有说是八十多种语言,不同的数据落差很大。人类一共有多少种文字,谁也说不清楚,不过我相信,大多数还在使用的文字,都会有安徒生童话的对应译本。这里的统计数字,大概也不会精确。如果安徒生活过来,走进这个图书馆,他也许会受到惊吓。面对着这么多来自世界各地的安徒生童话,其中大多数文字是他不认识的。

安徒生博物馆的标志,是一个圆形的剪纸人脸,样子犹如光芒四射的太阳神,这是安徒生的杰作。安徒生是剪纸高手,博物馆里展出了不少他的剪纸作品,其中有各种形态的花卉和动物,还有形形色色的人物。剪纸,大概是安徒生写作间歇时的一种余兴和游戏,他随手将心里想到的形象剪了出来。安徒生的剪纸,最生动的还是人物。人物剪纸中有一些长臂长腿的舞者,是安徒生剪出来挂在圣诞树上的,圣诞音乐奏响时,这些彩色的纸人会在圣诞树上翩翩起舞。有一幅小小的剪纸作品,让我观之心惊。这是一幅用白纸剪成的作品,底下是一颗心,心上长出一棵树,树梢分叉,变成一个十字形绞架,绞架的两端,各吊着一个小小的人。安徒生想通过这剪纸告诉世人什么?

安徒生曾被人认为相貌丑陋,他也因此而自卑。安徒生瘦瘦高高,小眼睛,大鼻子,他常常戴着礼帽,身着燕尾礼服,衣冠楚楚,一副绅士派头。前年夏天在纽约的中央公园,我曾见过一尊安徒生的雕像,他坐在美国的公园里,手捧着一本大书,凝视着脚边一只丑小鸭。这尊雕像,把安徒生的头塑得很大,有点比例失调。不过美国人都喜欢这座雕像,很多孩子坐在安徒生身边和他合影。

安徒生的长相是否丑陋,现在的丹麦人对此看法已经完全不同。在安徒生博物馆中,有很多安徒生的照片和油画,也有不少安徒生的雕塑。照片和油画中的安徒生,忧郁而端庄,虽谈不上俊美,却也绝不是一个丑陋的男人。我仔细看了博物馆中的每一尊雕塑,其中有头像、胸像,也有和真人差不多高的大理石全身立像。这里的安徒生雕像,目光沉静安宁,脸上是一种沉思的表情。有一尊雕像,刻的是安徒生正在给两个小女孩讲故事,他满面笑容,绘声绘色地讲着,一只手在空中挥动。两个小女孩倚在他身边,瞪大了眼睛听得出神。这是一个和蔼可亲的形象。

安徒生博物馆的讲解员是一位姿态优雅的中年女士,她站在安徒生的一尊大理石立像旁,微笑着对我说:"安徒生并不丑,他相貌堂堂,是个美男子。"

白色纪念碑

秋风萧瑟,黄叶遍地。天上飘着小雨,湿润的树林轮廓优雅而肃穆。一只不知名的鸟躲在林子深处鸣叫,声音婉转轻柔,若隐若现,仿佛从遥远的天边传来。沿着布满落叶的曲径走进树林,看见了一块块古老的墓碑。

安徒生就长眠在这里。

这是哥本哈根城郊的一个墓园。人们来这里,是来看望安徒生的。然而要找到安徒生的墓并不容易。树林中的墓都差不多,一块简朴的石碑,一片灌木或者一棵老树,就是墓地的全部。

天上下着小雨,墓园中静悄悄不见人影。站在一片碑林之中,有点茫然,安徒生的墓在哪里呢?正在发愁时,不远的墓道上走过来几个散步的人。一个年轻妇女,推着一辆童车,车上有婴儿,身边跟着一条高大的牧羊犬。看到我们几个中国人,她并不惊奇。我问她,安徒生的墓地在哪里?她莞尔一笑,抬手向我身后指了一下。原来,我已站在安徒生的身旁。

安徒生的墓并不显赫,也没有什么特殊之处,没有雕像,没有安徒生童话中的人物,甚至没有多少艺术的气息,只是一座普普通通的墓,简洁,朴素,占据着和别人相同的一方小小的土地。

一块长方形的白石墓碑,上面刻着安徒生的生卒年月。墓碑两侧,是精心修剪过的灌木丛,如同两堵绿色的墙,将安徒生的墓碑夹在中间。安徒生的墓碑前,放满了鲜花,有已经枯萎的花束,也有沾着雨珠的新鲜的花朵。这些鲜花,使安徒生的墓和周围杂草丛生的墓地有了区别。

埋葬在安徒生周围的,是我不认识的人,他们是与安徒生同时代的人物。每个人占据的墓地都差不多大,也是简朴的墓碑,上面镌刻着墓主的生卒年月。长眠在这里的人们,大概想不到自己会成为安徒生的邻居。

墓地的设计者,当然不会是长眠在墓穴中的墓主。安徒生的墓碑,设计者也不会是他本人。在丹麦,安徒生的雕像和纪念碑很多,和安徒生的童话相比,这些雕像和纪念碑,显得太平常。

我突然想起了白崖,那是丹麦海边的一座高山。

离安徒生家乡两百公里远的海边,有一座奇妙的山峰,当地人称它为白崖。坐车去那里花了两个多小时。上坡,盘山,到一个无人的山谷。这里能听到海涛声,却看不见海。沿着一条通向林荫深处的木栈道,走向山林深处。木栈道沿着山崖蜿蜒,到一个突出的山坡上,突然就看到了白崖。

这是耸立在海边的万仞绝壁,它确实是白色的,白得纯粹,白得耀眼。白崖下面就是海滩,海滩的颜色,竟然是黑色的。白色的崖壁,黑色的海滩,蓝色的海水。蓝、白、黑,在天地间构成一幅神奇的图画。

栈道曲折而下,把我引到海滩上。站在海滩上仰观,白崖更显得森然、伟岸、纯净,如拔地而起的一堵摩天高墙,连接着天和海。海滩上的卵石,大多呈黑色,或者黑白相间。我不明白,为何一座白色的山崖,被风化在海滩上的碎片,却变成了黑色的卵石。这样的演变和结局,如同深藏玄机的魔术。

据当地人介绍,喜欢旅行的安徒生不止一次来这里,他曾来到白崖下,一个人坐在黑色的海滩上,遥望着深蓝色的大海,想他的心事。

眼前的山崖和海滩,和安徒生时代的相比,大概没有什么变化。安徒生来这里时,还是个年轻人,那些后来让他名扬世界的童话故事,这时还没有诞生。他坐在海边,惊叹自然和天籁的神秘奇美时,也曾让想象之翼在山海间飞舞。那些心怀着梦想的精灵,那些化成了动物之身的聪慧生灵,那些会说话思考的玩偶,也许曾随着安徒生的遐想,在白崖上自由翩跹。

白崖,其实更像一块硕大无朋的白色巨碑,耸立在丹麦的海岸上。这才是举世无双的纪念碑,它属于丹麦,也属于安徒生。

2013 年 5 月 26 日于四步斋

诗·梦·金钥匙

在塞尔维亚的古城斯梅德雷沃,我得到一把金钥匙,这是欧洲对中国诗歌的褒奖。对我而言,这是一个意外。在来自世界各地的诗人的注视下上台领奖,感觉犹如做梦。颁奖词中有这样的话:"赵丽宏的诗歌让我们想起诗歌的自由本质,它是令一切梦想和爱得以成真的必要条件。"宣读颁奖词的是塞尔维亚作家协会主席拉多米日·安德里奇,也是一位诗人,他的颁奖词的题目是《自由是诗歌的另一个名字》。他的话在我心里引起了共鸣,这是对所有发自心灵的诗歌的评价。他在颁奖词中引诵了我四十多年前写的诗句:

> 你说,要是做鸟多好,
> 做鸟,就能比翼双飞,
> 在辽阔的天空里自由翱翔;
> 你说,要是做鱼多好,
> 做鱼,就能随波逐流,
> 在清澈的流水中幽会。
> 生而为人,你我只能被江海分隔,
> 日夜守望……

想起了写这些诗句时的情景:一间小草屋,一盏昏暗的油灯,从门缝里吹进来的海风把小小的灯火吹得摇晃不定,似乎随时会熄灭。然而心中有期盼、有梦想,有遥远的呼唤在灵魂里回旋。在那样的岁月里,诗歌如同黑暗中的火光,如同饥渴时的一捧泉水。文字是多么奇妙,它们能把心里梦想画出来,固定在生命的记忆板上。不管岁月怎样流逝,它们都会留在那里,就像水里的礁石。流水经过时,礁石会溅起飞扬的水花。

从斯梅德雷沃市市长手中接过金钥匙之后,要发表获奖感言,我说了如下这些话:

能用中国的方块字写诗,我一直引以为骄傲。我的诗歌,被翻译成塞尔维亚语,并被这里的读者接受,引起共鸣,我深感欣慰。

诗歌是什么?诗歌是文字的宝石,是心灵的花朵,是从灵魂的泉眼中涌出的汩汩清泉。很多年前,我曾经写过这么一段话:"把语言变成音乐,用你独特的旋律和感受,真诚地倾吐一颗敏感的心对大自然和生命的爱——这便是诗。诗中的爱心是博大的,它可以涵盖人类感情中的一切声音:痛苦、欢乐、悲伤、忧愁、愤怒,甚至迷惘……唯一无法容纳的,是虚伪。好诗的标准,最重要的一条,应该是能够拨动读者的心弦。在浩瀚的心灵海洋中引不起一星半点共鸣的自我激动,恐怕不会有生命力。"年轻时代的思索,现在回想起来,仍然可以重申。

感谢斯梅德雷沃诗歌节评委,给了我这么高的荣誉。这是对我的诗歌创作的褒奖,也是对中国当代诗歌的肯定。感谢德拉根·德拉格耶洛维奇先生,把我的诗歌翻译成塞尔维亚语,没有他创造性的劳动,我在塞尔维亚永远只是一个遥远的陌生人。

中国有五千年的诗歌传统,我们的祖先创造的诗词,是人类文学的瑰宝。中国当代诗歌,是中国诗歌传统在新时代的延续。在中国,写诗的人不计其数,有众多优秀的诗人,很多人比我更出色。我的诗只是中国诗歌长河中的一滴水、一朵浪花。希望将来有更多的翻译家把中国的诗歌翻译介绍给世界。

谢谢塞尔维亚,谢谢斯梅德雷沃,谢谢在座的每一位诗人。

这是我的肺腑之言。

把我的诗集翻译成塞尔维亚语的德拉根·德拉格耶洛维奇是著名的诗人,他上台介绍了我的经历和诗歌。听不懂他的塞尔维亚语,但知道他说些什么:是他为我的诗集写的前言中那些睿智的议论。在这本双语诗集中,他的前言已经被翻译成中文。他的发言中有这样的话:"人类几千年的诗歌体验已经证实:简练的语言,丰富的想象,深远的寓意,是诗歌的理想境界,永远不会过时。"

颁奖会的高潮,是诗歌朗诵。我站在台上,在灯光的照耀下,用我亲爱的母语慢慢地读自己的诗。我知道,今晚的听者大多不懂中文。但我看到台下无数眼睛在闪光,一片静寂。我的声音在静寂中回荡。其中一首诗的题目是《古老的,永恒的……》,这是我年轻时代对自然之美的向往。时过三十多年,不知这些文字是否还能拨动人心,而且还是在远离故乡的万里之外的异域。

掌声很热烈,持续得也很久。我想,这是礼节性的掌声,在这说着完全不同语言的遥远异乡,谁能听懂我的诗呢?当然,随后有人用塞尔维亚文和英文朗诵,朗诵者是这里的著名演员,我不认识。我的诗,变成了完全陌生的语音和旋律,重新在静寂中回旋……

诗歌毕竟不是音乐,还是会有语言的障碍。尽管我看到听众脸上的陶醉,但我相信,他们只是借景抒情,只是在联想,只是在陌生的旋律中,回忆着自己的梦。

典礼结束走出会场时,被当地的年轻人包围,他们拿着我的诗集要求签名、合影。一位满头银发的老太太走到我身边,喃喃地说了一番话。翻译告诉我:她说她被你的诗歌深深感动,她衷心祝贺你。一位来自塞浦路斯的诗人走过来拥抱我,说今夜是中国诗人的夜晚,是你的夜晚。

在会场大门口,一个姑娘从后面走上来,把一个手提袋送到我手中,她羞涩地笑着说:"祝贺你,这是我的一点点心意。"说完,转身离去。手提袋里,是一束鲜花、一瓶红葡萄酒,还有一块巧克力。里面放着一张小纸条,上面写着:"谢谢您,给我们一个如此美好的夜晚!"

举头仰望,一轮皓月当空。万里之外的故乡,也应该是这样的明月照人吧。

以为一切都已过去,没想到诗的余韵竟袅袅不绝。

第二天早晨,在街上散步,经过一家超市,一位中年妇女从超市里出来,手里提着装满食品的袋子。看到我时,她惊喜地喊了一声,走到我面前停下来,面带微笑,叽里咕噜地说了一大段话。陪我散步的德拉根用英文告诉我:"她说,昨天晚上,她在电视里看到颁奖仪式了。她很喜欢你用中文朗诵的诗,尽管听不懂,但是她觉得非常优美,非常动人,她很感动。她祝贺你得到金钥匙奖。"

在酒店用午餐时,那位年轻的领班走过来,向我鞠了个躬,笑着称我"诗人先生",并祝贺我获得金钥匙奖。他从新闻里获悉我被翻译成塞语的诗集已经出版,所以向我索要诗集。他说:"我喜欢诗,很想读你的诗集。"我送了一本诗集给他,他凝视着封面上涌动的海涛,惊喜的目光中闪动着蓝色的波影。

接送我们的汽车司机,一个高大英俊的中年汉子,每次见面,只是微笑。颁奖典礼之后,他看到我笑着喊道:"Champion, Champion(英文:冠军)。"他用手比画着告诉我:这几天塞尔维亚网球选手德约科维奇在上海赢得了网球冠军,而你则在斯梅德雷沃赢得了诗歌冠军。他伸出大拇指上下挥舞着,不停地喊着"Champion",就好像自己也得了大奖。他当然是好意,但这样的类比是滑稽的,很不恰当。我笑着告诉这位快活的司机:"写诗不是打网球,诗歌是没有冠军的。所有发自心灵的诗歌,都是好诗。"

这位快活的司机,载着我在塞尔维亚展开了一场诗歌之旅。在幽静的古堡,在中学和大学,在国家电视台,在国际书展,在塞尔维亚作家协会的厅堂,我和来自世界各地的诗人一起朗诵,不同的语言的诗歌,汇合成奇妙的河流……

在贝尔格莱德大学孔子学院,面对着一群热衷于中文的大学生,我的演讲和朗诵无须翻译,他们能听懂,并能用纯正的中文和我交流。一个亚麻色长发的姑娘对我说:我们特别高兴,今年是一个中国诗人获奖。她的话,引起全场的掌声。大学生们有很多问题:诗歌在当代中国的命运怎么样?你为什么写诗?"文革"对你的创作有什么影响?诗歌表达的内容和诗歌的形式,哪个更为重要……

我很难详尽地回答这些问题,我说:"答案可以从中国当代的诗中寻找。希望你们都成为翻译家,把优秀的中国诗歌翻译成塞尔维亚语。在中国和塞尔维亚之间,需要你们构架起诗的桥梁。"大学生们笑着用掌声给我回应。

在贝尔格莱德国际书展,我在缤纷的书廊中漫步时,突然有一个奇怪的声音从一个书柜下面传来。低头看去,是一辆特别低矮的轮椅,轮椅上坐着一个残疾妇女,她失去了双腿,看上去像一个侏儒。她抬头看着我,脸上含着微笑,手里拿着一本书,竟然是我那本刚出版的塞、中双语诗集《天上的船》。旁边有人用英文告诉我:她祝贺你获得金钥匙诗歌奖,想得到你的签名……

数不清多少次在这里签下自己的名字。在遥远的异乡,人们并不认识这几个汉字,只因为它们和一把诗的金钥匙连在了一起。

在斯梅德雷沃博物馆,我看到了那把金钥匙的原型。这是一把古老的铜钥匙,五百年前,曾经用它开启壁垒森严的斯梅德雷沃城堡。经过五百年的岁月,它已经变成了一把锈迹斑驳的黑色钥匙,被陈列在玻璃展柜中,黯然无光。我得到的那把金钥匙,形状大小和这把古老的铜钥匙完全一样,但它是新铸的,装在精致的羊皮盒中,光芒耀眼,象征着诗歌的荣耀。两把钥匙之间,有什么联系?是漫长曲折的岁月沧桑,还是陌生人类的交往融合?答案当然很简单,是诗,人类的优美诗歌,穿透了历史的幽暗,也开启着心灵的门窗。作为国际诗歌奖的斯梅德雷沃城堡金钥匙,应该是含着这样的隐喻和意蕴吧。

2013年11月16日于四步斋

天上和人间

那是一个秋日的下午,我身在塞尔维亚。贝尔格莱德的国际书展,新书如斑斓秋叶,在眼帘中缤纷闪烁。我被人簇拥着漫步在争奇斗艳的书柜之间,有点惶然失措,不知看什么书才好。那些用我不认识的文字印成的书籍,对我来说好比天书,看不懂。而这个国际书展上,也有我的一本小书要首发,这是一本被翻译成塞尔维亚文的诗集《天上的船》。我跟着这本诗集的译者,塞尔维亚前文化部部长、诗人德拉根先生,穿行在书海和人流中。要在茫茫书海中找到为我举办首发式的场地,不是一件容易的事。

走过一排书柜时,我似乎听到一个女人的声音从低处传来:"Mr. Zhao!Mr. Zhao!"这声音细微而清晰,仿佛是来自很深的地底下。"Mr. Zhao",难道是在和我打招呼?周围并没有熟悉的人呀。那声音不停地从低处传来,竟然还喊出了我的名字。

我循声低头看去,不禁吃了一惊。在一个书柜下面,有一位佝偻成一团的女士,坐在一辆贴地而行的扁平轮椅上,正仰面和我打招呼呢。

这是一个高位截肢的残疾妇女,她没有双腿,小小的躯干举着一颗大大的脑袋,还有一双挥动的手。她费力地抬头看着我,瘦削的脸上,两只深陷的眼睛中闪烁着清亮的光芒,这目光使她的表情显得快乐而开朗。她看到我注意她,咧开嘴笑了笑,随后吐出一连串我听不懂的语言。看她激动兴奋的样子,我感到莫名其妙。她在对我说些什么？

站在我身边的德拉根先生却跟着这位女士一起激动起来。他告诉我："这是一位诗歌爱好者，她从国家电视台的新闻节目中看到你，她祝贺你在斯梅德雷沃获得金钥匙国际诗歌奖呢。她说，她听到你用中文朗诵诗歌了，很动人。她很高兴是一个中国诗人获得这个奖，她全家人都为此高兴。"

德拉根为我翻译时，她还在继续说着。德拉根俯身问了她几句，抬头对我说："她说，她正在读你的诗呢。"

我低头凝视这位没有双腿的女士，看着她真挚的微笑和兴致勃勃的表情。她的声音如同从地下涌出的喷泉，在我的耳畔溅起晶莹的水花。我无法用言语描述我的惊奇和感动。这位活得如此艰辛的残疾女士，居然还有兴致关心诗歌，居然还能从人群中认出我这个外国人，并呼叫出我的名字，实在不可思议。只见她从轮椅边挂着的一个小包中拿出一本书，蓝色的封面上，海浪汹涌，白云飞扬，这正是我在这里刚刚出版的诗集《天上的船》。

她请我为她签名。我俯下身子，在诗集的扉页上写下"宁静致远"四个字。她看着这几个她并不认识的汉字，脸上露出满足的微笑。

我们离开时，她的声音继续从后面的低处传过来。我不忍回头看她。德拉根叹了口气，感慨道："她在为你祝福呢。"

我在人海中往前走着，去寻找举办诗集首发式的场地。我的心情突然变得有点沉重。她的模样和声音，在我的眼前晃动……我不知道她是什么人，不知道她什么原因致残，不知道她的生活状况，不知道她如何面对残酷的现实。她的生存，也许是一个传奇，也许是一个辛酸的人间悲剧。然而毫无疑问，这是一个热爱生命的人，她在为诗而迷醉的时候，生命在她的眸子里燃烧出奇异的光芒。

诗集的首发式来了不少人。我站在人群前面,目光情不自禁地投向地面,但是没有看到她。首发式很热闹,有人朗诵,有人提问,也有人索要签名……而我的眼前,依然晃动着她残缺的身体,还有那双闪烁着清亮光芒的眼睛。我的耳畔,久久回旋着她来自低处的声音,我想,这样的声音,和很多不同的声音混合,交织着人间的悲喜忧乐。这是人间的声音。

　　诗人可以坐上飞翔的船,去逐云追月,自由翱翔于奇思妙想的天空,然而不可能飞离人间。和心灵联系的,应该是脚下的大地,是生活着的人间。来自人间的声音,才是诗的灵魂和根。

2013 年 12 月 7 日于四步斋